BERGISCHES
KrimiKartell

Bergisches KrimiKartell (Hrsg.)

Bergische Bescherung

16 Krimis zum Advent

Bibliografische Information der Deutschen Nationalbibliothek
Die Deutsche Nationalbibliothek verzeichnet diese Publikation in der Deutschen Nationalbibliografie; detaillierte bibliografische Daten sind im Internet über http://dnb.d-nb.de abrufbar.

Alle Nutzungsrechte dieser Ausgabe bei
Gardez! Verlag Michael Itschert
Richthofenstraße 14
42899 Remscheid
www.gardez.de

Alle Hauptfiguren und Handlungen sind frei erfunden.
Ähnlichkeiten mit lebenden Personen sind rein zufällig.

Idee: Maria Soulas, Wuppertal

Lektorat und Korrektorat:
Daniela Schwaner und Michael Itschert

Satz: Roland Reischl, Köln

Covergestaltung: Manuela Wirtz, Schüller

Hintergrundbild: KI-generiertes Bild mit Leonardo.ai,
weitere Bildbearbeitung von Manuela Wirtz

Druck: TZ-Verlag & Print GmbH, 64380 Roßdorf
Printed in Germany.

Originalausgabe, 1. Auflage 2024

ISBN 978-3-89796-306-1

Inhalt

Und als sie das Buch gelesen hatten, kehrten sie zurück und nahmen das Buch mit sich, und sie priesen die Spannung und alles, was sie gehört hatten und was ihnen gesagt war.

Und so tauchen nun auch Sie, liebe Leserinnen und Leser, ein in das schaurige und blutige Bergische Land. Verschließen Sie Ihre Wohnstätten. Achten Sie auf jedes Knacken und Knistern, auf jeden gehuschten Schritt in der Dunkelheit, auf jedes Klirren zerspringender Fenstergläser. Achten Sie auf jedes Geräusch, denn es könnte das Letzte sein, was sie hören.

Ihr Andreas Bialas, MdL
Bezirksbürgermeister Langerfeld-Beyenburg
Vorsitzender des Literaturbüros NRW e.V.

Das Bergische KrimiKartell bedankt sich herzlich bei Daniela Schwaner für das engagierte Lektorat, bei Manuela Wirtz für die gelungene Covergestaltung sowie bei Maria Soulas für die Idee zu dieser adventlichen Anthologie.

Grußwort

Es geschah aber zu der Zeit, dass ein Gebot ertönte, die Autorinnen und Autoren des Bergischen KrimiKartells zu zählen und sie ein Buch zur Weihnachtszeit verfassen zu lassen.

Und alle Schreiberlinge aus Wuppertal, aus Remscheid, aus Solingen und dem Umland waren aufgerufen und gingen hin, um all das aufzuschreiben, was an kriminalistischer Finesse, beklemmender Schauerlichkeit und Angst einflößender Spannung aus ihnen herauswollte und den Weg auf das Papier fand.

Und eine Leserschaft war in der Gegend auf dem Felde und wartete auf ein neues Werk. Und der Engel der Bücher trat unter sie, und sie fürchteten sich sehr. Und der Engel sprach: „Recht wohl so: Fürchtet Euch. Die Schreiberlinge haben die gesamten Schrecken der Menschheit durchmessen, und ich verkünde Euch: Genau darüber schreiben sie, und sie verstehen ihr Handwerk. Unruhe komme über Euch. Durchwachte Nächte und klappernde Zahnreihen erwarten Euch. Geht hin, und ihr werdet finden das Buch zur Weihnachtszeit in den Ställen der Bücher. Fürchtet Euch."

Und so geschah es, als der Engel der Bücher entschwand, da sprach die Leserschaft auf dem Felde: „Lasset uns ziehen hinauf und hinab ins Bergische Land und Tal und lasset uns sehen und lesen, was der Engel uns kundtat."

Und sie kamen eilends und fanden das Buch, und alle, die es lasen, staunten, und es bewegte ihre Herzen, und sie spürten Beklemmung und Angst in ihren Busen, und sie sprachen: „Lob sei den Schreiberlingen und den Lesern ein Wohlgefallen."

Jürgen Kasten
Niklaus komm in unser Haus

Wuppertal-Elberfeld

In der Schule hatten sie nur Blödsinn im Kopf. Tick, Trick und Track wurden sie von einigen, die den wahren Charakter der Disneyfiguren nicht kannten, genannt. Die Scherze dieser drei waren nämlich nicht zum Lachen.

Im richtigen Leben hießen sie Sven, Jonas und Felix. Sie waren ein eingespieltes Team, unzertrennlich. Gemeinsam flogen sie von der Schule und gemeinsam torkelten sie durch die Jahre, mal obenauf, mal am Boden zerstört.

Inzwischen waren sie drei Männer in der Mitte ihres Lebens, das verschenkt schien. Der Blödsinn, den sie nach wie vor ausheckten, brachte sie zusehends mit dem Gesetz in Konflikt. Knasterfahrung hatten mittlerweile alle drei. Reich machten die kleinen, aber vielen Diebstähle sie nicht. Das wollten sie ändern.

„Wir müssen noch einmal so richtig absahnen", schlug Sven vor. Und er hatte auch schon einen Plan. Drei lohnende Raubzüge sollten es werden, um ein Polster für die nächsten Jahre zu schaffen.

„Viel Bargeld ist in den Banken aber nicht zu holen", wandte Jonas ein.

„Deswegen müssen wir den Zeitpunkt abpassen, an dem Geldtransporter Nachschub für die Geldautomaten bringen", erwiderte Sven.

Er hatte die Orte schon ausgekundschaftet. Banken in ländlicher Umgebung, nicht weit von der nächsten Autobahn entfernt.

Die folgenden Wochen legten sie sich auf die Lauer, stellten den Zeitplan der Geldtransporter fest und schlugen dann zu.

Die ersten beiden Überfälle verliefen wie geplant. Sie warteten, bis die Wachmänner mit ihren Geldkoffern die Bank betraten. Sven und Jonas folgten ihnen maskiert, die Waffen schussbereit, nahmen die Geldkoffer an sich und bevor irgendjemand reagieren konnte, waren sie schon wieder weg.

Felix wartete abfahrbereit draußen im Fluchtwagen. Er war schon immer etwas schreckhaft gewesen. Falls doch einmal in der Bank geschossen würde, wollte er nicht dabei sein.

Der dritte Überfall ging schief. Es gab ein Gerangel mit den Wachmännern. Aus Svens Pistole löste sich unbeabsichtigt ein Schuss und verletzte eine Kundin. Es dauerte ein paar Minuten, bis die Räuber wieder alles im Griff hatten, inklusive der Geldkoffer.

Draußen im Wagen hatte Felix den Schuss nicht gehört, aber es dauerte ihm zu lange. Er wollte nachschauen, was los war.

Im Eingang prallte er mit Sven zusammen. Der ließ vor Schreck den geklauten Geldkoffer los. Felix strauchelte, fiel auf den Rücken, verlor seine Maske und schaute so direkt in die Überwachungskamera, die über ihm hing.

Er wurde schnell identifiziert, verhaftet und verurteilt und sitzt nun seit drei Jahren in der JVA Simonshöfchen in Wuppertal ein. Der Polizei war klar, wer seine Mittäter waren. Beweise hatten sie jedoch nicht, und Felix schwieg eisern.

Hin und wieder bekam er Besuch von den Kumpels.

„Ich hab die Schnauze voll", flüsterte er Sven beim letzten Besuch zu. „Holt mich hier raus oder ich mache einen Deal mit der Staatsanwaltschaft und verpfeife euch doch noch."

***

Wieder war es Sven, der einen angeblich bombensicheren Plan hatte.

„Ein Scheißplan ist das", motzte Jonas.

Mit Sven saß er in der S-Bahn Richtung Wuppertal. Den 6. Dezember hatten sie sich für ihre Befreiungsaktion ausgesucht. Beide waren als Nikoläuse verkleidet, inklusive angeklebtem langen weißen Bart. Während der Fahrt wurden sie von Jugendlichen blöd angemacht und von Kindern belästigt, die an den Bärten zupfen wollten und Süßigkeiten forderten.

Jonas war froh, als er endlich am Hauptbahnhof in Elberfeld aussteigen konnte. Sven fuhr bis Vohwinkel weiter. Sein Ziel war die JVA.

„Ho! Ho! Ho!", begrüßte er den Mann an der Pforte. „Ich muss den Sicherheitschef sprechen, wegen der Geschenkübergabe."

„Na dann", grunzte der Mann wenig enthusiastisch. Er scannte Sven auf mögliche Waffen und leitete ihn in einen Besucherraum weiter.

Dass es so einfach gehen würde, hatte Sven gehofft. Unbehaglich war ihm aber doch dabei, zuvor drei Gittertüren passieren zu müssen, die alle hinter ihm wieder verschlossen wurden. Seine Klamotten unter dem Kostüm klebten ihm schweißnass am Körper.

Jonas hatte sein Ziel zwischenzeitlich auch erreicht. Erst staunte er, dass die paar vergammelten Bahnsteige einen Hauptbahnhof darstellen sollten, dann über die offene Weite vor dem Bahnhof. Nur einige Hütten versperrten die Sicht auf das Gerüst der Schwebebahn, die über die Wupperfurt gerade in den Bahnhof einfuhr. Während seiner Internetrecherche hatte er gelesen, dass über diese Furt in grauer Vorzeit oft der Nebel waberte, in dem so mancher tanzende Elfen zu sehen glaubte. Bald hieß die Gegend nur noch *Elfenfeld*, woraus später dann *Elberfeld* wurde.

Jetzt flatterten Jonas keine Elfen, dafür aber Bratendüfte, Glühweingestank und weihnachtliches Gedudel entgegen. Durch die Menschenmassen zwischen den geschmückten Fressbuden hindurch trabte er abwärts Richtung Poststraße. Holperige Asphaltflicken führten ihn um Baustellenabsperrungen herum, bis er vor dem Haus Nr. 11 stehen blieb. Ein Abrisshaus, allerdings mit außergewöhnlicher Uhrinstallation an der Fassade. Eine alte Neonbeleuchtung besagte, dass hier mal ein Juwelier residiert hatte. Jetzt wohl nicht mehr. Die Schaufenster und der Eingangsbereich waren mit Holzplatten vernagelt. Ein großes Werbebanner der Stadt hing schief darüber und verkündete, dass der Innenstadtbereich demnächst wunderschön aussehen würde. Von den Umstehenden glaubte daran wohl niemand. Jonas war es egal. Er hatte hier einen Auftrag zu erledigen, und danach würde ihn diese Stadt nie wiedersehen. Er musste nur den richtigen Eingang finden. Die Zeit drängte.

Wie aufs Stichwort schlug ein Glockenspiel an. Jonas schaute zur Fassade hinauf. Zu einer Melodie ging links neben den Glocken eine Tür auf und Chronos, der griechische Gott der Zeit, erschien. So erklärte es ihm ungefragt ein naseweiser Junge, der zugleich für diese Auskunft ein Geschenk vom Nikolaus forderte.

„Hau ab", knurrte Jonas und drängelte sich durch die Zuhörer um die Ecke des Hauses. Dass aus der rechten Tür des Glockenspiels der Tod heraustrat, sah er nicht mehr.

Dafür eine Tür, die sich öffnete, und einen Mann, der höflich diese Tür aufhielt. Jonas nickte dankend und ging hinein. Im Flur klebte ein großes Pappschild mit der Aufschrift *Illona Schäfer, Physiotherapeutin, 4. Etage.*

„Also doch richtig", murmelte er und stieg die Treppen hinauf.

Auf der dritten Etage stand irgendetwas von einer Bürogemeinschaft an der Tür. Auf der vierten das gleiche Pappschild wie unten, nur kleiner. Jonas schraubte den Schalldämpfer auf seine Makarow, steckte sie zurück in die Nikolausmanteltasche, dann schellte er.

„Sie kommen zu früh."

„Äh, ich …", stammelte er.

Mit so einer beeindruckenden Erscheinung hatte er nicht gerechnet. Sie musste deutlich jünger als ihr Mann sein. Groß, schlank, pechschwarzes Haar, strahlend blaue Augen. Unter ihrem Bademantel schien sie nichts anzuhaben.

„Na, komm schon rein." Glockenhell lachte sie.

„Meine Gäste kommen erst in einer Stunde. Wir starten die Eröffnungsparty mit deiner Stripvorführung, aber bis dahin kannst du ja vielleicht ein bisschen üben. Gegen eine Privatvorführung hätte ich nichts einzuwenden."

Sie nestelte am Gürtel ihres Bademantels herum. Jonas schwitzte.

Auch Sven schwitzte unter seinem Nikolauskostüm. Er saß im Besucherraum der JVA und wartete auf den Sicherheitschef Olaf Schäfer, der kurz darauf eintrat.

Mit einem herzlichen Lächeln begrüßte der den Nikolaus. „Von welcher Organisation kommen Sie denn? Ich wusste gar nichts davon. Und für wen wollen Sie Geschenke bringen?"

„Nur für Sie", versuchte Sven mit fester Stimme zu antworten. „Ich schenke Ihnen das Leben Ihrer Frau."

Olaf Schäfer verstand nicht ganz. Sollte wohl ein Scherz sein.

„Das gehört mir doch schon", scherzte er zurück.

„Nicht mehr lange", knurrte Sven. „Es sei denn, Sie lassen den Gefangenen Felix Kümmerich zusammen mit mir diesen Bunker unverzüglich verlassen."

Natürlich kannte Olaf Felix Kümmerich. Schwerer Bankraub. Sieben Jahre, inklusive einer Bewährungsstrafe. Doch wer war dieser komische Nikolaus? Meinte der das Gesagte wirklich ernst? Verunsichert setzte er sich ihm gegenüber. Unter dem angeklebten Bart, der viel verbarg, versuchte er ein vollständiges Gesicht zu erkennen.

„Sie kommen mir irgendwie bekannt vor. Kann es sein, dass Sie hier auch schon mal unser Gast waren?"

Das Wort „Strafgefangener" wollte er nicht sagen. Womöglich verärgerte er sonst sein Gegenüber.

Sven verschob seine Mundwinkel zu einem Grinsen. Die Frage beantwortete er nicht. „Rufen Sie mal Ihre Frau an", sagte er stattdessen.

***

Bei ihr war Jonas gerade angekommen. Er riss sich den angeklebten Bart vom Gesicht und zog seinen schweren Mantel aus. Die Schwüle im Raum hatte nichts mit der Heizung zu tun. Unter seiner Verkleidung kam sein muskulöser Oberkörper zum Vorschein. Nur ein Netzhemd bedeckte ihn unvollständig. Illona machte große Augen. Sie nestelte schon wieder am Gürtel ihres Bademantels herum. Jonas stoppte sie.

„Hör auf damit und setz dich."

„Was ist denn los? Warum so knurrig? Können wir nicht ein bisschen Spaß haben, oder kostet das extra?"

„Ruhe!", bellte Jonas. „Wo ist dein Handy?"

Verschreckt schaute Illona ihn an. Sie zeigte auf ihr Smartphone, das auf dem Tisch lag.

Jonas zog es zu sich rüber und legte seine Pistole griffbereit daneben.

„Huch", tat Illona erschrocken, „gehört das zu unserem Spiel?"

„Halt jetzt endlich die Klappe!"

Jonas war nervös. Zum einen wegen Illonas aufreizenden Anblicks, zum anderen machten ihm seine schmerzenden Halswirbel zu schaffen. Ein Leiden, das er schon länger zu ertragen hatte. Vorsichtig drehte er seinen Kopf hin und her. Die Wirbel knackten hörbar.

„Das könnte ich mit einer Massage wieder richten", bot Illona an.

„Klappe halten, hatte ich gesagt."

Das Handy klingelte. Illona beugte sich vor, um danach zu greifen. Jonas war schneller.

„Ich höre!", blaffte er ins Gerät.

„Äh, Schäfer hier. Ich soll meine Frau anrufen. Wer sind Sie?"

„Ich bin der, der Ihre Frau erschießen wird, wenn Sie der Forderung meines Freundes nicht unverzüglich nachkommen."

„Mach doch", rutschte es Olaf heraus. Er glaubte immer noch an einen Scherz.

Mit dieser Reaktion hatten die Nikoläuse nicht gerechnet. Aber für den Fall der Fälle hatten sie etwas vorbereitet.

Jonas schoss aus seinem Sitz hoch, hechtete halb über den Tisch und bekam Illona am Kragen ihres Bademantels zu fassen. Er riss sie zu sich rüber. Illona schrie, und es war kein Freudenschrei.

Gleichzeitig haute Jonas heftig auf den Tisch. Anschließend präsentierte er Olaf ein Handyfoto, das einen abgeschlagenen, blutenden Finger zeigte.

„Das ist die erste Warnung!", schrie er ins Telefon. „Ich rufe in zehn Minuten wieder an. Bis dahin hast du dich entschieden, wie es weitergeht."

Olaf schaute mit schreckgeweiteten Augen in Svens grinsendes Gesicht.

„Was habe ich gesagt? Du kannst deine Frau auch stückchenweise zurückbekommen, oder …"

Tränen sammelten sich in Olafs Augen.

„Das könnt ihr nicht machen", schniefte er. „Ihr kommt doch hier nicht raus. Ich bin nicht befugt, einen Entlassungsschein für euren Freund auszustellen."

„Denk dir was aus", knurrte Sven. „Mein Kollege hat jetzt Blut geleckt. Als nächstes kommt die ganze Hand dran."

Olaf Schäfer konnte nicht denken. In seinem Kopf sauste alles durcheinander. Schweiß stand ihm auf der Stirn. Seine Hände machten sich selbstständig. Erst kratzten sie seine juckende Nase, wanderten ziellos über seine Brust, wischten die Tischkante entlang, dann unter die Platte, und dort blieben sie am versteckten Alarmknopf hängen. Sein rechter Zeigefinger zuckte. Der stille Alarm war ausgelöst.

***

Nachdem Illona realisiert hatte, was da gerade abgelaufen war, beruhigte sie sich wieder. Jonas grinste verschmitzt. Den Plastikfinger aus seiner Halloween-Scherzkiste steckte er wieder weg und kramte aus einer anderen Tasche eine ebensolche Hand hervor.

„Leih mir mal den Ring, der auf deinem Finger steckt. Wenn das nichts hilft, muss ich dich wirklich erschießen." Dabei versuchte Jonas, furchteinflößend die Zähne zu blecken, was ihm nicht ganz gelang.

Illona nahm ihm das sowieso nicht ab. Nach dieser Vorführung war sie halbwegs sicher, das Ganze unbeschadet zu überstehen. Der Mann war nicht aufs Töten aus. Der war scharf auf sie. Das musste sie ausnutzen.

„Was für'n fieser Trick", flötete sie und nestelte dabei ihren Ring vom Finger. „Du bringst mich nicht um. Komm, leg dich endlich auf die Liege. Ich renke dir deine Halswirbel wieder ein."

Noch zögerte Jonas. Es war verlockend, sich den Händen dieser schönen Frau hinzugeben, aber seine Mission war eine andere. „Deinem Mann ist es egal, ob ich dich erschieße oder nicht. Ist dir das bewusst?"

Das wanderte auch gerade in ihrem Kopf hin und her, und es gab ihr zu denken. Selbst in einer Stresssituation sagt man nicht im Scherz „mach doch", wenn jemand damit droht, seine Frau zu erschießen.

Die coole, ironische Frau spielte sie nur. Innerlich zitterte sie vor Angst. Vielleicht war der Mann ja doch zu einem Mord fähig, wenn es die Situation verlangte.

„Bleib locker", sagte sie mit vibrierender Stimme. „Mein Mann ist ein Schisser. Der wird auf eure Forderungen eingehen. Der liebt mich über alles." Sie glaubte selbst nicht, was sie da sagte.

Ihr Geiselnehmer offensichtlich schon. Er grinste selbstzufrieden und präparierte die Plastikhand für ein weiteres Foto.

***

Im Besucherraum des Gefängnisses war die Lage noch angespannter. Dass Olaf Schäfer den Alarmknopf gedrückt hatte, war vielleicht ein Fehler gewesen. Er überlegte fieberhaft, wie er die Situation in den Griff bekäme.

Die Tür wurde aufgerissen. Zwei Wachleute stürzten herein und schauten verblüfft auf den Nikolaus.

„Alles gut", beruhigte Schäfer sie. „Ich brauche nur den Häftling Felix Kümmerich aus Block B. Bringt ihn mir mal nach hier."

Die Beamten schauten skeptisch. Der stille Alarm war für Notfälle gedacht.

„Ich habe mein Handy nicht dabei", entschuldigte Schäfer sich. Er hatte sich wieder im Griff, einen Plan im Kopf und sein Handy noch immer in der Hand. Der falsche Nikolaus bemerkte den Widerspruch nicht. Er schaute auf die Reaktion der beiden Wachleute. Die hatten verstanden. Hier stimmte was nicht. Sie nickten ihrem Chef zu und zogen wieder ab.

Wieder allein im Raum sagte Olaf, jetzt mit fester Stimme: „Wie stellen Sie sich das vor? Ich darf keine Entlassungspapiere ausstellen."

„Aber einen Ausgang zur Vernehmung bei den Bullen genehmigen", schlug Sven vor. So hatten Jonas und er sich das vorher ausgedacht.

Olaf schüttelte den Kopf. „Dann fährt dein Kumpel in einem vergitterten Fahrzeug vom Innenhof der JVA zum Innenhof des Polizeipräsidiums. Das bringt gar nichts. Wir machen es anders."

Übergangslos war er zum Du gewechselt, wollte signalisieren, dass sie jetzt Kumpel waren. Sven bekam es gar nicht mit. Er war hibbelig, rutschte nervös auf seinem Stuhl hin und her. Ja, die Aktion lief wie geplant, aber es dauerte zu lange.

Endlich brachten die beiden Beamten Felix herein, setzten ihn auf einen freien Stuhl und verließen den Raum wortlos. Bevor sich die Tür wieder schloss, klopfte einer der beiden verstohlen auf das Reizstoffsprühgerät, das an seinem Gürtel hing. Schäfer registrierte, dass sie ihn verstanden hatten und wussten, dass sie aufpassen mussten. Hier lief irgendwas. Schäfer hoffte, dass sie das Richtige unternehmen würden. Dem Nikolaus und dem Häftling erklärte er nun seinen Plan:

Felix sollte einen Schlaganfall vortäuschen. Er, Olaf, würde einen Krankenwagen bestellen, Sven sollte mit einsteigen und schon wären beide draußen. Wie sie dann während des Transportes abhauen könnten, müssten sie selbst sehen.

Sven und Felix nickten. Damit waren sie einverstanden.

„Ich hoffe, du bist ein guter Schauspieler", wandte Schäfer sich an Felix. „Leg dich mit verzerrtem Gesicht auf den Boden, schau ins Leere und rühr dich nicht mehr. Wenn ihr im Krankenwagen seid, ruft euren Kumpel an und sagt ihm, er soll meine Frau frei lassen."

„So nicht", grinste Sven. „Wenn wir wirklich frei sind, ruf ich an."

In diesem Augenblick meldete sich Schäfers Handy.

„Was ist nun?", bellte Jonas durch die Leitung. „Die Zeit ist um. Ihre Frau blutet wie ein Schwein. Sie braucht einen Arzt."

Wie um die Dringlichkeit zu unterstreichen, schrie Illona schmerzhaft auf.

„Bitte tun Sie meiner Frau nichts weiter", bettelte Schäfer. „Ihre Freunde werden gleich die JVA verlassen und sich dann bei Ihnen melden."

„Gut, aber macht hin." Jonas legte auf.

„Hör auf zu flennen", blaffte Sven Schäfer an. „Lass uns loslegen."

Schäfer drückte wieder den Alarmknopf. Die gleichen Beamten wie vorhin stürmten in den Raum. Erstaunt schauten sie auf Felix, der regungslos mit offenem, verzerrten Mund auf dem Boden lag.

„Schnell, wir brauchen unseren Doc", rief Schäfer. Er wusste, dass der nicht mehr im Dienst war. Schon mittags hatte er sich freigenommen, um einer Nikolausfeier seiner Kinder beizuwohnen.

„Der ist nicht mehr im Haus", erhielt er die erwartete Antwort.

„Dann einen Rettungswagen", befahl er.

Felix spielte seine Rolle überzeugend. Die Sanitäter vermuteten einen Schlaganfall, hievten Felix auf ihre Trage und bugsierten ihn in den Rettungswagen. Sven wollte mit einsteigen.

„Der Nikolaus bleibt hier."

„Der muss mit", insistierte Schäfer, und zu seinen Beamten sagte er: „Ihr braucht nicht hinterherfahren. Ich fahre selbst mit."

„Okay, steigen Sie vorne bei mir ein", war der Fahrer einverstanden. Sein Kollege stieg mit Nikolaus Sven hinten ein. Besorgt schaute Sven zu, wie Felix auf der Trage, auf der er lag, fixiert wurde.

„Nur zur Sicherheit während der Fahrt", beruhigte ihn der Sanitäter.

Kaum saß Schäfer neben dem Fahrer, flüsterte er: „Das ist eine Gefangenenbefreiung. Ich werde erpresst und meine Frau als Geisel gehalten."

„Sie müssen nicht flüstern. Die können uns hinten nicht hören."

Schäfer wiederholte seine Sätze und wunderte sich über das Grinsen des Fahrers.

„Ihre Leute waren auf Zack", klärte der Fahrer ihn auf. „Wir haben alles im Griff. Ich bin Holger Anders, Kriminalpolizei, Fahndung."

„Was haben Sie vor?"

„Lassen Sie sich überraschen."

Anders war die Ruhe selbst. Er schaltete Blaulicht und Sirene ein und los ging's.

***

Hinten schauten sich Nikolaus Sven und der andere Sanitäter, der natürlich auch von der Polizei war, stumm an. Felix hatte Mühe, bewegungslos liegen zu bleiben. Seine Nase juckte, und er verzog sein Gesicht, um ein Niesen zu unterdrücken. Der Polizist im weißen Kittel mit der Aufschrift *Feuerwehr Wuppertal*, tat so, als sehe er es nicht.

Nach 15 Minuten erreichten sie die Notaufnahme im Klinikum.

„Ich sag schnell an der Aufnahme Bescheid", sagte der verkleidete Polizist, sprang raus und war verschwunden.

Sven wurde misstrauisch. „Warum Bescheid sagen? Die haben uns doch bestimmt über Funk angekündigt."

„Schnall mich ab", keuchte Felix.

Die hinteren Türen wurden aufgerissen. Schäfer stand in der Öffnung.

„Los, haut ab und ruft sofort euren Kumpel an, damit meine Frau frei kommt."

Erst musste Felix aus seiner Fixierung befreit werden, dann warf ihm Sven seinen Nikolausmantel um, denn die Anstaltskleidung war zu auffällig. Das Ganze geschah mit hektischem Umherschauen. Es kam aber niemand aus der Notaufnahme gelaufen, und der Fahrer saß nach wie vor hinter dem Lenkrad und war mit seinem Handy beschäftigt.

Endlich war Felix frei, und zusammen mit Sven rannte er Richtung Ausgangspforte.

„Denkt an meine Frau", rief Schäfer ihnen nach.

Mit einem Zischen schwang die Tür der Notaufnahme zur Seite, und der Polizist erschien jetzt in ziviler Kleidung. Mit breitem Grinsen trat er neben Schäfer.

„Sind sie weg?", fragte er.

Schäfer nickte, nervös hin und her trippelnd. „Tut mir leid, dass sie Ihnen entwischt sind. Hauptsache meine Frau kommt jetzt bald frei."

„Die sind nicht entwischt", entgegnete der Polizist. „Ein GPS-Tracker in der Manteltasche des Nikolaus' zeigt uns ihren Weg."

Ein weiterer Fahndungstrupp, der außerhalb des Geländes im Fahrzeug wartete, hatte sie schon auf dem Schirm. Die Flüchtenden liefen gerade vorbei. Sie schauten sich um. Keine Verfolger zu sehen. Kurz hielt der eine an und telefonierte. Dann hetzten sie weiter.

Wie es aussah, Richtung Bahnhof.

***

„Mama, guck mal, der Nikolaus!"

Diesen Satz hörten Sven und Felix unterwegs mehrmals, aber sie blieben nicht stehen.

Im Bahnhof Elberfeld angekommen, waren sie außer Puste. In der Vorhalle klimperte jemand auf dem Klavier herum. Links oder rechts? Wohin jetzt?

Sie nahmen die falsche Treppe und landeten auf dem Busbahnhof. Hinter ihnen sprinteten zwei junge Männer die Treppe hinauf. Sven sah sie beim Umdrehen. Den offenen Zugang zum Gleis 1 entdeckte er gleich darauf.

„Komm!", schrie er Felix an und zog ihn weiter.

Von rechts bog gerade eine Bahn auf Gleis 2 ein.

„Wir müssen da rüber. Das ist unser Zug." Sven setzte zum Sprung auf die Gleise an. Felix konnte ihn nicht mehr zurückhalten, weil sich ein kleiner Junge in seinen Mantel verkrallte und um Süßigkeiten bat. Das war seine Rettung.

Als sie selbst noch kleine Jungs waren, hatte ihnen die Polizei vor der Grundschule gezeigt, wie man eine Straße sicher überquert. „Erst nach links schauen, dann nach rechts." Sie hätten damals besser aufpassen sollen.

Ein ellenlanger Güterzug rauschte von links heran, beladen mit den neuesten E-Automodellen aus China. Sven hätte sie sich gern angesehen, doch das letzte was er sah, waren die schreckgeweiteten Augen des Zugführers. Bis der die schwere Last zum Stehen brachte, war von Sven nicht mehr viel übrig.

Ein Waggon nach dem anderen polterte an dem schreckensstarr dastehenden Felix vorbei, bis die kreischenden Bremsen endlich packten.

***

An der Fassade des Abbruchhauses in der Poststraße drehte sich die Weltuhr weiter, Chronos und der Tod zogen unbeirrt ihre Kreise. Jonas hatte den Anruf seiner Freunde erhalten, aber nur müde gemurmelt: „Ich komme nach. Wir treffen uns später."

Er hatte inzwischen Illonas Angebot angenommen und lag auf der Massageliege. Sein Shirt hatte er ausgezogen und spürte die sanft massierenden Hände auf seiner nackten Haut. Vor sich sah er die Fototapete an der Wand, die eine sonnenüberflutete Strandlandschaft vorgaukelte. Auf einem Tischchen davor hatte Illona einen sitzenden Buddha drapiert. Die feiste bronzene Gestalt grinste Jonas an. Er versank in ein wohliges Dösen.

Die Türklingel ließ ihn hochschrecken.

„Ist offen", rief Illona, bevor Jonas reagieren konnte.

Ein zweiter Nikolaus erschien. Es war der echte Stripper, den sie für ihre Eröffnungsparty gebucht hatte, zu der nur Damen eingeladen waren.

Dieser Nikolaus benötigte keine Perücke und keinen angeklebten Rauschebart. Bei ihm war alles Natur. Unter seinen langen, blondgelockten Haaren versteckte sich ein kurzer Verstand.

„Boah, habt ihr etwa schon ohne mich angefangen?", rief er in gespielter Entrüstung. „Gegen einen Dreier hätte ich nichts einzuwenden."

Jonas setzte sich auf, wusste nicht, was er sagen sollte.

Der neue Nikolaus hatte die auf dem Tisch liegende Pistole entdeckt.

„Huch, ist die echt?", stürzte er sich darauf.

„Liegen lassen!", schrie Jonas, aber der Nikolaus hielt sie schon in der Hand. Jonas' Schrei ließ ihn zusammenzucken. Auch sein Finger am Abzug zuckte.

Mit dezentem *Plopp* verließ ein Projektil den mit Schalldämpfer verlängerten Lauf. Es streifte den harten Bronzeschädel des Buddhas und fand als Querschläger mühelos seinen Weg in Jonas' weicheren Kopf.

Er sank zurück, und noch bevor er wieder auf der Liege lag, war er tot.

***

Für Felix, verlassen von seinen Freunden, endete der Nikolaustag, wie er begonnen hatte. In seiner Zelle in der JVA.

Die Strip-Vorstellung bei Illona fiel aus. Die inzwischen erschienenen Damen wurden wieder nach Hause geschickt. Stattdessen kümmerten sich Kriminaltechniker um den Toten, während Illona still in einer Ecke saß und den Wortschwall eines Notfallseelsorgers über sich ergehen ließ, aber nicht zuhörte. Ihr gingen andere Sachen durch den Kopf. Sie überschlug in Gedanken, was ihr eine Scheidung von Olaf bringen würde.

Daniela Schwaner
Vom Himmel hoch

Remscheid-Innenstadt

6. Dezember. – *Man könnte fast meinen, er wäre vom Himmel gefallen*, dachte Rudi und betrachtete den leblosen Körper, der, eingehüllt in einen Nikolausmantel, bäuchlings auf der Eisfläche lag. Obwohl er es besser wusste, blickte Rudi unwillkürlich nach oben. Doch dort war nichts weiter zu sehen als nächtliche Schwärze und herabfallende Tropfen Eisregen, die ihm wie Nadeln in die Augen stachen. Das bergische Wetter tat wieder sein Bestes, einem die vorweihnachtliche Laune zu verhageln.

Er blinzelte einige Male und sah sich um. Der Weihnachtsmarkt auf dem Theodor-Heuss-Platz vor dem Remscheider Rathaus, auf dem sich tagsüber die Menschen tummelten, Glühwein tranken und Bratwürste aßen, lag um diese Zeit verwaist da. Die festlich dekorierten Buden waren verschlossen, die Beleuchtung abgeschaltet.

Nur die Laternen verbreiteten diffuses Licht, gerade genug, um den Bürgern ein Mindestmaß an Sicherheit vorzugaukeln, wenn sie zu später Stunde den Platz überquerten. Im Moment jedoch war niemand mehr unterwegs. Niemand außer Rudi.

Als Obdachloser war er daran gewöhnt, nachts mehrmals aus dem Schlaf gerissen zu werden. Er war daran gewöhnt, nicht zu tief zu schlafen. Man wusste nie, wer hinter der nächsten Ecke lauerte, um einem das letzte bisschen Hab und Gut auch noch abzuknöpfen.

Um diese Jahreszeit suchte Rudi meist Zuflucht im Allee-Center, wo es einigermaßen sicher, vor allem aber warm war. Der ein oder andere Wachmann, der nachts seine Runde drehte, drückte gern beide Augen zu und ließ den Obdachlosen gewähren. Er störte ja niemanden.

In dieser Nacht jedoch hatte Arthur Dienst, was Rudis Pech war. Im Gegensatz zu seinen Kollegen war Arthur ein Ekelpaket. Advent hin oder her, er scheuchte Rudi gnadenlos hinaus in die Kälte. Nächstenliebe war ein Fremdwort für den ollen Knörwel. Vorweihnachtliche Gefühle suchte man bei ihm vergebens. Dem waren jegliche Gefühle schon vor Jahrzehnten eingefroren. Falls er je welche gehabt hatte. Ob da jetzt ein Obdachloser mehr in der winterlichen Kälte erfror, war dem egal.

Allerdings war es nicht Rudi, der tot auf dem Eis lag, so viel stand fest. Unschlüssig darüber, was er unternehmen sollte, fuhr er mit seinen Fingern unter seine blaue Mütze und kratzte am Schorf auf seinem Hinterkopf. Er warf einen Blick auf die große Rathausuhr. Vier Uhr morgens. Zeit genug, seine Siebensachen zusammenzusuchen und sich davonzumachen.

Sein Lager hatte er nach dem Rauswurf aus dem Allee-Center ganz in der Nähe der Eislaufbahn auf der letzten Stufe des Abgangs zur Tiefgarage aufgeschlagen. Er konnte sich lebhaft ausmalen, wie es endete, wenn man ihn in der Nähe einer Leiche antraf. Handschellen um und ab in den Knast, wo er dann den Rest seines kümmerlichen Lebens verbringen durfte. Wenigstens hätte er es dort warm und bräuchte sich keine Gedanken ums Essen zu machen. Man musste die Dinge immer positiv betrachten.

Was soll's, dachte er und zog ein altes Klapphandy, ein Relikt aus besseren Zeiten, aus der Innentasche seiner fadenscheinig gewordenen grünen Wolljacke. Hoffentlich war es nicht abgeladen, er erinnerte sich nicht, wann er es zuletzt benutzt hatte. Oder ob er überhaupt noch ein Guthaben hatte. Aber er wollte ja nur den Notruf wählen, das war seines Wissens kostenlos.

Rudi hatte Glück – oder auch nicht, je nachdem, wie man es betrachtete –, das Display zeigte noch einen Balken an, nachdem er die PIN-Nummer eingegeben hatte. Ein letztes Mal überlegte er, einfach die Biege zu machen, ehe er resigniert seufzte und die 110 tippte.

Kriminalhauptkommissarin Silke Pfeifer stand mit dem Rücken zur Eislaufbahn und blickte sehnsüchtig zur Weihnachtsbude, wo es die besten Reibekuchen der ganzen Welt gab. Jedes Jahr war es eine fast schon heilige Pflicht, den Remscheider Weihnachtsmarkt zu besuchen, um am Stand von Andersen, quasi schon eine Legende, eine Portion Reibekuchen mit Apfelmus zu erstehen. Silke wusste nicht, wie diese Kartoffelpuffervirtuosen es schafften, immer genau die richtige Menge Apfelmus abzuschätzen. Nicht zu viel, aber auch nicht zu wenig. Wahrscheinlich Erfahrungssache. Oder Weihnachtszauberei.

Um diese Zeit – sechs Uhr morgens, herrje – war der Stand natürlich noch geschlossen. Bedauerlich, wobei Reibekuchen auf nüchternen Magen eher keine gute Idee waren. Außerdem gönnte sie sich im Anschluss stets einen Eierpunsch, und Alkohol am frühen Morgen war definitiv keine gute Idee.

„Äh, Chefin?" Der ihr zugeteilte Kommissaranwärter Malte Mölling riss Silke aus ihren Reibekuchen-Eierpunsch-Träumen und deutete in Richtung Eislaufbahn, als wollte er sie darauf hinweisen, wo die Musik spielte.

Die Hauptkommissarin nickte betrübt und wandte sich um. Nachdenklich betrachtete sie den mittig auf der Eisfläche liegenden Nikolaus. „Ob er unglücklich gestürzt ist?", fragte sie mehr sich selbst als Malte Mölling und den Obdachlosen, der den Fund gemeldet hatte.

Malte Mölling legte den Kopf in den Nacken und starrte in den immer noch nachtschwarzen Himmel. „Oder vom Schlitten gefallen?"

Silke Pfeifer hob eine Augenbraue. „Ihr Ernst jetzt?"

Mölling zuckte mit den Schultern. „Ist doch möglich."

Natürlich, möglich war alles, auch dass der Grinch ihn erschlagen hatte. Die Hauptkommissarin blies die Luft aus ihren gespitzten Lippen. „Der Nikolaus kommt nicht mit dem Schlitten. Das ist der Weihnachtsmann."

„Vielleicht hat er für den Weihnachtsmann ein neues Schlittenmodell getestet", schlug Mölling vor.

„Und das hat den Elchtest nicht bestanden, oder was?", schnappte sie.

„Der Schlitten vom Weihnachtsmann wird von Rentieren gezogen", warf der Obdachlose, der schicksalsergeben am Rand der Eislaufbahn wartete, schüchtern ein.

Jetzt trötete der Kerl in das gleiche Horn. Silke zählte innerlich langsam von zehn rückwärts. „Richtig. Und Ihr Name war gleich?"

„Rudolf ..."

„Das war ja so was von klar", grollte sie mit Blick auf die rotgefrorene Nase des Obdachlosen.

„Hm? Wat meinen Se?", fragte der Obdachlose verwirrt.

„Nichts. Vergessen Sie's. Alles gut." Silke massierte mit Daumen und Zeigefinger ihre Nasenflügel, in der Hoffnung, diese Geste würde irgendwas an der Situation verbessern. Tat sie nicht. „Also, Sie haben den Niko..., den Toten entdeckt?"

Der Obdachlose wiegte den Kopf hin und her, als sei er unsicher. „Jo, so war dat wohl", meinte er schließlich vage.

„Wie kam es dazu?"

Er zuckte mit den Schultern. „Hab drüben bei der Tiefgarage mein Nachtlager aufgeschlagen. Irgendwat hat mich geweckt, 'n Geräusch oder so. Bin dann nachgucken gegangen. Und da lag der da." Er schielte in Richtung Nikolaus.

„Was für ein Geräusch war das?", hakte die Hauptkommissarin nach.

Rudolf, seinen Nachnamen hatte er nicht genannt, dachte einige Sekunden angestrengt nach. „Weiß nich", meinte er dann, „so'n Geräusch halt, 'n Knall oder so. Tut mir leid, ich kann et nicht sagen. Jedenfalls war et komisch, also wollt ich lieber nachsehen. Hätt ja wer sein können, der sich hier zu schaffen macht. De Buden ausräumt."

Oder ein von zu viel Glühwein beseelter armer Tropf, der versucht hatte, ein paar Pirouetten zu drehen und aufs Eis geknallt war. Die Todesursache würde hoffentlich die Rechtsmedizinerin feststellen, die soeben in Begleitung zweier Mitarbeiter der KTU fluchend über das Eis schlitterte.

26

„Der ist festgefroren", rief sie der Hauptkommissarin zu, nachdem sie sich neben den Toten gekniet hatte.

Scheiße, dachte Silke, die kurz die Hoffnung gehegt hatte, den Abtransport der Leiche sowie die Spurensicherung halbwegs unbemerkt über die Bühne zu bringen. „Können Sie denn sonst schon was sagen? Zur Todesursache, meine ich."

„Reicht ‚festgefroren' nicht? Ist außerdem zu dunkel, um was Genaueres zu erkennen. Und umdrehen kann ich ihn ja schlecht."

„Also schön", seufzte Silke und wandte sich wieder dem Obdachlosen zu. „Zurück zu Ihnen, Herr … äh …"

„Rudi reicht", erwiderte er.

„Herr Rudi. Haben Sie irgendeinen blassen Schimmer, wer der Tote sein könnte?"

„Sie meinen, et is nich der Nikolaus?", fragte er.

„Eher nicht."

„Tja, dann weiß ich et auch nich", bedauerte er.

„Macht nichts, wir finden es schon heraus."

„Viel Glück dabei."

***

Rudi schaute dem Treiben der Polizei aus einiger Entfernung zu. Der Weihnachtsmarkt war zum Unmut der Standbetreiber und der Besucher bis auf Weiteres abgesperrt. Und das ausgerechnet am Nikolaustag. Den Toten hatte man inzwischen irgendwie vom Eis gekratzt und weggeschafft.

Die Hauptkommissarin hatte Rudi noch einige Fragen gestellt, während sich ihr Assistent, der kaum dem Grundschulalter entwachsen sein konnte, aufs Mitschreiben beschränkte. Rudi hatte nur wenig Erhellendes zur Klärung des Sachverhalts beitragen können. Was hätte er auch sagen sollen? Okay, er hätte erwähnen können, dass die Männer vom Wachdienst zu Nikolaus traditionell diese roten Mäntel trugen. Aber das würden sie schon früh genug herausfinden. Gerade befragte die Hauptkommissarin einen von ihnen. Nicht Arthur, den ollen Knörwel, sondern den Netten, den

Jürgen. Einer von denen, die ihn im Allee-Center schlafen ließen. Sogar eine Isomatte hatte er ihm mal geschenkt. Und manchmal brachte er Rudi eine befüllte Tupperdose mit, wenn vom Abendessen etwas übrig geblieben war.

Jürgen hatte ihn entdeckt und hob kurz die Hand zum Gruß. Rudi winkte zurück. Auch die Hauptkommissarin sah in seine Richtung. Er winkte ihr ebenfalls zu. Konnte ja nicht schaden. Eigentlich machte sie für eine Polizistin einen ganz netten Eindruck, etwas gestresst vielleicht. Aber das war ja kein Wunder. Ein toter Nikolaus am 6. Dezember, da konnte einem der Blutdruck schon mal in die Höhe schnellen. Ihn selbst konnte so leicht nichts mehr aus der Ruhe bringen. Rudi nahm alles, wie es kam. Ändern ließ sich sowieso nichts.

Als wollte sein Herz ihm einen Streich spielen, fing es an, schneller zu klopfen, als er sah, wie die Hauptkommissarin mit raschen Schritten auf ihn zukam. Er bedachte sie mit einem, wie er hoffte, freundlichen Lächeln.

„Tach noch mal", begrüßte er sie. „Alles klar, Frau Kommissar?"

Sie nickte ihm zu und ignorierte den schlechten Scherz. „So weit, so gut", meinte sie. „Wir konnten den Toten identifizieren."

Das ging schnell, dachte er. „Ach wat. Wer is et denn? War, mein ich."

„Es handelt sich um einen der Wachmänner", sie warf einen Blick in ihren Notizblock, „Arthur Sonnenschein."

„Sonnenschein hieß der?" Rudi entfuhr ein Glucksen. „Entschuldigung. Wie … äh … passend. Und den hat et erwischt? Is ja 'n Ding."

„Sie kannten ihn?", folgerte die Hauptkommissarin.

Rudi zuckte gleichgültig mit den Schultern. „Klar. Ich kenn die alle. Die latschen ja quasi jede Nacht durch mein Schlafzimmer."

„Er war nicht der angenehmste Zeitgenosse, hörte ich?" Sie machte eine vage Kopfbewegung in Richtung Jürgen, der immer noch in der Nähe der Eisbahn stand.

„Gibt nettere", bestätigte Rudi. „Gibt aber auch schlimmere."
Er kannte zwar keine, aber es gab bestimmt welche.

„Sie kriegen hier doch bestimmt 'ne Menge mit?"

Rudi überlegte, ob dies eine Fangfrage war. „Geht so. Wat woll'n Se denn wissen?"

„Welchen Grund Herr Sonnenschein gehabt haben könnte, während seiner Dienstzeit ein paar Runden auf dem Eis zu drehen, zum Beispiel."

Wäre die Sache nicht so ernst, könnte er bei der Vorstellung glatt lachen. „Vielleicht, weil et grad so schön leer war", schlug er vor. „Is er hingefallen? Is er deswegen tot?"

„Das können wir noch nicht sagen", wich die Hauptkommissarin aus. „Kommen wir noch mal auf das Geräusch zurück, das Sie geweckt hat."

„Mhm", brummte er.

„Können Sie das vielleicht ein bisschen genauer beschreiben?", verlangte die Hauptkommissarin.

Rudi fuhr mit dem Zeigefinger seiner rechten Hand unter die Wollmütze und kratzte sich am Hinterkopf. „Nä, tut mir leid. Ich war ja im ersten Schlaf. Mich hat wat geweckt, un dann hab ich nachgesehen."

„Und da lag der Herr Sonnenschein auf dem Eis?"

„Jo."

„Sonst haben Sie niemanden bemerkt?"

Er überlegte einen Moment und schüttelte dann den Kopf. „Nä, sonst war da niemand. War menschenleer, der Platz."

„Na gut …", seufzte sie. „Das war's fürs Erste. Sollten sich weitere Fragen ergeben, komme ich auf Sie zu."

„Machen Se dat. Ich bin immer hier inne Gegend." Er hob die Hand zum Gruß und schlurfte davon.

8. Dezember. – „Wer hätte das gedacht", sagte Malte Mölling und fummelte eine gebrannte Mandel aus der Tüte, die er vor wenigen Minuten am Stand vorm Allee-Center erworben hatte. „Dass ein

Wachmann das Allee-Center als Umschlagplatz für seine Drogen-geschäfte nutzt. Wo gibt's denn so was?"

Silke Pfeifer tunkte ihren dritten Reibekuchen in das Apfelmus und biss ein großes Stück ab. Mit geschlossenen Augen kaute sie ge-nießerisch und nahm sich Zeit, ihrem jungen Kollegen zu antworten.

„Tja, man kann den Leuten nur vor den Kopf gucken", bedau-erte sie.

Malte Mölling ließ die Mandel zwischen seinen Zähnen kna-cken, was für Silke dem Geräusch von Fingernägeln auf einer Kreidetafel gleichkam. „Trotzdem wissen wir immer noch nicht, was genau in der Nacht passiert ist."

Die vorläufigen Untersuchungen hatten ergeben, dass der Fund-ort – die Eislaufbahn – nicht der Tatort gewesen war. Wo und wie genau Arthur Sonnenschein ums Leben gekommen war, wussten sie nicht. Eine Wunde an der Stirn des Opfers legte nahe, dass es einen heftigen Schlag vor den Kopf bekommen hatte. Ob dieser todesursächlich war, stand noch nicht fest. In den Taschen des Wachmanns – denen seiner Uniform, nicht denen des Nikolaus-mantels – waren einige Tütchen mit Tabletten gefunden worden. Ecstasy, wie sich herausstellte.

„Ich bitte Sie. Der Sonnenschein hat sich mit einem seiner Kun-den anne Köppe gekriegt, und der hat ihm dann eins vor die Rübe gedonnert. Bumms, aus, Nikolaus." Mölling rollte mit den Augen und taumelte theatralisch von rechts nach links.

„Ja, bumms aus. Leider haben wir keinen blassen Schimmer, wer dieser vermeintliche Kunde sein könnte. Und warum Sonnen-schein dorthin verfrachtet wurde."

Sie sah zur Eislaufbahn, wo die Besucher des Weihnachtsmark-tes inzwischen wieder ihre Pirouetten drehten. Überhaupt war heute einiges los, und nichts erinnerte mehr daran, dass hier erst vor zwei Tagen ein Mensch zu Tode gekommen war. In der Presse war der Vorfall als „tragischer Unfall" deklariert worden, vermut-lich, um den Remscheidern die Vorweihnachtslaune und den Standbetreibern das Geschäft nicht zu verderben. Die Kriminaltechniker waren dazu angehalten worden, sich mit der Spurensicherung zu sputen, um den Weihnachtsmarkt – oder „Remscheider Weihnachtstreff", wie er offiziell hieß, – nicht länger als unbedingt notwendig stillzulegen. Wen interessierte schon ein Drogendealer weniger auf der Straße? Die Hauptkommissarin blickte die große Säule hinauf zum Bergischen Löwen, einem der Wahrzeichen der Stadt. *Schade, dass du mir nicht sagen kannst, was passiert ist*, dachte sie und schob sich das letzte Stück Reibekuchen mit dem verbliebenen Klecks Apfelmus – es war wie immer exakt die richtige Menge – in den Mund.

Der Tote, Arthur Sonnenschein, war bei seinen Kollegen nicht sehr beliebt gewesen. Ein Eigenbrötler und Stinkstiefel, so die einhellige Beschreibung der Wachmänner – Frauen gab es in dem Team nicht. Von dessen Drogengeschäften wollten sie nichts mitbekommen haben, er drehte seine Runden immer allein. Jetzt sei ja auch klar, warum. Ob das nicht gegen die Vorschriften verstieß?, wollte die Hauptkommissarin wissen. Der Chef des Wachdienstes hatte gleichgültig mit den Schultern gezuckt. Solange der Betrieb reibungslos lief, ließ er seinen Mitarbeitern freie Hand. Na ja, so reibungslos lief der Betrieb ja nun nicht, wenn einer der Wachleute während der Arbeitszeit Drogen vertickt und dabei zu Tode kommt, hatte Malte Mölling nicht zu unrecht angemerkt. Das hätte er ja nicht gewusst, meinte der Chef desinteressiert. Sonnenscheins Kollegen leuchtete nun zumindest ein, weshalb Arthur den armen Obdachlosen, den Rudi, immer aus dem Allee-Center gejagt hatte. Um ungestört seinen krummen Geschäften nachgehen zu können. Apropos Rudi, wo war der eigentlich? Sie hatte ihn bislang nicht entdeckt.

„Wissen Sie, was ich glaube?", fragte Malte Mölling neben ihr und zermalmte eine weitere Mandel zwischen seinen Zähnen.

Silke verzog angesichts des Geräuschs das Gesicht. „Nee, was denn?"

„Es war der Obdachlose, der Rudi Dingenskirchen", sagte der Kommissaranwärter. „Der wollte Drogen von dem Wachmann, und weil er nicht bezahlten konnte, gab's Streit. Und dann hat der Rudi ihm eins vor den Latz geknallt. Kennt man doch."

Wie gut, dass der junge Mann keine Vorurteile hatte. „Wäre schön, wenn wir wenigstens wüssten, womit er – oder wer auch immer – Sonnenschein eins vor den Latz geknallt hat", seufzte die Hauptkommissarin.

„Den Leuten vom Eisstockschießen ist eins ihrer Geräte abhandengekommen", informierte die Verkäuferin des Reibekuchenstands, die ihr Gespräch offensichtlich mitbekommen hatte. „Einer dieser Pümpel, wie heißen die eigentlich?"

23. Dezember. – Der Tag vor Heiligabend war für Kriminalhauptkommissarin Silke Pfeifer immer der anstrengendste. Egal, wie häufig sie sich vornahm, die Weihnachtsgeschenke im nächsten Jahr nun wirklich und ganz bestimmt früher zu besorgen, war der gute Vorsatz spätestens Neujahr vergessen und kam ihr erst am 23. Dezember wieder in den Sinn. So war sie am Nachmittag durchs Allee-Center gehetzt und hatte ihre Einkäufe anschließend in ihr Auto verfrachtet, um entspannt auf dem Weihnachtsmarkt ihre letzten Reibekuchen für die kommenden zwölf Monate zu verputzen. Bevor sie ihren Lieblingsstand ansteuerte, ging sie noch einmal zur Eislaufbahn, die wie immer regen Zulauf hatte. Sie überlegte, selbst ein paar Runden zu drehen, ließ es aber lieber bleiben. Auf Schlittschuhen hatte sie zuletzt als Kind gestanden. Man sollte sein Schicksal nicht unnötig herausfordern.

Inzwischen lagen die letzten Untersuchungsergebnisse im Todesfall Arthur Sonnenschein vor. Die Wunde an seiner Stirn stammte tatsächlich von einem Eisstock, genauer gesagt von dessen Laufsohle. Der Schlag jedoch war nicht ursächlich für den Tod des Mannes gewesen. Gestorben war er letztendlich an einem plötzlichen Herzstillstand. Vermutlich hatte er sich im wahrsten Sinne des Wortes zu Tode erschrocken. Die Tatwaffe war nach wie vor verschollen. Und solange es keine Verdächtigen gab, würde der Fall vermutlich demnächst als tragisches Unglück zu den

Akten gelegt. Nicht gerade das, was Silke eine befriedigende Lösung nannte. Aber es ließ sich nicht ändern.

Als sie sich gerade abwenden wollte, bemerkte sie den rappeldürren Mann, der den Weg zwischen Sparkasse und italienischem Café gekommen sein musste und soeben um die Ecke schlurfte. Er zog einen Einkaufstrolley hinter sich her, dessen rechtes Rad ziemlich eierte. Sie wartete, bis er sie erreichte.

„Hallo, Herr … äh …"

„Rudi", sagte der Obdachlose. „Sind Se immer noch am Ermitteln?"

„Nein, heute bin ich privat hier", sagte Silke.

„Ah so", sagte er und klang etwas verwundert.

Ja, auch Polizistinnen haben ein Privatleben, dachte Silke, sagte aber nichts.

„Wissen Se mittlerweile, wat mit dem Arthur passiert is?", fragte er nach einer Weile betretenen Schweigens.

Silke Pfeifer sah dem Mann forschend ins Gesicht und überlegte sich ihre Worte sorgfältig. „Wissen schon", meinte sie schließlich und lächelte. „Nur nutzt mir das nichts."

Rudi runzelte verwirrt die Stirn. „Häh? Versteh ich nich."

„Wir wissen, was mit ihm passiert ist, aber nicht, wo es passiert ist oder wer daran beteiligt war."

„Ach so." Er nickte verstehend. „Dann is er nich aufm Eis ausgerutscht?"

„Nein, das ist ausgeschlossen. Ihnen ist nicht zufällig noch was eingefallen?"

Er rieb sich die knubbelige rote Nase. „Ich denke nich. Nee, tut mir leid."

„Macht nichts", versicherte Silke. „Die Hoffnung stirbt zuletzt."

„So sieht et aus."

„Was haben Sie jetzt so vor?", fragte sie.

Er hob die Schultern. „Nix besonderes, 'n bisschen gucken. Is immer so romantisch, wenn de ganzen Lichter an sind, un et riecht immer so lecker. Un Sie?"

Silke deutete in Richtung Reibekuchenstand. „Ich liebe die Dinger. Die hau ich mir jedes Jahr tonnenweise rein."

Er grinste. „Sieht man gar nich. Aber stimmt schon, dat sind de Besten."

„Wollen Sie vielleicht? Ich lad Sie ein."

„Och, da sag ich nich nein."

Sie lachte und hakte sich bei ihm unter. Gemeinsam gingen sie zur Bude mit den besten Reibekuchen.

Heiligabend. – Rudi saß am üppig gedeckten Tisch und beobachtete die beiden Jungen und das Mädchen, die ihm mit rot glühenden Wangen gegenübersaßen. Natürlich hatten sie sofort durchschaut, dass es sich bei ihm nicht um den echten Weihnachtsmann handelte, als er vor einer Stunde an der Haustür geklingelt hatte. Aber sie waren gut genug erzogen, um das Spiel mitzuspielen. Immerhin hatte er ja auch einen Sack voller Geschenke dabei, die der Vater der drei Kinder ihm vorher übergeben hatte.

„Danke für die Einladung", sagte er zu dem Mann, der rechts von ihm am Kopfende des Tischs saß.

„Da nicht für", meinte der und drückte kurz Rudis Hand. „Wollen wir eben raus auf die Terrasse, eine rauchen?"

Rudi nickte, und die beiden Männer erhoben sich.

„Rauchen ist ungesund", rief einer der beiden Jungen, das älteste der drei Kinder, ihnen hinterher.

„Danke noch mal für deine Hilfe", meinte der Mann, als sie draußen und außer Hörweite waren.

Rudi winkte verlegen ab. „Ach, da nich für. War doch selbstverständlich, Junge."

„Ich wollte das nicht. Es war ein Unfall."

„Sicher, Junge, weiß ich doch."

Eine Weile rauchten beide schweigend, jeder in seine Gedanken versunken. Rudi dachte an die Nikolausnacht zurück. Wie Arthur ihn mal wieder aus dem Allee-Center geworfen hatte. Der olle Knörwel hatte wahrscheinlich gedacht, Rudi ahnte nichts von seinen krummen Geschäften. Von wegen. Er wusste ganz genau, was der Kerl trieb, sobald er ihm gezwungenermaßen den Rücken kehrte.

Ein schöner Wachmann. Aber was sollte Rudi gegen ihn ausrichten? Einem Penner glaubte sowieso keiner. Irgendwann hatte er dann doch einem der anderen Wachmänner davon erzählt – dem netten Jürgen, der ihm immer Essen mitbrachte. Gemeinsam heckten sie einen Plan aus, den sie im Nachhinein lieber auf Eis gelegt hätten. Jürgen wollte sich in der Nikolausnacht im Allee-Center auf die Lauer legen und Arthur heimlich mit der Handykamera bei seinen Machenschaften filmen. Das Filmmaterial wollte er dann anonym der Polizei zukommen lassen. War irgendwie nicht so gut gelaufen.

„Vielleicht sollteste dein Handy bei der nächsten Aktion auf lautlos stellen", schlug Rudi gutmütig vor. „Dann fliegste auch nich auf."

„Besser wär's", stimmte Jürgen betrübt zu und reichte seinem Gast eine weitere Zigarette. „Als der Arthur mich quer über den Weihnachtsmarkt zum Eisstockschießstand gejagt hat, dachte ich, mein letztes Stündchen hätte geschlagen. Gott sei Dank lag da noch einer dieser Pümpel rum."

„Na ja, für Arthur wohl nich Gott sei Dank", sagte Rudi.

Jürgen nahm einen tiefen Zug von seiner Zigarette. „Das wollte ich doch nicht. Der ist einfach umgefallen wie ein vom Blitz getroffener Baum. Dabei hatte ich gar nicht so fest zugeschlagen."

„Tja, war irgendwie doof", bestätigte Rudi.

„Wem sagst du's?" Jürgen seufzte.

„Die Idee, ihn auf die Eisfläche zu werfen, war auch nicht die klügste."

„Ich dachte, dann glaubt die Polizei, er wäre unglücklich gefallen", rechtfertigte sich Jürgen.

„Hat nich so gut geklappt. Na ja, hinterher is man immer schlauer wie mittendrin. Sag mal, wo is eigentlich der Eisstock abgeblieben?", fragte Rudi.

„Den hab ich vorerst in meiner Garage gebunkert", verriet Jürgen. „Da steht so viel anderes Gerümpel, da fällt der nicht weiter auf."

„Wenn de meinst …"

„Frohe Weihnachten, meine Herren", ertönte eine weibliche Stimme aus dem Garten des Nachbargrundstücks.

Rudi und Jürgen fuhren zusammen und wandten beide die Köpfe nach rechts. Dort stand auf der anderen Seite der Hecke Kriminalhauptkommissarin Silke Pfeifer und prostete ihnen mit einem Weinglas zu.

„Wat … äh … wat machen Sie denn hier?", stammelte Rudi fassungslos.

Die Hauptkommissarin schwenkte das Weinglas in Richtung Haus. „Ich bin auf Besuch hier. Bei meinen Schwiegereltern."

Rudi sah Jürgen verwirrt an. „Wussteste dat?"

Der schüttelte den Kopf. „Wir wohnen erst seit zwei Monaten hier."

„Ja, das tut mir jetzt extrem leid", entschuldigte sich die Hauptkommissarin, klang aber ganz und gar nicht so. „Mir war das bis vorhin auch nicht klar. Ich wollte Ihr Gespräch auch gar nicht belauschen, konnte mich aber nicht dagegen wehren."

„Un getz?", wollte Rudi wissen.

„Jetzt müsste ich Sie beide eigentlich aufs Präsidium bitten."

„Eigentlich?"

„Aber weil heute Heiligabend ist und ich nicht im Dienst bin und außerdem einen Schwips habe, mache ich Ihnen einen Vorschlag", fuhr sie fort. „Sie begeben sich nach den Feiertagen freiwillig dorthin und machen eine Aussage. Wäre das in Ihrem Sinne?"

„Haben wir 'ne Wahl?", fragte Rudi.

„Nicht wirklich."

„Na dann, danke … glaub ich."

„Gern geschehen." Sie hob noch einmal ihr Glas. „Frohe Weihnachten."

„Frohe Weihnachten."

Maria Soulas
Nicolaus TiCt aus

Wuppertal-Cronenberg

„Am Ende wird alles gut. Wenn es nicht gut ist, ist es noch nicht das Ende."

Sorgfältig befestigte Lola ihren *Spruch des Tages* am Spiegel. Jeden Morgen zog sie einen Zettel aus der bunten *Denk-Mal*-Box, in der sie Zitate sammelte. Zunächst hatten ihre Freunde diese Marotte belächelt, mittlerweile sorgten sie mit eigens für Lola notierten oder ausgeschnittenen Lebensweisheiten wie dem heutigen Oscar-Wilde-Zitat dafür, dass die kleine Kiste beinah überquoll. Und oft genug schien ihr zufällig herausgefischter Fund geradezu auf eine Begegnung oder ein Ereignis gemünzt.

Lola griff nach ihrem Mantel. Der schwarze, edel glänzende Stoff verlieh ihr eine ungewohnt strenge Blässe. Bereits beim Überstreifen des Cape-ähnlichen Kleidungsstücks fühlte es sich an, als schlüpfe sie in eine andere Haut.

Entdeckt hatte sie den Mantel an einem verhangenen Novembertag. Etwas leuchtend Rotes hatte sie im Schaufenster einer Boutique aus der Ferne magisch angezogen. Lola verliebte sich auf Anhieb in diese Farbe, der sie zutraute, jedes Wintergrau zu überstrahlen. Vollends fasziniert war sie, als die Verkäuferin das dunkle Geheimnis hinter der roten Fassade lüftete: Das Cape ließ sich komplett wenden. *„Das sind eigentlich zwei Mäntel"*, erklärte die junge Frau und öffnete einen im Saum verborgenen Reißverschluss. *„Falls Sie mal Lust auf einen anderen Look haben ..."* Mit wenigen Handgriffen präsentierte sie die schwarze Version des roten Mantels.

Heute hatte Lola zum ersten Mal das Innere nach außen gekehrt. Nach und nach verschwanden der rote Wollstoff und das gleichfarbige Futter, während sie den Reißverschluss zuzog – bis alles schwarz war. Als sie die Perücke aufsetzte, schien die Verwandlung perfekt. Sie nickte der Fremden im Spiegel zu und verließ ihre Wohnung. Schritt für Schritt veränderten sich selbst ihr Gang und ihre Haltung.

Dann folgte die Generalprobe: Isolde Kramer aus dem ersten Stock hielt sie mit ihren Plaudereien meist so lange auf, bis Lola fürchtete, zu spät zu kommen. Jetzt nickte sie ihr nur flüchtig zu – wie einer Unbekannten. Die alte Dame war ihre Lieblingsnachbarin. Lola vertraute ihr sogar Minnie und Micky an, wenn sie beruflich verreisen musste.

Das süße Mäusepärchen hatte sie sich selbst zum letzten Geburtstag geschenkt. Lolas Herz schlug für die kleinen Nager mit den großen Augen, seit sie während der Schauspielschule in einer Zoohandlung gejobbt hatte.

Aber nicht nur Frau Kramer ließ sich täuschen. Der Hausmeister, der stets interessiert das Gespräch suchte, ging wortlos an der Frau mit dem schwarzen Pagenkopf vorbei.

Die Vorstellung kann beginnen, dachte Lola vergnügt auf der Fahrt zum Cronenberger Theater.

***

„Herr Freytag ist in der Probe", lächelte eine Schauspielerin im goldenen Engelskostüm, die sich als Clara vorstellte und Lola am Eingang zum TiC in Empfang nahm. „Ich bringe Sie gleich zu ihm, dann bekommen Sie schon einen Eindruck von unserem Weihnachtsstück."

Bevor sie ihn sehen konnten, hörten sie seine Stimme. „Zu wenig Herz! Zu wenig Seele! Zu wenig von allem!", polterte er.

Die junge Frau neben Lola hielt hörbar den Atem an, während ihre Kollegin auf der Bühne mit den Tränen kämpfte.

Und dann war alles wieder da. Die Angst, die Scham, die Ohnmacht. Was sie längst überwunden glaubte, überfiel Lola mit ungeheurer Wucht.

Clara entfernte sich rasch mit einem hilflosen Schulterzucken, während er weiter auf der Schauspielerin herumhackte, bis er Lola entdeckte.

„Pause!", rief er, um einen freundlicheren Ton bemüht.

Hatte sie auch nur einen Augenblick geglaubt, er könnte sich geändert haben? Ihr naiver Einfall, ihn zu überraschen, mit ihm einen Kaffee auf die alten Zeiten zu trinken und gemeinsam darüber lachen zu können, war mit seinem Wutausbruch verpufft.

Lola hätte von sich aus nie mehr Kontakt mit ihm aufgenommen. Aber als der *Cronenberger Wochenanzeiger* im vergangenen Monat berichtete, der bekannte Regisseur Nicolaus Freytag inszeniere das Weihnachtsstück im TiC, hielt sie es für ein Zeichen. Es war Zeit, sich zu versöhnen. So lautete an jenem Morgen auch die Botschaft ihres Tages-Spruchs: *Vergebung ändert nie deine Vergangenheit, doch sie bereichert deine Zukunft.*

Zuerst wollte Lola kurz vorbeischauen, wenn er sich schon in ihre Heimatstadt Wuppertal verirrte, noch dazu nach Cronenberg. Dann hatte sie die Idee, als vermeintliche *Journalistin Xenia* einen richtigen Auftritt hinzulegen. Mit einstudierter Stimme, Mimik und Gestik.

Nach dem *Interview* würde sie die Perücke ablegen und fragen, wie ihm die Inszenierung gefallen habe. In ihrer Vorstellung hätte er mit dem Charme aus der Anfangszeit beteuert, nie an ihrem Talent gezweifelt zu haben.

Lola war zufrieden mit ihrem – ganz anderen – Werdegang. In der Agentur wurde sie von Kollegen und Auftraggebern geschätzt. Sie liebte die Herausforderungen ebenso wie die Abwechslung, die ihr Job bot. Und doch kam es vor, dass sie sich fragte, wie ihr Leben wohl verlaufen wäre, hätte sie ihren Traum von der Schauspielerei nicht begraben. Aber mit Anfang Zwanzig von der *Regie-Legende Nicolaus Freytag* in der Luft zerrissen zu werden …

Sie schloss die Augen. Das war alles so lange her. Ein anderes Leben. Am liebsten würde sie flüchten wie Clara. Aber da stand er bereits vor ihr.

„Sie kommen bestimmt von dem Kultur-Magazin. Ich darf doch Xenia sagen?" Das war seine andere Stimme. Die schmeichelnde mit dem unverwechselbaren Timbre, die seine seltenen Auftritte als Schauspieler so einzigartig machte. Die Stimme, der man kaum widerstehen konnte, wenn sie einem zärtlich ins Ohr flüsterte …

Lola straffte die Schultern und reichte ihm die Hand. Sein Haar war schütterer, seine Erscheinung – wie sein Ruf – weniger imposant als damals. Sie bemühte sich, ihre Rolle als *Xenia* perfekt zu spielen und seine Zwischentöne zu überhören. Die Verkleidung wäre vielleicht gar nicht nötig gewesen. Seine Brille trug er aus Eitelkeit ohnehin so gut wie nie. Vermutlich wusste er nicht einmal mehr, wer sie war. Wie er auch die Frau, die gerade weinend die Bühne verließ, bereits vergessen hatte. In seine Erinnerung zementiert war ausschließlich seine eigene Genialität. Gönnerhaft bescheinigte er *Xenia* nach ihren ersten Fragen, dass sie seine Erfolgs-Bilanz so gut recherchiert habe wie kaum ein Journalist zuvor.

Er schwelgte bei jedem Stichwort in alten Anekdoten und ließ keinen Superlativ aus, mit dem er je bedacht worden war. Während er sein eigenes Loblied sang, beschloss Lola, sich als *Xenia* von ihm zu verabschieden. Sie würde sich nicht zu erkennen geben. Nichts hatte sich geändert.

„Wissen Sie, ich werde ständig gebeten, meine Memoiren zu schreiben." Er legte seine Hand auf ihre. „Aber mir fehlt die Zeit und – eine Co-Autorin wie Sie, Xenia, die meine Karriere aufmerksam verfolgt hat." Er führte ihre Hand an die Lippen. „Am besten unterhalten wir uns mal ganz in Ruhe darüber. Wie wär's gleich nachher? Übrigens koche ich gern und esse ungern allein."

Mit Oscar-reifem Bedauern verwies Lola auf den nahenden Redaktionsschluss und entzog ihm ihre Hand.

„Aber dann müssen Sie zu unserer Nikolaus-Feier kommen. Morgen Abend hier im Theater."

Mit einem vagen „Mal schauen" wandte Lola sich zum Gehen.

„Sie können doch Nicolaus keinen Korb geben!", rief er ihr nach, als sie schon an der Tür war.

Draußen standen einige Schauspieler fröstelnd beieinander und grüßten in ihre Richtung. Lola winkte zurück, besonders freundlich lächelte sie der jungen Frau zu, die Nicolaus auf der Bühne so gnadenlos auseinandergenommen hatte. Ihre geschwollenen Augen waren selbst im Halbdunkel kaum zu übersehen.

Bevor sie in ihren Wagen stieg, warf Lola einen letzten Blick zurück. Wie eine schützende Wolke umhüllten Rauchschwaden die kleine Gruppe. Ab und zu glomm eine Zigarette zwischen den immer dichteren Schneeflocken auf.

Ins fahle Mondlicht getaucht strahlte das Gebäude etwas Unheimliches aus. Lolas Großmutter war hier noch zur Schule gegangen. Als Kind hatte Lola es geliebt, ihren Geschichten von lustigen Streichen und strengen Lehrern zu lauschen. Ihrer Oma hätte es gefallen, dass die alte „Borner Schule" nun ausgerechnet ein Theater beherbergte.

Lolas Handy klingelte, und ihre Anspannung löste sich, als sie auf dem Display die niedlichen Mäuse-Gesichter von Minnie und Micky sah. Ihre Mutter war dran und lud sie für Sonntag ein. „Natürlich gibt es dein Lieblingsessen." Ihre Stimme klang so wohltuend sanft wie damals, als sie Lola tröstete, nachdem diese verkündet hatte, sie wolle nie mehr etwas mit der Schauspielerei zu tun haben. Ihre Mutter fragte nicht nach. Auch das liebte Lola an ihr. Sie wartete, bis man von seinem Kummer erzählte – und auch, wenn man es vorzog zu schweigen, war sie da. Mit dem besten Trost der Welt, den man in jeder ihrer Umarmungen spürte.

Unterwegs hielt Lola vor dem Supermarkt auf der Hauptstraße, in dem wieder einmal neue Betreiber ihr Glück versuchten. Sie würde ihren Eltern eine Überraschung mitbringen. Marzipan für ihren Vater, Nougat für ihre Mutter. Auch Minnies und Mickys Lieblingsnüsse wanderten in den Einkaufswagen. Auf dem Weg zur Kasse hielt sie inne. Im Theater war sie an dem Regal mit den Boxen vorbeigekommen. Sogar der Anblick dieser Plastikbehälter, in denen die Schauspieler kleine Requisiten und Persönliches wie ihre Make-up-Schwämmchen aufbewahrten, hatte sie in eine wehmütige Stimmung versetzt …

Rasch überschlug sie die Zahl der Mitwirkenden auf und hinter der Bühne. Jeder würde morgen zur Abwechslung einen *süßen* Nikolaus in seinem Fach vorfinden. Und für den nicht ganz so süßen leibhaftigen Namensvetter würde sie sich etwas Besonderes einfallen lassen.

Lola verstaute ihre Einkäufe im Wagen, sah zu, wie der Schnee allmählich liegenblieb und schlenderte ziellos weiter. Ob es in diesem Jahr endlich wieder weiße Weihnachten geben würde?

Auch in der Dorper Apotheke schien man darauf zu hoffen. Das Schaufenster war mit einer malerischen Winterlandschaft dekoriert. Als der Inhaber an der Tür erschien, winkte Lola ihm freudig zu. Jedes Mal, wenn sie ihn sah, dachte sie an die kunterbunte Mini-Tier-Sammlung, die noch im Kinderzimmer in ihrem Elternhaus stand. Die *tierischen* Geschenke hatte der Apotheker eine Zeitlang an kleine Besucher verteilt. Mit viel Fantasie hatte Lola immer neue Symptome erfunden, die zwar keine Arztbesuche, unbedingt aber wohlschmeckende, frei verkäufliche Medikamente erforderten, wovon sie ihre Mutter erfolgreich überzeugen konnte. Als der Apotheker, dessen Gruß sonst stets herzlich ausfiel, eher unverbindlich zurücklächelte, erinnerte Lola sich wieder an ihre Perücke.

Nicht einmal die bestellten Krimis konnte sie in der Buchhandlung gegenüber abholen. Lola malte sich belustigt die Verwunderung in den Gesichtern aus, wenn sie in ihrem *Xenia-Aufzug* die Bestellung von Stammkundin Lola abholen wollte. Also ging sie am einladend beleuchteten Geschäft vorbei, ohne wie üblich so lange bei Nettesheim zu stöbern, bis sie mit einem Armvoll Bücher herauskam.

Die weihnachtlich geschmückten Straßen und das leichte Schneetreiben ließen sie allmählich die vergangenen Stunden vergessen. Hatte Lola im Theater noch unter der Perücke geschwitzt, so genoss sie nun die wohlige Wärme auf ihrem Kopf, und wenn ein Bekannter grußlos vorüberging, fühlte sie sich mit ihrer *schwarzhaarigen Tarnkappe* wie bei einem der Streiche, die sie früher ausgeheckt hatte.

Zunehmend besser gelaunt lief Lola an der Reformierten Kirche vorbei, die mit ihrem Zwiebelturm, dem Wahrzeichen Cronenbergs, zu Recht als eine der schönsten im Bergischen Land galt und den Cronenberger Turmsängern seit Jahrzehnten die perfekte Bühne für ihre Adventskonzerte bot. Tief atmete sie die kühle Abendluft ein und lauschte dem Knirschen des Schnees unter ihren Schritten, bis sie unvermittelt am Ehrenmal stand. Hier hatte sie als Schülerin am Volkstrauertag eine Rede gehalten. Die Lokalpresse berichtete wie jedes Jahr über diese Tradition des Carl-Fuhlrott-Gymnasiums. In jenem Bericht standen jedoch nicht die Reden der Schüler im Mittelpunkt, sondern vor allem Lolas *Art des Vortrags.* Der Redakteur lobte nach dem szenischen Auftritt mit überschwänglichen Worten ihr schauspielerisches Talent …

Lola beschloss, sich mit einem heißen Tee im *Born Café* aufzuwärmen. Sie wollte gerade darauf zusteuern, als sie eine vertraute Gestalt hineingehen sah. Normalerweise hätte sie sich über die zufällige Begegnung mit Rieke gefreut. Ihre Freundin würde sie bestimmt auf andere Gedanken bringen – aber wie sollte Lola ihr die Verkleidung erklären? Ohne Tee und völlig durchgefroren erreichte sie ihr Auto. Irgendjemand hatte einen Smiley auf die zugeschneite Scheibe gemalt.

***

Zuhause angekommen wurde sie von Minnie und Micky wie immer ausgelassen begrüßt. Gerührt sah Lola ihrem Freudentanz zu und erinnerte sich an jene unschöne Szene vor der Tierhandlung. Sie hatte Nicolaus damals gebeten, sie nach Feierabend abzuholen. Fassungslos hatte er auf das Schaufenster gedeutet und mit bedrohlich leiser Stimme gesagt, wenn sie *da drin* arbeite, werde sie auf gar keinen Fall in seinem Wagen Platz nehmen, bevor sie nicht geduscht und die Kleidung gewechselt habe. Mit diesen Worten hatte er sie einfach stehenlassen und war davon-gerauscht.

„Wie kann man euch nicht zuckersüß finden?" Lola betrachtete Micky, der es sich in ihrer Hand gemütlich gemacht hatte und sie mit großen Augen anschaute, während Minnie übermütig herum-tollte. Aus Angst vor einem seiner Wutausbrüche hatte sie Nicolaus verschwiegen, wie oft sie in seinem Bett gelegen hatte – nachdem sie zuvor sämtliche Mäuse der Zoohandlung geherzt hatte. Das war in jener kurzen Phase, in der Lola glaubte, sie hätten so etwas wie eine Beziehung, und sich später belehren lassen musste, dass er sie nur *lockerer* machen wollte, damit sie seine Inszenierung nicht gänzlich verdarb …

Ziemlich bald nach seinem Ekel-Anfall und jenem Ausraster, wie sie ihn heute auf der Bühne in ähnlicher Form wieder hatte mitansehen müssen, machte sie Schluss. Die *talentfreie Möchte-gern-Aktrice* wagte es, dem Meister-Regisseur Adieu zu sagen. Was folgte, war ein Vielfaches mehr an Dramatik, als er ihr und sämtlichen Leidensgenossen auf der Bühne absprach … Sie konnte noch immer seine Stimme hören: „Du kriegst nie mehr ein Enga-gement! Nir-gend-wo! Dafür sorge ich!"

Lola holte tief Luft. Den Rest des Abends würde er ihr nicht ver-derben. Sie rieb sich die Schläfen und gab Minnie und Micky eine Extra-Nuss. Als sie in ihrer Hausapotheke nach einem Mittel gegen Kopfschmerzen suchte, musste sie plötzlich an die Geschichte mit dem Liebesbrief denken. Sie hatte ihn Nicolaus ins Jackett schmug-geln wollen – und dabei seine Tabletten entdeckt. Er hatte nie ein Wort darüber verloren. *Herzprobleme* gehörten offenbar nicht zu den Informationen, die er von sich preisgab. Lola hatte die Packung sofort erkannt. Ihr Onkel nahm das gleiche Medikament.

Bei Familientreffen war jedes auch nur annähernd kontroverse Thema tabu. Denn *schon die geringste Aufregung könnte Onkel Theodor umbringen*, wie ihnen Tante Christa stets einschärfte. Folglich beschränkten sich alle darauf, seine Rosenzucht zu loben und die trockenen, eher geschmacksneutralen Kuchen-Kreationen, die er ihnen vorsetzte, nachdem er seine Leidenschaft fürs Backen entdeckt hatte.

***

Als der Wecker am nächsten Morgen klingelte und Lola sich schlaftrunken aufsetzte, fiel ihr Blick auf die schwarze *Xenia*-Perücke. Ordentlich gekämmt hing sie über dem ballonförmigen Glas der Stehlampe. Sofort war Lola hellwach. Die Perücke hatte etwas Furchteinflößendes. Sie schloss die Augen, aber sie sah das Bild immerzu vor sich. Ratlos stand sie auf. Sollte sie wirklich …?

Entschlossen zog sie die Schlafzimmertür zu, um ihr *schwarzhaariges Ich* zu verdrängen. Doch es verfolgte sie ebenso wie der Tages-Spruch dieses 6. Dezembers: *„Das Privileg deines Lebens ist es zu werden, wer du wirklich bist."*

Bei der Arbeit in der Agentur war sie so unkonzentriert, dass fragende Mienen und Kommentare, ob sie verliebt oder krank sei, sich abwechselten. Da die Wahrheit um einiges verstörender war, zog Lola es vor zu schweigen. Erfolglos versuchte sie, sich abzulenken. Auch zu Hause kreisten ihre Gedanken unaufhörlich um Nicolaus.

Als sie an ihrer Frisierkommode vorbeikam, spürte sie, dass sie nicht allein war. *Xenia*, ihr schwarzhaariges Ich, war zurück. Lola ließ sich auf den Stuhl vor dem Spiegel sinken. Auch wenn es ihr eigenes Gesicht war, das Lola ansah, so schien sich das andere bereits dahinter abzuzeichnen. Noch nicht sichtbar, wartete *Xenia* im Verborgenen darauf, sich zu offenbaren.

Lola kämmte ihre blonden lockigen Haare straff zurück und fixierte sie mit Spangen, bis keine Strähne mehr hervorlugte. Dann begann sie, sich zu schminken. Mit jedem Pinselstrich nahm *Xenias* Gesicht Konturen an, legte sich über ihr eigenes. Bis ihr Spiegelbild jener Fremden glich, der Nicolaus gestern begegnet war. Lola setzte die Perücke auf – und erkannte sich nicht mehr.

Wie in Trance machte sie sich auf den Weg. Begleitet vom Schatten ihres dunklen Ichs. *Xenia* wurde immer präsenter. Lola stellte ihr Auto in der Solinger Straße ab, weil *Xenia* nicht wollte, dass es an diesem Abend auf dem Parkplatz vorm TiC gesehen wurde. Unerkannt spazierte sie in Richtung Theater, während Minnie und Micky in ihrer Transportbox protestierten, als ahnten sie, dass die schwarzhaarige Frau etwas im Schilde führte. Etwas, wozu Lola niemals imstande wäre.

In ihren hohen Stiefeln rutschte Lola auf dem frischen Schnee. Atemlos erreichte sie das Theater. Wieder stand ein Grüppchen beim Rauchen draußen. „Schreiben Sie bloß keinen Verriss", grinste einer der Schauspieler, „immerhin ist das ein *Original-Freytag-Geniestreich*." Alle fielen in sein Lachen ein, und Lola fühlte sich zurückversetzt in jene Zeit, als ihre Kollegen dieselben Witze machten.

Sie nickte zustimmend, ging direkt zu dem Regal und begann mit ihrer kleinen Bescherung.

„Was machen Sie denn da?", ertönte plötzlich eine Stimme hinter ihr.

Lola fuhr zusammen und hätte beinahe die Tasche mit den Nikoläusen fallen lassen.

„Ach Sie sind es." Clara lächelte. Sie trug das gleiche Kostüm wie bei ihrer ersten Begegnung – allerdings in Schwarz und erklärte, sie spiele den *verzauberten* Weihnachtsengel. „Am Anfang trete ich in Gold auf, aber dann verwandle ich mich in den Racheengel." Sie drehte sich um die eigene Achse, zog an ihren Trägern, und aus den vielen Stofflagen ihres Kleides stellten sich zwei große, schwarze Flügel auf. „Der Trick ist ein absolutes Highlight. Ich hoffe nur, es klappt bei der Premiere. Manchmal klemmt das Ding."

„Das sieht fantastisch aus", versicherte Lola und spürte *Xenias* aufflackerndes Interesse.

„Aber nichts verraten." Clara legte den Zeigefinger an die Lippen.

Lola hob die Hand zum Schwur. „Von mir erfährt keiner was."

„Dafür sag ich auch nichts." Clara deutete auf die Schoko-Nikoläuse. „Das ist echt lieb von Ihnen – *unser* Nicolaus ist übrigens in

der Requisitenkammer und möchte nicht gestört werden, weil …",
sie hielt inne. „Haben Sie das gerade gehört? Dieses Fiepen?"

Lola schüttelte den Kopf und hoffte, dass Minnie und Micky
zur Abwechslung mal muck*smäuschen*still waren.

„Also, dann bis gleich. Ich muss den anderen bei der Deko helfen."
Lola sah ihr nach. Nicolaus war also oben. Allein. Und natürlich
würde niemand es wagen, ihn zu stören …

Vor dem Interview hatte er *Xenia* das Theater gezeigt und bei
dem Rundgang eine Tür aufgeschlossen, die nun angelehnt war.
Dahinter führte eine verborgene zweite Treppe zu den Räumen un-
term Dach, in denen Kostüme und Requisiten aufbewahrt wurden.
Wie von etwas angetrieben, dem Lola sich nicht widersetzen
konnte, machte *Xenia* sich auf den Weg.

Bei jedem Schritt wollte Lola umkehren. Aber ihre Füße stiegen
unbeirrt die steilen Stufen hinauf. Oben schien niemand zu sein.
Unschlüssig, ob sie erleichtert oder enttäuscht sein sollte, wollte
sie schon gehen, als er wie aus dem Nichts auftauchte.

„Was für eine hübsche Überraschung! Haben Sie mich gesucht,
liebe Xenia?", fragte er geschmeichelt. „Ich wusste, Sie würden
die Chance ergreifen, meine Memoiren zu schreiben."

Lola nickte stumm und versuchte, sich ihre Furcht vor *Xenia*
nicht anmerken zu lassen.

„Dann hoffe ich mal, dass wir heute mehr Zeit füreinander
haben."

„Das hoffe ich auch", übernahm *Xenia* das Kommando. „Denn
ich habe noch einen kleinen Anschlag auf Sie vor …" In ihrer
Stimme schwang beinahe Vorfreude. „Ich möchte Ihnen die Idee
für ein Theaterstück vorstellen. Sie ahnen ja nicht, wie viel mir die
Meinung von Nicolaus Freytag bedeutet."

„Ich lese es nur unter der Bedingung", er trat zu ihr, „dass du Nicolaus sagst und wir das alberne *Sie* lassen." Sanft strich er über ihre
Wange und drehte ihr Gesicht ins Licht. „Irgendwie erinnerst du
mich an jemanden." Seine Hand wanderte langsam über ihren Hals.
„Ist dir gar nicht warm?" Er versuchte, ihren Mantel zu öffnen.

47

Als sie zurückwich und ihre Tasche unsanft gegen ein Möbel stieß, protestierten Minnie und Micky unüberhörbar.

„Was war das?" Misstrauisch sah Nicolaus sich um.

„Was denn?", fragte *Xenia* mit einem unschuldigen Augenaufschlag.

Als erneut ein Fiepen zu hören war, schien er blasser zu werden, aber er schwieg.

„Vielleicht spukt es hier, ist doch oft so in alten Gemäuern. Irgendwelche Geister der Vergangenheit." *Xenia* stellte die Tasche vorsichtig auf einem Tisch ab. „Also, zu meinem Stück: Im ersten Akt verliebt sich die Heldin unsterblich, alles rosarot-romantisch, im zweiten Akt jedoch wird das dunkle Geheimnis ihres Geliebten enthüllt." Unauffällig öffnete sie die Transportbox. „Bei einem Mondscheinspaziergang nimmt das Verhängnis seinen Lauf. Denn unser starker Held hat ein schwaches Herz, und", sie fixierte Nicolaus, „er leidet an einer Phobie. Dieser große Kerl hat panische Angst vor kleinen Mäusen ..."

Nicolaus wandte sich ab, schüttelte den Kopf und presste die Hände auf seine Ohren. Plötzlich drehte er sich wieder zu ihr. „Wer bist du?"

Xenia schüttelte nur lächelnd den Kopf. „Beim Date im Wald hat eine winzige Maus einen kurzen, aber bedeutenden Auftritt." Sie hob Minnie aus dem Käfig.

Nicolaus machte ein paar Schritte zurück. Aber er konnte die Tür nicht erreichen. Auf halbem Weg klammerte er sich an einen Sessel.

„Und für den Fall, dass der niedliche Racker sich verläuft", *Xenia* griff nach Micky, „gibt es eine Zweitbesetzung."

Als seine Beine nachgaben, ließ Nicolaus sich mit einem leisen Stöhnen in den Sitz sinken, ohne den Blick von den Mäusen lösen zu können.

In Mickys und Minnies zauberhaften Gesichtern war deutlich zu erkennen, wie sehr sie sich freuten, endlich aus der Transport-Kiste befreit zu werden.

Xenia registrierte, wie Nicolaus' Atem immer flacher wurde. „Die Panikattacke des gefallenen Helden passt nicht zu seinem Image."

Abwehrend hob Nicolaus eine Hand, mit der anderen zerrte er an seinem Kragen. *Xenia* kam immer näher. Unfähig aufzustehen, drückte er sich tiefer in den Sessel.

„Wird er die Liaison beenden?" Sie beugte sich über ihn. „Nein – er zieht es vor, den Lebenstraum seiner Mitwisserin zu zerstören." *Xenia* holte tief Luft. „Dritter Akt: Wiedersehen nach Jahren. Ohne Happy End." Minnie und Micky zappelten munter vor seinem kreidebleichen Gesicht. „Das Stück heißt: *Aus die Maus!*"

Bei ihren letzten Worten sprang Micky, der kleine Charmeur, dem versteinerten Nicolaus übermütig entgegen. Der stieß ein heiseres Röcheln aus, presste eine Hand auf seine Brust, während die andere unkoordiniert zuckte. Mit letzter Kraft versuchte er, sich an einer schmalen Kommode hochzuziehen. Keuchend lehnte er sich dagegen, bis der Schrank mit lautem Gepolter umstürzte.

Dann ist es still.

Langsam kommt Lola zu sich. Mit aufgerissenen Augen liegt Nicolaus reglos am Boden. Sie starrt ihn an, unfähig zu begreifen, was gerade geschehen ist. Minnie und Micky zittern ebenso wie sie selbst. Lola streichelt die beiden und setzt sich mechanisch in Bewegung. Sie nimmt denselben Weg, auf dem *Xenia* gekommen ist. Von der anderen Treppe dringen eilige Schritte und Stimmengewirr zu ihr. Unbemerkt verlässt Lola das Gebäude. Aus der Ferne ist ein Martinshorn zu hören, das sich rasch nähert. Kurz darauf hält der Notarztwagen direkt vor dem Eingang. Sanitäter springen heraus und rennen ins Theater.

Vorsichtig setzt Lola einen Schritt nach dem anderen auf den gefrorenen Schnee. Ihr Gesicht spiegelt sich in einer Fensterscheibe. Schwarz steht ihr, findet Lola. Sie wird die Perücke behalten.

Wer braucht nicht hin und wieder ein anderes Ich, das die Dinge in Ordnung bringt. Damit am Ende alles gut wird.

Tragödie, die nicht im Spielplan stand – ein Nachruf

Der renommierte Regisseur Nicolaus Freytag erliegt Herzinfarkt

Wuppertal-Cronenberg. – In den 90ern *Enfant terrible*, später DAS Regie-Genie, das dem Theater mit legendären Inszenierungen seinen eigenen Stempel aufdrückte. Auf den großen Bühnen zu Hause überraschte Nicolaus Freytag immer wieder mit Gastspielen in kleinen, engagierten Spielstätten wie im Theater in Cronenberg.

Als das TiC die Kooperation für das diesjährige Weihnachtsstück „Schwarzer Engel" verkündete, ahnte niemand, dass es die letzte Inszenierung des 59-Jährigen werden sollte.

„Theater ist Herz und Seele", wurde Nicolaus Freytag nicht müde zu betonen. Sein Herz mag aufgehört haben zu schlagen, doch seine Seele wird weiterleben auf den Brettern, die ihm die Welt bedeuteten.

Von nun an inszeniert er für die Engel. – Die Theaterwelt verneigt sich.

Danke, Nicolaus!

Oliver Buslau
Dreißig Sekunden

Bergisch Gladbach

Matze ist geblendet. Der Dirigent neben ihm hebt die Arme. Musik setzt ein.

Matze kennt sie.

So weiß er, dass ihm dreißig Sekunden bleiben.

Dreißig Sekunden, in denen er sich entscheiden muss.

Er blinzelt wieder. Nun hat er sich an die Scheinwerfer gewöhnt. Vor ihm, im Dunkel des großen Saales im Bergischen Löwen, wird die Masse der Menschen immer deutlicher.

Sechshundert Augenpaare sehen ihn an.

Dreißig Sekunden, denkt Matze.

***

Angefangen hatte alles am Tag davor.

Matze hatte um halb elf noch im Bett gelegen. Kein Wunder, einen Job hatte er nicht. Dafür Spielschulden.

Und plötzlich hatte es geklingelt ...

Wie im Reflex sprang er auf. Er stieg über einen Haufen leerer Bierdosen und drückte die Klinke der Wohnungstür herunter. Zwei Männer in dunklen Anzügen kamen herein.

Matze wusste, was sie wollten. Er sollte zwölftausend bezahlen, die er aber nicht hatte. Und die er auch gar nicht geliehen hatte. Es waren nur zehntausend gewesen. Die zusätzlichen zweitausend waren Zinsen.

Matze hatte mit deren Chef zu tun gehabt. Der Kontakt war von einem anderen Spieler gekommen, der ein ähnliches Problem wie Matze hatte. Und Matze war gewarnt worden. Dass die nicht zimperlich waren, wenn man nicht rechtzeitig seine Schulden beglich. Dass es ernste Probleme geben konnte. Wirklich ernste.

Aber Matze hatte nicht hören wollen.

Typisches Spielerdenken: Ich werde eine Glückssträhne haben und die Schulden zurückgewinnen.

Typisches Spielerschicksal: Die Glückssträhne blieb aus.

„Kleiner Tipp", sagte einer der beiden. „Wenn du es nicht selbst hast, klau es. Oder klau etwas Wertvolles. Der Boss liebt wertvolle Sachen. Das wird ihn besänftigen."

Der andere Mann seufzte mitfühlend. „Du glaubst nicht, wie ärgerlich der Boss werden kann." Er schüttelte den Kopf, als könne er es selbst nicht glauben. „Sehr, sehr ärgerlich. So was hier könnte dem Boss gefallen. Er ist Musikliebhaber, weißt du." Er tippte auf die Zeitung, die auf dem kleinen Tisch lag. Matze hatte sie aus dem Briefkasten eines Nachbarn genommen, der jedes Jahr über Weihnachten nach Mallorca flog. „Wir kommen wieder." Sie nickten ihm noch mal zu, gingen zur Tür und verschwanden aus der Wohnung.

Matze brach der Schweiß aus. Dabei war es kühl. Und Matze sparte an der Heizung.

Erst jetzt wurde ihm klar, was der Mann gemeint hatte. Die Zeitungsseite füllte ein großes Bild eines eitel dreinblickenden, glatt rasierten Mannes im karierten Jackett mit Goldrandbrille. Er hielt eine Violine in der Hand.

Es war ein Interview mit dem Mann mit der Geige, der Fabian von Schönburg hieß und sich offenbar viel darauf einbildete, als Solist in einem Konzert am vierten Advent aufzutreten. Morgen. Im „Bergischen Löwen". Die Violine, die er zeigte, war eine teure Amati-Kopie aus dem frühen neunzehnten Jahrhundert, die von Schönburg gerade erworben hatte und mit der er, wie er selbst sagte, das Konzert „krönen" würde.

Sich immer mehr festlesend, wurde Matze schnell klar, dass von Schönburg ein Möchtegern-Star war. Ein musikalischer Provinzkönig. Kein Profi-Musiker, sondern ein selbstverliebter, ambitionierter Laie. Und, wie es versteckt in der kleingedruckten Biografie in einem kleinen Kasten am unteren Seitenrand hieß, ein ehemaliger Banker. Der sich sein musikalisches Hobby eben leisten konnte. Das Hobby und eine wertvolle Geige.

Matzes mittlerweile verstorbener Vater hatte ihn immer wieder mit seiner Vorliebe für klassische Musik genervt. Am liebsten hätte es der alte Herr gehabt, wenn auch Matze ein Musikinstrument gelernt hätte. Matze hatte sich gesperrt, hatte aber bei jedem sonntäglichen Mittagessen, auf das Vaters Schallplattenkonzerte folgten, jede Menge Informationen über Mozart, Beethoven, Bach, Händel, Vivaldi und all die anderen Superstars der Klassik über sich ergehen lassen müssen. Ohren auf Durchzug stellen half auf Dauer nichts. Und so war bei Matze einiges hängengeblieben.

In einem anderen Kasten neben dem Artikel war das Programm des Konzerts abgedruckt. Händels „Messias"-Ouvertüre. Etwas von Vivaldi. Das „Winterkonzert" aus den „Vier Jahreszeiten". Eine Suite von irgendeinem Bach-Verwandten wurde noch gespielt. Und dann noch mal was von Vivaldi. Eine Streichersinfonie.

Für Matze eigentlich zum Gähnen. Aber jetzt elektrisierte ihn das. Die Geige.

Sollte er sie aus von Schönburgs Haus stehlen? Zu aufwendig. Und es würde nicht klappen. In die Villa eines Ex-Bankers brach man nicht unauffällig ein. Da gab es garantiert die besten Sicherheitssysteme.

Nein. Der beste Moment, der Moment, in dem die Geige schutzlos vor Diebstahl oder Raub war, lag im Umfeld des Konzerts. Oder während der Proben. Da wurden Pausen gemacht. Instrumente lagen, wenn auch kurz, schon mal unbeaufsichtigt herum …

Matze nahm sein Handy und suchte im Internet nach Informationen. Das Orchester, mit dem von Schönburg auftrat, hieß „Pro-Barock-Kammerorchester". Es war ein Amateurensemble. Mit einer eigenen Webseite. Und dort gab es nicht nur Informationen über die anstehenden Konzerte und eine kleine Selbstvorstellung, sondern auch einen Probenplan – verbunden mit der Aufforderung, sich zu melden, wenn man ein Streichinstrument spielte und Lust hatte, mitzumachen.

Er ging ins Bad, duschte, zog sich an und betrachtete sich im Spiegel. Seine Jeans war fleckig, sein kariertes Flanellhemd verschlissen. Die alte Lederjacke, die an einem Garderobenhaken neben der Tür hing, passte auch eher zur abgerissenen Existenz, die er führte.

Er brauchte als Erstes etwas anderes zum Anziehen. Etwas, das zu dem Klassik-Geigen-Vivaldi-Kram des Adventskonzerts passte.

Er rasierte sich. Nachdem er das erledigt hatte, wählte er die Nummer seiner älteren Schwester Jenny. Das hatte er lange nicht getan. Sie lebte im ehemaligen Elternhaus in Heidkamp. Ihr Mann war Verwaltungsbeamter in Köln und hatte ihm schon vor drei Jahren klargemacht, dass er ihn in dem Haus nicht mehr zu sehen wünschte. Damals hatte Matze Jenny fast monatlich um Geld angepumpt. Geld, das er ihr bis heute nicht zurückgezahlt hatte.

Matze gelang es, sie davon zu überzeugen, dass er auf dem Dachboden nach Klamotten des Vaters suchen musste. „Seit wann trägst du Anzüge?", fragte sie.

Matze murmelte etwas von einem Fest, auf das er gehen wollte. Hochzeit eines Freundes, gleich nach Weihnachten. „Es müssten doch noch ein paar Sachen von Papa da sein", fügte er hinzu. „Oder etwa nicht?"

Sie sagte, dass er kommen könne, zumal ihr Mann gerade nicht da war. Er machte sich auf den Weg und fuhr schwarz mit der S-Bahn die eine Station nach Gladbach rein. „Wie siehst du denn aus?", sagte Jenny verblüfft, nachdem sie die Tür geöffnet hatte.

„Wieso?", fragte Matze.

„So glatt rasiert … Man erkennt dich gar nicht wieder." Sie schüttelte ungläubig den Kopf. „Egal. Du hast zwanzig Minuten."

Auf dem Dachboden packte Matze ein paar Klamotten, die ihm passend erschienen, in eine alte Tasche. Spießiges Zeug, wie es für den Vater typisch gewesen war. Ein hellblaues Hemd. Ein Anzug in beige. Braune Schuhe, die sehr gut in Schuss waren.

Und er entdeckte noch mehr. Alte Schallplatten, die dem Vater gehört hatten. Und sogar Noten. Partituren. Der Vater hatte sich so stark mit der Musik von Bach, Beethoven und Co. beschäftigt, dass er es nicht dabei beließ, die Musik zu hören, sondern sogar die Noten mitlas. Manchmal hatte er diese Hefte mit den Partituren im Wohnzimmer auf ein Pult gelegt und vor den Boxen, aus denen in voller Lautstärke ein Konzert oder eine Sinfonie tönte, dirigiert.

Matze nahm einige der Partituren mit. Und einen kleinen Nylonbeutel. Er war nicht größer als zwei Handteller, aber wenn man ihn entfaltete, hatte man eine richtige Einkaufstasche, in die verblüffend viel hineinging.

Als er ging, steckte ihm Jenny hundert Euro zu. „Weil Weihnachten ist", sagte sie. „Mach's gut."

Matze bedankte sich hastig. Er war froh, dass sie nicht auf die Schulden zu sprechen kam. Mit dem Bus fuhr er runter zum Konrad-Adenauer-Platz, wo sich die Buden des Weihnachtsmarkts drängten. Matze ging hinüber zum Bergischen Löwen. Am Eingang fiel ihm sofort das auf tannengrünem Hintergrund gedruckte Plakat des Adventskonzerts auf. Im Internet hatte gestanden, dass heute Nachmittag um zwei hier auf der Bühne die Generalprobe stattfand. Er hatte noch über anderthalb Stunden Zeit.

Im Restaurant neben dem Veranstaltungssaal haute er dreißig Euro für ein Mittagessen auf den Kopf, das für ihn ein verspätetes Frühstück war. Neben dem großen Restaurant gab es noch die Schänke. Die Toiletten im Souterrain teilten sich beide Betriebe, und sie waren von beiden aus erreichbar. So ging Matze, der ja in seinen eher abgerissenen Kleidern vom Restaurant aus hereingekommen war, hinunter, zog sich um und ging in Anzug und Krawatte durch die Schänke wieder hinaus.

Ein bisschen fror ihn, denn er hatte keinen Mantel. Und die Tasche nervte ihn. Er musste sie loswerden. Schließfächer gab es am Gladbacher S-Bahnhof nicht. Eine Weile trug Matze das Ding einfach über den Weihnachtsmarkt. Dann sah er, dass die Tür zur Laurentiuskirche offen stand. Er stellte die Tasche einfach unter eine der Kirchenbänke. Er war sicher, sie hier demnächst wiederzufinden. Niemand würde sie mitnehmen. Weil in den nächsten Stunden keiner in diese Kirche kommen würde. Und wenn doch, würde derjenige sich nicht ausgerechnet hier hinsetzen.

Wieder draußen spürte Matze, wie ihn die Nervosität packte. Um sich zu beruhigen, genehmigte er sich einen Glühwein. Und dann noch einen. Er konnte es sich ja leisten. Allein an einem der Stehtische betrachtete er die Menschen, die vorüberzogen. Nach einer Weile kam ein Bekannter vorbei. Arno Schmitz, der mit seiner Freundin Sarah im selben Haus wohnte wie er. Er sah ihn an, erkannte ihn aber nicht. Keiner hatte ihn je in einem beigefarbenen Anzug mit Hemd und Krawatte gesehen.

Ich bin getarnt, dachte Matze. *Und das ist gut.* Jetzt nur noch diese Violine geschnappt und fertig.

Die Zeit verging träge. Irgendwann sah er dann endlich, wie einzelne Personen dem Eingang des Bergischen Löwen zustrebten. Einige trugen Instrumentenkoffer.

Matze betrat noch einmal die Kirche und ging zu der Tasche, die immer noch unter der Bank stand. Er entnahm ihr zwei der Partituren, die er von den Sachen seines Vaters mitgenommen hatte. Zwei Violinkonzerte.

Die Hefte unter dem Arm, ging er zum Löwen und steuerte den Eingang neben dem Theater-Café an. Zwei Männer kamen die Treppe aus der Tiefgarage herauf. Der eine war von Schönburg. Kamelhaarmantel. Die Goldrandbrille blitzte. In der Hand hielt er einen braunen Geigenkoffer. Der Mann neben ihm, ein dunkler Lockenkopf, war deutlich jünger. Sein Foto hatte Matze auf der Webseite des Orchesters gesehen. Es war Leonhard Berger, der Dirigent.

Matze hatte gerade den Arm ausgestreckt, um die Glastür zu öffnen. Jetzt blieb er stehen und ließ die beiden vor. Berger ließ ein kurzes „Danke" hören und ging hinein, aber von Schönburg reagierte anders. Er blickte Matze erstaunt an. Dann schienen seine Augen immer größer zu werden, und er begann breit zu lächeln. Von Schönburg und Matze standen im Durchgang und behinderten sich gegenseitig. Und von Schönburg hörte nicht auf zu grinsen.

Ein ungutes Gefühl machte sich in Matzes Bauch breit. Was war hier los? Matze vermied es, auf den braunen Geigenkoffer zu starren, in dem sich das Objekt seiner Begierde befand. Stattdessen beschloss er, einfach zurückzulächeln, und drückte die Tür noch ein Stück weiter auf. „Nach Ihnen", sagte er.

„Aber nein, nach Ihnen", gab von Schönburg zurück. „Wenn wir schon mal so hohen Besuch haben ... Ich hätte nie gedacht, dass Sie sich für unser Konzert interessieren. Und dass Sie auch bereits in die Generalprobe kommen ... Ich bin Ihnen sehr dankbar."

Matze verstand überhaupt nichts.

„Leider ist jetzt wenig Zeit", sagte von Schönburg. „Aber wir sprechen uns noch, ja? Später ... Wenn Sie Zeit haben ..."

„Mal sehen", sagte Matze, weil ihm nichts Besseres einfiel.

Jetzt waren sie im Foyer. Die Tür zum Saal stand offen. Die Musikerinnen und Musiker bauten auf der Bühne ihre Pulte auf. Stühle wurden herumgetragen.

Von Schönburg blickte auf die Noten, die Matze in der Hand hielt. „Sicher haben Sie selbst noch einiges andere zu studieren", sagte er. „Ich will Ihnen auf keinen Fall Ihre Zeit stehlen. Aber ein paar Worte dazu, wie ich das Vivaldi-Konzert spiele, dafür wäre ich Ihnen dankbar. Das Werk ist so berühmt, dass es sehr schwer ist, da noch einen eigenen Interpretationsansatz zu finden ... Aber wem sage ich das ..." Seine Augen leuchteten Matze durch die Brille an.

Matze nickte einfach nur. Auf der Bühne saß schon das kleine Orchester bereit. „Bis dann", sagte von Schönburg und legte so wie die anderen seinen Geigenkoffer einfach auf einer der Stuhlreihen ab, öffnete ihn und präsentierte so Matze die Amati-Kopie. Rötliches Holz. Glänzender Lack.

Zwölftausend Euro, dachte Matze.

Von Schönburg zog den Mantel aus, holte die Geige aus dem Koffer und hielt sie in einer eitlen Geste ans Kinn. Dabei schaute er sich um, als wolle er sich vergewissern, dass ihn auch jeder sah. Ihn und sein teures Prachtstück.

In Matzes Kopf ratterten die Gedanken. Dieser von Schönburg verwechselte ihn offenbar mit jemandem. Aber mit wem?

Von Schönburg ging auf die Bühne, tippte den Dirigenten an und flüsterte ihm etwas zu. Daraufhin drehte sich Berger um, sagte selbst wieder etwas zu den Musikern, woraufhin sich das ganze Orchester zu Matze drehte.

„Herzlich willkommen, Herr Fontana", sagte Berger laut und deutlich. „Wir freuen uns, dass Sie uns doch beehren. Alberto Fontana in unserem Konzert …"

Matze nickte kurz und suchte sich einen Platz weiter hinten. Und während das erste Stück gespielt wurde, das auf dem Programm stand, beschloss Matze, den Namen Alberto Fontana nicht zu vergessen. Er hörte ein bisschen der Musik zu und beobachtete von Schönburg, der ja in der Ouvertüre noch nicht beteiligt war, etwas abseits stand und mit der Violine in der Hand auf Noten starrte, die auf einem Stuhl lagen. Dabei übte er immer wieder stumm eine bestimmte Grifffolge, die ihm offenbar schwerfiel.

Matze wartete noch, bis von Schönburg sein Violinkonzert gespielt hatte. Dann glaubte er, seiner Rolle, die er ja selbst nicht kannte, so gut genügt zu haben, dass er gehen konnte.

***

Mit der Tasche in der Hand, die er noch aus der Kirche geholt hatte, öffnete er eine Dreiviertelstunde später die Wohnungstür. Für einen Moment war er froh, sich in der Sicherheit seiner eigenen vier Wände zu befinden. Aber er hatte gar nichts erreicht. Die Geige in der Probe zu stehlen, war unmöglich gewesen. Die nächste Chance war das Konzert. Morgen. Und wenn das wieder nicht klappte, musste er vielleicht doch bei von Schönburg einbrechen.

Wer war Alberto Fontana?

Er wollte gerade sein Handy nehmen, um den Namen zu googeln, da klingelte es. Eine unbekannte Nummer stand auf dem Display.

Ein kalter Schauer überfiel Matze. Er ließ das Handy klingeln, bis es aufhörte. Dann bekam er die Mitteilung, dass sich eine Nachricht auf seiner Mailbox befand.

„Du hast Zeit bis Montag", sagte eine männliche Stimme. „Dem Boss gefällt die Sache mit der Geige. Wir haben gesehen, dass du im Bergischen Löwen warst. Weiter so." Dann wurde aufgelegt.

Matze zog den Anzug, die Krawatte und das Hemd aus. Dafür seine Jeans und das Flanellhemd wieder an.

Er legte sich mit dem Handy in der Hand aufs Bett. Und zehn Minuten später wusste er, wer dieser Alberto Fontana war.

Ein berühmter Geigenprofessor, der an der Musikhochschule in Detmold unterrichtete und in etlichen Jurys von Musikwettbewerben saß. Seine Biografie war ellenlang. Fontana hatte italienische Wurzeln, war aber in Berlin zur Welt gekommen. Der Vater war im diplomatischen Dienst gewesen … Matze musste scrollen, um das alles zu überfliegen. Und da sah er das Bild des Violinexperten. Matze traf fast der Schlag.

Fontana sah ihm ähnlich wie ein Zwillingsbruder. Und auf dem Bild trug er auch noch einen hellen Anzug.

Von Schönburg hielt ihn tatsächlich für diesen Fontana. Offenbar hatte er in seiner grenzenlosen Eitelkeit Fontana eingeladen, zu dem Konzert zu kommen. Als ob sich so eine Kapazität dazu herabließe, ein Adventskonzert in einer Provinz wie Bergisch Gladbach zu besuchen. Matze fiel ein, was Berger gesagt hatte.

Wir freuen uns, dass Sie uns doch beehren.

Fontana hatte abgesagt. Und nun dachte dieser Bergische Paganini, er sei doch gekommen. Und er hatte sogar Berger und das Orchester davon überzeugt.

Das war gut. Das war sogar sehr gut. So gut, dass man bescheuert wäre, würde man es nicht ausnutzen.

Er beschloss, den Rest des Tages und den nächsten Vormittag in seiner Wohnung zu bleiben. Gegen Abend lenkte er sich mit ein paar Youtube-Videos ab. Ruhe fand er nicht. Ob das alles klappte?

Das Konzert begann um achtzehn Uhr. Auf der Webseite des Orchesters las Matze, dass es eine Anspielprobe anderthalb Stunden vorher gab, die eine knappe halbe Stunde dauern würde. Danach hatte Matze also genau das Zeitfenster, das er brauchte, um die Geige zu stehlen.

***

Er fuhr früh in die Stadt, hielt sich wieder eine Weile auf dem Weihnachtsmarkt auf, wo er wie gestern Glühwein trank und den Eingang des Bergischen Löwen beobachtete. Etwa zwanzig Minuten vor der Probe strebten die Musikerinnen und Musiker mit ihren Instrumentenkoffern dem Gebäude zu. Matze ging ebenfalls hinüber und wartete auf von Schönburg, der diesmal allein aus der Tiefgarage kam.

„Herr Fontana, wie schön", sagte er, etwas atemlos, offensichtlich vom Treppensteigen. „Als Sie gestern gegangen sind, habe ich schon gedacht …" Er schüttelte den Kopf. „Wie dumm von mir. Herzlich willkommen." Er ging vor, in der einen Hand den Geigenkasten, und öffnete die Tür.

Diesmal ging von Schönburg nicht in den Saal, sondern nahm die Seitentür, die auf einen Flur und dann zu den Garderoben führte. Im Vorbeigehen konnte Matze einzelne Räume sehen, wo die Orchestermitglieder in kleinen Gruppen mit ihren Instrumenten beschäftigt waren. Manche unterhielten sich. Alle, die Matze und seinen Begleiter vorbeigehen sahen, machten große Augen.

Eine Tür trug auf einem mit Tesafilm befestigten Blatt die Aufschrift „Dirigent", die daneben „Solist". Von Schönburg öffnete den Raum, der für ihn vorgesehen war.

„Kommen Sie rein", sagte von Schönburg. „Wir haben noch ein paar Minuten. Ich wäre Ihnen sehr dankbar, wenn Sie mir etwas zu meiner Interpretation des ‚Winterkonzerts' sagen könnten." Während er sprach, zog er den Mantel aus. Darunter trug er bereits Konzertkleidung. Dann öffnete er den Geigenkasten und nahm das Instrument heraus. Matze bemerkte, dass von Schönburgs Hände zitterten. Er befestigte die Schulterstütze, nahm auch den Bogen und strich über die Saiten. Der Klang wirkte ebenfalls zittrig. Der selbst ernannte Meisterviolinist war nervös.

„Nur heraus mit Ihrer Meinung", sagte von Schönburg. „Wie spiele ich zum Beispiel die Kantilene im langsamen Satz? Schaffe ich es, ihr den großen Bogen zu geben, den sie braucht? Und der rasende Wintersturm am Ende ... Sie glauben nicht, wie lange ich daran geübt habe."

Matze räusperte sich und lächelte. Er hatte keine Ahnung, was die Rolle dieses Alberto Fontana von ihm verlangte. Jetzt zeigte sich Schweiß auf von Schönburgs Gesicht. Das Zittern an der Hand nahm zu. Matze kam die Idee, dass es sicher am besten war, wenn er etwas sagte, was den Mann erst mal beruhigte. Sonst würde er seinen Auftritt gar nicht schaffen. Das musste er ja auch nicht. Er würde die Geige bis dahin nicht mehr haben. Weil Matze sie geklaut hatte. Beziehungsweise Alberto Fontana. Für den man ihn hielt.

„Lieber Herr von Schönburg", sagte er. „Sie haben Ihre Interpretation meisterhaft angelegt. Sie können ganz beruhigt sein." Während sich das Gesicht des Geigers aufhellte, kam es Matze in den Sinn, noch eins draufzulegen. „Wissen Sie, ich habe das Stück selbst sehr oft gespielt ... Ich kenne seine Tücken."

„Natürlich", sagte von Schönburg und tupfte sich mit einem Stofftaschentuch die Stirn ab.

„Sie sind ein Meister", sagte Matze. „Ich könnte es nicht besser spielen."

Von Schönburgs Nervosität ließ sichtlich nach. Jemand klopfte an die Tür. Es war der Lockenkopf. Berger. Nun blieb zum Glück keine Zeit mehr für große Gespräche oder Fachsimpeleien, denen Matze gar nicht gewachsen gewesen wäre. Alle strebten auf die Bühne. Matze, sozusagen als Promigast, verfolgte von der Seite mit Blick auf das Orchester, wie Berger einzelne Sätze des Programms anspielen ließ.

„Und jetzt heißt es warten", sagte von Schönburg, als alle in die Garderoben zurückkehrten.

61

„Wie verbringen Sie die Zeit vor dem Konzert?", fragte Matze und versuchte, die Frage harmlos klingen zu lassen.

„Ich gehe am liebsten an die frische Luft", sagte von Schönburg. „Wenigstens bis zwanzig oder fünfzehn Minuten, bevor das Konzert beginnt. Es gibt nichts Schlimmeres, als in der Garderobe zu sitzen. Aber trotzdem bin ich mit meinen Gedanken gerne allein."

Matze atmete innerlich auf. „Mir geht es genauso", sagte er.

Manche der Orchestermitglieder gingen ebenfalls weg. Andere lungerten in den Räumen oder auf dem Gang herum. Berger kam, überreichte Matze feierlich eine Eintrittskarte und erklärte noch einmal, wie stolz auch er sei, dass Alberto Fontana sich für das Konzert interessiere. Dann verschwand er in seiner Garderobe. Von Schönburg nickte Matze noch einmal zu und ging Richtung Ausgang.

Die Gelegenheit war da.

Den Geigenkasten nehmen, und das Instrument einfach raustragen? Man würde denken, der echte Alberto Fontana hätte den Diebstahl begangen. Aber sicher würde man ihn aufhalten. Matze hatte sich etwas anderes überlegt.

In der Innentasche seines Sakkos trug er den Nylonbeutel, den er bei Jenny gefunden hatte.

Scheinbar gelangweilt stand er auf dem Gang herum. Es dauerte fast zwanzig Minuten, bis die Luft rein war. Bis ihn niemand beobachten konnte, wie er von Schönburgs Garderobe betrat. Kaum hatte er die Tür hinter sich geschlossen, entfaltete er den Beutel, nahm beherzt die Amati-Kopie, die in dem geöffneten Kasten lag, und ließ sie hineingleiten.

Er wollte nach der Türklinke greifen. Draußen auf dem Gang unterhielten sich zwei Musikerinnen. Offenbar waren sie genau vor der Garderobe stehen geblieben.

Matze konnte nicht verstehen, was sie sagten, aber er hörte, wie einmal der Name Fontana fiel. Matze blieb weiter bewegungslos stehen und spitzte die Ohren. Plötzlich ertönten schwere Schritte. Eine Männerstimme sagte etwas. Von Schönburg kam zurück.

In diesem Moment war Matze klar, dass er es vermasselt hatte. Der „Bergische Paganini" war zurückgekommen, würde jeden Moment die Garderobe betreten und Matze beim Diebstahl der Geige erwischen.

Matze fühlte sich, als hätte ihn jemand mit heißem Wasser übergossen. Ihm fiel nichts Besseres ein, als auf den Lichtschalter zu drücken. Es wurde stockdunkel in der Garderobe. Auch hinter dem kleinen Fenster, das in Richtung Forumspark hinausging, stand schon der winterliche Abend.

Draußen entfernten sich wieder Schritte. Ging von Schönburg weg, oder waren es die Musikerinnen?

„Bis gleich", sagte von Schönburg laut und deutlich.

Die Tür ging auf. Licht fiel herein. Matze, die Nylontasche mit der Geige in der Hand, versuchte, sich an dem überraschten von Schönburg vorbeizudrücken. Nichts wie weg, hämmerte es in Matzes Kopf. Nicht ich bin ja der Dieb, sondern dieser Fontana, sollen sie es doch ihm anhängen, sollen sie doch …

Von Schönburg stolperte an ihm vorbei und fiel der Länge nach in den dunklen Garderobenraum. Er stieß einen undefinierbaren Laut aus. Matze wurde festgehalten. Von Schönburg hatte sein Hosenbein gepackt. Der Versuch, sich loszureißen, brachte Matze dazu, dass er an den Lichtschalter kam und die Neonröhren an der Decke aufflackerten.

„Verdammt, das hat wehgetan", stöhnte von Schönburg und hielt sich das linke Handgelenk. „Sie?" Langsam erhob er sich wieder. „Was haben Sie da für eine Tasche?" Er sah zu dem offenen Geigenkasten. „Wo ist …?"

„Jemand wollte sie stehlen", rief Matze, der jetzt alles auf eine Karte setzte. „Ich kam gerade hier rein … Und da sah ich, dass jemand in der Garderobe war. Er ist abgehauen, als Sie dazukamen." Er zwang sich zu einem Lächeln und hielt die Tasche hoch. „Haben Sie ihn nicht gesehen? Alles in Ordnung … Das Instrument ist gerettet."

Von Schönburg stöhnte, lächelte kurz, verzog dann aber plötzlich das Gesicht. „Nichts ist in Ordnung … Schauen Sie mal meine Hand an. Ich kann sie nicht bewegen." Er sah Matze an. „In ein paar Minuten beginnt das Konzert. Wie soll ich mit dieser Hand spielen?"

Alles Weitere erlebte Matze wie durch einen Schleier. Man nahm ihm die Geschichte, dass jemand die Geige hatte stehlen wollen, ab. Auch wenn niemand den Dieb gesehen hatte. Es kam eben niemand auf die Idee, dass er, der angebliche Geigenexperte Fontana, dahinterstecken könnte. Berger wurde hinzugeholt. Es wurde bedauert, dass von Schönburg als Solist des Abends ausfiel. Aber es war der „Bergische Paganini", der dann auf eine Idee kam, die von Berger sofort stürmisch begrüßt wurde. Er, Alberto Fontana, musste für von Schönburg einspringen. Matze wollte etwas sagen, wollte ablehnen, widersprechen, die Idee weit von sich weisen. „Aber es wird alles retten … Sie würden uns einen großen Gefallen tun …"

Und so sah sich Matze Minuten später neben der Bühne stehen, die Amati-Kopie in der Hand, während das Orchester im Rampenlicht die Ouvertüre zu Händels „Messias" spielte. Hinter ihm stand von Schönburg, der ihm enthusiastisch zulächelte. Kaum war der letzte Applaus danach verklungen, wandte sich Berger zum Publikum und erklärte in einer kleinen Ansprache, dass der vorgesehene Solist des Abends, Fabian von Schönburg, wegen eines Missgeschicks leider ausfiel, man aber einen adäquaten Ersatz gefunden habe, einen prominenten Bewunderer von Schönburgs, den großen Violinvirtuosen Professor Fontana.

Applaus brandete auf. Von Schönburg schob Matze leicht in Richtung des blendenden Lichts. Und dann stand Matze auf der Bühne, die Geige in der Hand. Die Streicher begannen mit ihren spitzen Akkorden. Sie stellten die stechende Winterkälte dar.

Und Matze weiß, er hat nur dreißig Sekunden.

Er sieht das Publikum.

Und vorne in der ersten Reihe bekannte Gesichter. Die beiden Gangster. Zwischen Ihnen ein grauhaariger Mann im schwarzen Anzug.

Der Boss, der so gern die Violine hätte.

Dreister Coup vor Publikum

Bergisch Gladbach. – Zu einem rätselhaften Zwischenfall kam es am Sonntag beim Adventskonzert des Pro-Barock-Kammerorchesters im „Bergischen Löwen".

Für den aufgrund einer Verletzung ausgefallenen Solisten Fabian von Schönburg, der in dem Konzert seine Amati-Kopie erstmals öffentlich spielen wollte (wir berichteten), sprang der Detmolder Geigenvirtuose Antonio Fontana ein. Anstatt zu spielen, warf er jedoch zu Beginn des Konzerts plötzlich das teure Instrument einer Gruppe von drei Männern zu, die in der ersten Reihe des Zuschauerraums saßen. Daraufhin flüchteten sowohl Fontana als auch die Männer. Offenbar war es ihnen gelungen, sich die Verwirrung, die plötzlich im Konzertsaal herrschte, zunutze zu machen. Die Polizei ermittelt nun wegen eines besonders dreisten Falles von Instrumentendiebstahl auf offener Bühne.

Erste Erkenntnisse brachten weitere Rätsel ans Licht. Professor Fontana soll angeblich ein Alibi haben. Er befindet sich zurzeit auf einer Reise zu seinen Verwandten nach Italien.

Dirk Osygus
Unheilige Nacht

Solingen-Mitte

„Hey, Phillip!" Marco klatschte seinem Kumpel auf die Schulter. „Was geht ab?"

Für einen Moment hob der muskulöse Mittzwanziger den Kopf und kippte den kümmerlichen Rest aus dem Glühweinbecher hinunter. Sein glasiger Blick und die verrutschte Strickmütze verrieten Marco, dass sein Kumpel wohl schon vorgeglüht hatte. Beim Glühwein musste man eben fix sein, sonst wurde das Gesöff kalt und ungenießbar. Allerdings konnte es nicht Phillips erster Becher sein, so belämmert, wie er aus der Wäsche guckte.

Seit Jugendtagen trafen sie sich zum traditionellen Nikolaustrinken auf dem Weihnachtsmarkt in der Solinger Innenstadt. Dieses Jahr hatte ihn leider diese Scheiß-Seuche dahingerafft. Jetzt, wo man endlich wieder ungestraft raus durfte und alles in einigermaßen geregelten Bahnen verlief, hatte es Marco doch noch erwischt. Na ja, Unkraut vergeht nicht und aufgeschoben war nicht aufgehoben. Also hatten sie ihr Vorhaben einfach um eine Woche auf den dreizehnten Dezember verschoben. Einen Anlass zum Trinken gab es immer. Wie man unschwer an Phillip erkennen konnte.

„Willste noch einen?", fragte Marco seinen Kumpel und deutete auf dessen Becher.

Phillip glotzte in das leere Gefäß und runzelte die Stirn. „Puh, weiß nicht." Seine Zunge schien ihm schon nicht mehr richtig zu gehorchen. „Hatte schon 'n paar."

Was normalerweise kein Hindernis für ihn war. Aber von diesem süßen Kram bekam man in Nullkommanix Kopfschmerzen. Als Jugendliche hatten sie alles in sich reingeschüttet, was genug

67

Umdrehungen hatte. Aber man musste sich ja nicht an jede Tradition klammern.

„Lass uns unser Gelage ins Entenpöhlchen verlegen", schlug Marco daher vor. „Da ist es wärmer und die Getränkeauswahl größer."

Phillip hatte nichts dagegen und schlurfte die paar hundert Meter zum Entenpfuhl neben Marco her zu ihrer Stammkneipe.

Als sie das Entenpöhlchen betraten, warf Kalle, der Wirt, erst einen Blick auf Phillip und dann einen weiteren, vielsagenden auf Marco. Der zuckte mit den Achseln.

„Mach mal zwei Kölsch", bestellte er.

Kalle, der hinter dem Tresen an der polierten Arbeitsplatte lehnte, nickte und schlenderte auf die Zapfanlage zu. Die kompakte Kneipe am Entenpfuhl war nur spärlich gefüllt. Zum Vorglühen war es – außer für Phillip – noch zu früh und für einen Absacker noch nicht spät genug.

Marco lotste seinen Kumpel zur Theke und bugsierte ihn auf einen der Barhocker, bevor er sich einen zweiten heranzog.

„Was ist denn los?", fragte er, und sein Blick schweifte durch den Raum. Neben Phillip saßen noch zwei weitere Gäste auf den glänzenden Holzhockern vorm Tresen und würfelten. Mit einem Lächeln auf den Lippen dachte Marco an die vielen Stunden, die sie hier Bierrunden ausgewürfelt hatten und wünschte, er wäre jetzt an der Stelle des beleibten Mannes, der den ledernen Würfelbecher auf den Bierdeckel setzte. Als dieser seinen Wurf begutachtete, feixte sein Partner, ein Hüne mit langen, hellblonden Haaren, Stiernacken und Unterarmen wie Popeye.

Am Billardtisch wetteiferten zwei Poser um die Gunst der beiden toupierten Blondinen, die auf ihren High-Heels um den Tisch herumscharwenzelten und jauchzten, wenn sie einen Klaps auf die Lederminiröcke bekamen. Ansonsten waren keine Gäste anwesend.

Nachdem Marco die dürftige Lage gecheckt hatte, stellte Kalle zwei frische Stangen Kölsch auf die Untersetzer und markierte die Zeche mit Strichen. Nur körperlich anwesend, stieß Phillip sein Glas zum Toast gegen Marcos, bevor er es zum Mund führte.

Dabei tropften am Glas heruntergelaufene Schaumreste auf den Tresen, die er ignorierte.

„Die blöde Kuh!", brüllte er plötzlich in einer Lautstärke, dass Marco zusammenzuckte und die anderen Gäste in ihre Richtung gafften.

„Hey, komm mal runter, Mann. Wovon sprichst du?" Marco legte seinem Kumpel eine Hand auf die Schulter und beschwichtigte mit der anderen die Gäste.

„Von Sarah."

„Was ist denn mit der?", wollte er wissen. „Ich dachte, es läuft gerade so gut bei euch. Erst gestern hast du doch noch von ihrem scharfen Körper geschwärmt." Er nahm einen Schluck von seinem Kölsch.

„Da hatte sie mir ja auch noch nicht geschrieben, dass es aus ist zwischen uns."

Marco verschluckte sich und hustete in sein Glas. Das Bier spritzte aus seinem Mund und lief ihm das Kinn runter. „Scheiße, Alter. Das hat sie dir einfach so gesagt?" Mit dem Unterarm wischte er über den Drei-Tage-Bart und stellte das jetzt nur noch halbvolle Glas auf den Tresen.

„Nee, geschrieben hat sie mir das." Phillip krampfte seine Hand um das Bierglas. „Dass sie einen anderen kennengelernt hat, dass sie sich neu verliebt hat und den ganzen Mist."

Marco fuhr sich mit den Fingern durchs Haar und zog die Augenbrauen hoch. „Jetzt bin ich echt geschockt."

Phillip schnaubte frustriert. „Frag mich mal."

Als Kalle vom Billardtisch hinter die Theke zurückgekehrt war, bestellte Phillip zwei weitere Kölsch.

„Und zwei Tequila", rief ihm Marco über die Zapfanlage zu. „Auf den Schreck." Harte Situationen erforderten harte Maßnahmen.

Phillip schüttelte den Kopf und schlug mit der Faust auf den Tresen.

„Da kannst du lange draufhauen." Der Wirt lachte und stellte die Tequilaflasche ab. Einem Edelstahlbecher entnahm er eine Zitrone, prüfte die Frische anhand der Festigkeit zwischen den Fingern und legte sie auf ein Schneidbrett. Galant zog er ein Küchenmesser aus der Schublade unter dem Tresen hervor und wischte die Klinge mit dem Küchentuch ab.

„Du machst aber 'ne ganz schöne Show für so 'ne dusselige Zitrone", warf Marco ein und musste trotz der ernsten Lage grinsen.

„Mit Show hat das nix zu tun." Lässig viertelte Kalle die saure Frucht, legte sie in ein Porzellanschälchen und stellte dieses vor die beiden Männer. „Ich mag's halt, wenn die Dinge geordnet sind." Nachdem der Wirt einen Salzstreuer neben dem Schälchen platziert hatte, füllte er sich ein eigenes Pinnchen.

„Du trinkst ohne Ritual?", fragte Marco und benetzte das knochenlose Hauttal zwischen Daumen und Zeigefinger.

Kalle schob zwei weitere Kölschstangen neben die Schnapsgläser und bemühte sich, die Schaumkrone nicht zu verschütten.

„Ritual, so eine Kinderkacke", schimpfte er. „Erst mal tötet das Salz die Geschmacksknospen auf der Zunge ab. Und dann kippt man den Tequila nicht so emotionslos runter. Da schmeckt man die Aromanoten ja gar nicht. Und genau in dem Moment, wo der Gaumen beginnt zu rätseln, was ihn da so schön kitzelt, tötet die Zitrone alles ab. Nee, lass mal stecken."

Phillip rang sich ein Lächeln ab, leckte den Salzberg von der Hand und kippte den Agavenschnaps auf Ex in den Rachen. Kinderkacke hin oder her. Dann schüttelte er sich und biss energisch in die Zitrone. Er verzog die Lippen und schüttelte den Kopf, um die Schärfe des Tequila-Zitronengemischs zu vertreiben.

Rasch vollzog auch Marco das Tequila-Ritual, bemühte sich, seine Gesichtszüge nicht entgleisen zu lassen, und fuhr sich mit den Fingern durch die Haare.

„Noch zwei?", fragte Kalle und schlürfte genüsslich an seinem Glas. Um sein Wohlbefinden zu demonstrieren, leckte er sich mit der Zunge über die Lippen.

„Auf jeden …", japste Marco.

Kalle nickte und machte sich an einer weiteren Zitrone zu schaffen.

„Aufschlitzen wie eine Zitrone … die Sarah …", murmelte Phillip.

„Das meinst du nicht ernst", erwiderte Marco.

Sein Kumpel zuckte mit den Schultern. „Doch, mein ich. Und wenn ich ihren neuen Lover in die Finger kriege, ist der auch dran."

„Übertreib mal nicht. Kennst du ihren neuen Typen überhaupt?"

„Nee, zu seinem Glück nicht. Ich schwör dir, ich knall den ab."
Phillip schüttete sein Kölsch hinunter und bat Kalle um Nachschub.

„Meinst du nicht, es reicht langsam?", wagte Marco einzuwerfen. „Du hast auch schon ein paar Becher Glühwein intus. Du weißt doch, was man sagt: ,Bier auf Wein, das lass sein.'"

„Schnaps auf Bier, das rat ich dir", lallte Phillip und leckte das Tequilaglas aus. „Noch einen, Kalle."

Kalle grinste und stellte ein weiteres Glas vor ihm ab. „Geht aufs Haus." Er blickte zu Marco. „Oder willst du ihn lieber nach Hause bringen?"

Phillip schüttelte so heftig mit dem Kopf, dass Marco Angst bekam, er könnte vom Hocker kippen. „Nee, ich will nicht nach Hause." Hastig leerte er das Glas. „Noch einen ..."

Kalle schob ihm wortlos die Flasche hin. Phillip nahm gar nicht erst den Umweg über das Glas, sondern trank gleich aus der Flasche.

„Schluss jetzt, sonst haste wieder 'n Filmriss, wie letztes Jahr", bestimmte Marco.

„Ich glaub, den hab ich jetzt schon", feixte Phillip. „Weiß schon nicht mehr, was für'n Tag heute ist. Nikolaus?"

„Nee, der war letzte Woche", sagte Marco, fingerte einen 50-Euro-Schein aus dem Portemonnaie und schob ihn Kalle zu. „Stimmt so."

„Die Firma dankt", meinte der Wirt. Dann beugte er sich vor und legte Phillip die Hand auf den Unterarm. „Wirst sehen, das mit deiner Freundin wird schon wieder."

„Nix wird da mehr", murmelte Phillip.

„Nu komm, Großer, Zeit fürs Bett." Marco zog seinen Kumpel vom Barhocker und klopfte zum Abschied dreimal mit den Fingerknöcheln auf den Tresen. „Falls wir uns vorher nicht mehr sehen: Frohe Weihnachten."

„Euch auch." Kalle nickte ihnen zu und sammelte die leeren Gläser ein.

Missmutig öffnete Phillip die Kneipentür, wankte an die frische Luft und lehnte sich gegen die Hauswand.

„Ich bin nicht voll", murmelte er.

„Nee, klar. Du hast nur etwas vorgeglüht." Marco grinste.

„Genau! So sieht's aus." Forsch marschierte Phillip los.

Bevor er über den Lattenzaun fallen konnte, der den kleinen Außenbereich der Kneipe abgrenzte, war Marco bei ihm, und zusammen wankten sie Richtung Werwolf.

Die Fußgängerampel am Entenpfuhl war wie immer rot, und Phillip fuchtelte mit dem Arm in Richtung Himmel. „Warum ist diese Scheiß-Ampel immer rot?"

„Die Antwort weiß wahrscheinlich nicht mal das Christkind", meinte Marco. „Ich habe hier auch noch nie grün gehabt. Das ist wie verhext."

„Ich bleib doch hier nicht stehen. Sollen mich die Bullen doch anzeigen." Unbekümmert marschierte Phillip los, und ein roter Ford Fiesta vollführte eine Vollbremsung. Reifen quietschten, und Phillip zeigte, sich keinerlei Schuld bewusst, den Mittelfinger, was die Fahrerin mit einem erzürnten Hupen quittierte. Marco folgte seinem Kumpel hastig, blickte kurz durch die Windschutzscheibe und hob entschuldigend die Arme. Munterer als er ihm in seinem Zustand zugetraut hätte, bewegte sich Phillip in Richtung S-Bahn-Station „Solingen-Mitte".

„Wollen wir den Kiosk kaufen?" Unvermittelt deutete Phillip auf das „Zu verkaufen"-Schild im Fenster des Geschäfts gegenüber der Ampel und trottete, ohne auf eine Antwort zu warten, weiter.

„Nee, lass mal. Der steht schon seit zwei Jahren zum Verkauf. Scheint wohl nicht die beste Lage für einen Kiosk zu sein." Marco hatte seinen volltrunkenen Freund inzwischen eingeholt.

Zwanzig Meter weiter unterbrach Phillip seinen Marsch und hämmerte gegen die Schaufensterscheibe des Brautmoden-Outlets.

„Ich wollte der blöden Kuh an Heiligabend einen Antrag machen. Hab sogar schon den Ring gekauft. Und dann setzt die mir

72

Hörner auf." Er würgte und kotzte gegen die Scheibe. „Mist", krächzte er, bevor ein weiterer Schwall Bier die Fensterscheibe traf und langsam herunterlief.

„Reiß dich mal zusammen, Mann. Das ist voll peinlich." Marco blickte sich um, doch weit und breit war niemand zu sehen, der sich für sie interessieren konnte.

Phillip richtete sich auf und wischte Bröckchen am Kinn mit dem Unterarm weg. „Weißte was", fragte er plötzlich, „wir geh'n jetzt noch einen trinken." Mit neuem Lebensmut marschierte er eine Spur weniger wankend los.

Von dem plötzlichen Stimmungsumschwung überrascht, stemmte Marco die Hände in die Hüften. „Nein, das machen wir garantiert nicht. Du bist jetzt schon rotzvoll." Zügig folgte er seinem Kumpel, der vorausgeeilt war. „Noch mehr und du fällst ins Koma."

„Wär auch egal."

Vermutlich, dachte Marco. „Wenn du meinst", sagte er.

Doch Phillip hatte seine Aufmerksamkeit schon wieder anderen Dingen zugewandt. „Hast du eigentlich schon mal Pferdefleisch gegessen?", fragte er und blieb vor der Metzgerei Heinzmann stehen.

Marco seufzte. Wenn sie in dem Tempo weitergingen, wären sie morgen noch unterwegs. „Nee, du?"

„Vielleicht können wir denen Sarahs Leiche andrehen." Er grinste hämisch. „Frau im Brötchen. Das wird bestimmt der Klassiker." Offenbar angetan von seiner Idee, zog er das Handy aus der Tasche und fotografierte die Telefonnummer des Fleischers.

„Ganz sicher", sagte Marco und zog seinen Kumpel am Arm. „Sarahs Leiche … Du bist echt nicht mehr ganz dicht." Was angesichts Phillips Zustand ein Widerspruch in sich war.

„Weißt du eigentlich, warum das hier Werwolf heißt?", fragte Phillip. Dann drehte er sich mit weit geöffneten Armen um die eigene Achse, taumelte und stürzte auf den Asphalt. „Verdammter Mist", brüllte er und rieb sich den Ellenbogen. Mühselig rappelte er sich auf und griff nach der ausgestreckten Hand, die ihm beim Aufrichten half.

„Keine Ahnung", sagte Marco. „Hast du das mal gegoogelt?"

„Nee. Ist mir gerade erst eingefallen." Entkräftet stützte sich Phillip auf die Oberschenkel und atmete tief ein. „Die haben echt komische Namen hier. Da hinten Entenpfuhl, hier Werwolf ... Total schräg."

Marco zog sein Handy aus der Hosentasche. „Auf Wikipedia steht ... mehr als ich wissen wollte." Er grinste. „Es hat wirklich mit den Werwölfen zu tun. Laut dem *Solinger Tageblatt* geht der Name auf einen Messermacher zurück, der nachts im Wald immer wieder von Wölfen angegriffen worden sein soll."

„Das erklärt aber nicht den ‚Wer' im Wolf", lachte Phillip.

Es erklärte auch nicht, wer von ihnen beiden bekloppter war. Phillip, weil er in seinem Zustand über solche Sachen nachdachte, oder Marco, weil er auf den Schwachsinn einging, statt seinen Kumpel endlich zum Bahnhof zu lotsen. „Stimmt. Hier steht aber noch, dass es eine Legende gibt, wonach der Wolf halb Mensch und halb Tier gewesen sein soll."

„Ich hab hier noch nie einen Werwolf gesehen." Mühsam stützte sich Phillip am Ampelmast ab und spuckte Gallenreste auf den Asphalt. „Bähhhh. Ich hasse Kotzen."

„Was soll ich jetzt dazu sagen?"

„Nix!"

„Es gibt übrigens noch eine weitaus profanere Erklärung für den Werwolf-Begriff", dozierte Marco weiter und steckte das Handy weg. „Das Wort könnte auch vom Wortstamm ‚wehren' abgeleitet sein."

„Das ist mir heute Abend zu hoch." Obwohl die Ampel für Fußgänger rot zeigte, trottete Phillip los. „Mir ist sooo schlecht. Scheiße."

Mitten auf der Schwertstraße krümmte er sich und würgte einen weiteren Schwall Galle heraus. Ein Autofahrer hupte, und Phillip streckte dem ungeduldigen Mann die Zunge raus. Wenn er so weitermachte, würde er entweder überfahren oder zusammengedroschen werden. Marco hob wieder entschuldigend und mit vielsagendem Blick die Arme.

Phillip schleppte sich auf den Gehweg, ließ sich auf die Bordsteinkante plumpsen und verbarg seinen Kopf in den Händen. „Ich hab voll Scheiße gebaut", murmelte er.

„Wer hat das nicht schon mal?", seufzte Marco.

„Nein, in echt ... ich ... ach egal." Phillip, hievte sich hoch, schwankte weiter und deutete auf den Kiosk gegenüber des S-Bahnhofs. „Ich brauch noch was zu trinken."

Er lief los und trat schon wieder auf die Straße, ohne auf den Verkehr zu achten. Marco stürzte hinterher, war aber nicht in der Lage, seinen Freund zurückzuhalten. Wieder quietschten Reifen, wieder hatte Phillip mehr Glück als Verstand. Hektisch zog Marco seinen lebensmüden Kumpel auf den Vorplatz des Kiosks.

„Sag mal, bist du irre? Wenn du dich umbringen willst, mach nur so weiter."

Phillip beachtete die Tirade seines Kumpels nicht und schwankte in den Kiosk. Marco seufzte und blieb draußen stehen. Er warf einen Blick auf seine Armbanduhr. Minuten später zwängte sich Phillip umständlich durch die Tür, in der Bemühung, die vier Bierflaschen nicht fallen zu lassen.

„Hier, zwei sind für dich."

„Hast du noch nicht genug?" So langsam war Marco echt genervt.

„Nee, im Gegenteil. So viel kann ich gar nicht saufen, wie ich müsste, um die ganze Scheiße zu vergessen."

„Das wird schon wieder", tröstete Marco lahm.

„Nee, da wird gar nix mehr." Nach mehreren gescheiterten Versuchen, eine Flasche mithilfe einer anderen zu öffnen, ploppte der Kronkorken auf die Straße, und er nahm einen tiefen Schluck.

„Das kann doch gar nicht schmecken, wenn man gerade erst die Straße vollgekotzt hat", sinnierte Marco und öffnete mit der gleichen Technik die Bierflasche.

„Bier schmeckt immer."

„Wenn du meinst ..."

„Jo!" Phillip rülpste vernehmlich, setzte die Flasche wieder an und leerte sie in einem Zug. „Und was machen wir jetzt?"

„Ich bring dich jetzt nach Hause, mein Lieber, ehe du noch irgendeinen Mist baust."

„Zu spät", kicherte Phillip.

„Nee, die nächste Bahn kommt gleich", erwiderte Marco.

„Na dann, auf." Phillip stapfte los.

Marco folgte ihm zum S-Bahnhof. Sein Kumpel wankte die Treppenstufen zu den Gleisen hinunter. Der Bahnsteig war menschenleer. Marco sah auf die Uhr. Die Bahn musste jede Sekunde einfahren. Phillip balancierte wie ein Seiltänzer an der Bahnsteigkante entlang. Der Schwachkopf machte es einem wirklich leicht. Marco hörte schon das Rattern des Zuges. Er machte ein paar Schritte auf Phillip zu und blickte sich nach allen Seiten um. Noch immer war niemand zu sehen. Phillip bekam von all dem nichts mit. Weder von der herannahenden Bahn noch von seinem Freund, der hinter ihn trat.

Die Bremsen quietschten ohrenbetäubend, und der Zug kam langsam zum Stehen. Marco stand schwer atmend an der Bahnsteigkante. Hoffentlich war die Wucht des Aufpralls ausreichend gewesen. Der Lokführer hatte das Bremsmanöver natürlich schon eingeleitet gehabt, als Phillip auf die Gleise fiel. Die wenigen Fahrgäste waren von der plötzlichen Vollbremsung überrascht worden. Die Türen öffneten sich. Es war totenstill.

Dann ging alles ganz schnell. Wenige Minuten nachdem der Betrunkene vor der einfahrenden S-Bahn auf die Gleise gestürzt war, trafen Polizei und Rettungswagen beinahe zeitgleich am Bahnhof „Solingen-Mitte" ein. Für den jungen Mann kam jede Hilfe zu spät. Der Lokführer stand unter Schock und wurde umgehend ins nahegelegene Krankenhaus transportiert. Der Notfallseelsorger kümmerte sich um die Fahrgäste und den völlig verzweifelten Freund des Opfers, der auf den Treppenstufen kauerte.

„Ich hab noch versucht, ihn festzuhalten", schluchzte Marco. Der Seelsorger hockte sich neben ihn und legte ihm tröstend den Arm um die Schultern.

Stockend berichtete Marco von den Ereignissen des Abends. Sein Freund, der sich wegen seiner untreuen Freundin die Kante gegeben hatte. Wie es auf dem Weg hierher zu diversen Beinahe-Zusammenstößen mit Autos gekommen war. Wie Phillip beim Brautmoden-Outlet zusammengebrochen war und die Schaufensterscheiben vollgekotzt hatte. Nur um anschließend in den nächsten Kiosk zu wanken, um sich mit Bier einzudecken.

„Und jetzt das!" Marco schluchzte wieder und verbarg den Kopf in seinen angewinkelten Knien. „Was soll ich denn seinen Eltern sagen? Die rasten aus. Und bald ist Weihnachten."

„Wir übernehmen das", versprach ein Polizist. „Machen Sie sich keinen Kopf."

„Kann ... kann ich denn jetzt nach Hause? Mir ist nicht gut ..."

„Brauchen Sie vielleicht ärztliche Hilfe?" Der Notfallseelsorger blickte sich nach den Rettungskräften um. „Wollen Sie nicht lieber ins Krankenhaus?"

„Nein, nein, geht schon." Marco erhob sich ächzend.

„Soll Sie jemand nach Hause bringen?"

„Nein, danke, ich geh lieber zu Fuß. Ich wohn hier in der Nähe. Ich wollte nur sichergehen, dass Phillip sicher in die S-Bahn ... ach, Scheiße ..." Marco brach ab und presste Daumen und Zeigefinger auf die Augen. „Alles gut", versicherte er nach ein paar Sekunden. „Ich komm klar. Wirklich. Ich glaub, ich muss jetzt allein sein. Danke."

Der Notfallseelsorger warf ihm noch einen zweifelnden Blick zu, nickte dann aber. „Aber wenn Sie Hilfe brauchen, melden Sie sich", beharrte er und reichte Marco seine Karte. „Sie sollten in den nächsten Tagen unbedingt mit jemandem reden."

„Jaja, mach ich", versprach Marco.

„Wir bräuchten dann auch noch eine schriftliche Aussage von Ihnen", meinte einer der Beamten und räusperte sich unbehaglich. „Wenn Sie nicht auf die Wache kommen wollen, kann ein Kollege Sie zu Hause befragen. Ihre Adresse haben Sie uns ja schon gegeben."

„Ja, äh, danke, das wär nett", sagte Marco. „Dann, äh, frohe Weihnachten schon mal."

„Ja, frohe Weihnachten."

Meine Fresse, dachte Marco, als er endlich zu Hause angekommen war, *ich dachte schon, die lassen mich gar nicht mehr gehen.* Er zog sein Handy aus der Gesäßtasche seiner Jeans und suchte in den Kontakten Sarahs Nummer.

„Schatz, ich bin's. Du pennst bestimmt schon. Es ist vollbracht. War ganz einfach … nur ein kleiner Schubser, als die Bahn einfuhr. Fast hätte es sich unterwegs von selbst erledigt. Der Kerl war so besoffen, dass er dreimal fast überfahren worden wär. Die Lösung wär mir echt lieber gewesen, aber man kann nicht alles haben. Er hat auch davon gefaselt, dass er deinen Neuen umbringen will. Wenn er erfahren hätte, wer dein Neuer ist, … der wäre voll ausgerastet. Trotzdem … er war mal mein bester Freund." Er zögerte und musste tatsächlich mit den Tränen kämpfen. „Egal, du bist es wert. Also, falls die Bullen bei dir auftauchen, tu überrascht. Heul ein bisschen, das zieht immer. Ach, und wir sollten es in den nächsten Wochen langsam angehen. Wir tun einfach so, als würden wir uns gegenseitig trösten, und dabei verlieben wir uns dann eben. Klingt doch logisch, oder? Also, mach's erst mal gut. Wir sehen uns bei der Beerdigung. Ich liebe dich."

Marco beendete den Anruf und warf sich auf sein Bett. Er war wirklich hundemüde. Kein Wunder, es war fast vier Uhr morgens.

Das Klingeln an der Tür weckte ihn. Marco brauchte einige Sekunden, um sich zu orientieren. Er rieb sich die Augen und schaute auf seinen Wecker. Schon fast zwölf. Scheiße, er hatte eigentlich um sieben bei der Arbeit anrufen und sich krankmelden wollen. Das gab bestimmt 'ne Abmahnung. Sein Boss hatte ihn sowieso schon auf dem Kieker.

Es klingelte wieder. Marco wälzte sich schwerfällig aus dem Bett und schlurfte zur Wohnungstür. Ein Blick durch den Türspion verriet ihm, dass seine Besucher, ein Mann und eine Frau, es bereits bis ins Treppenhaus geschafft hatten. Der Mann hielt einen Ausweis vor das kleine Guckloch.

„Herr Völker?", sagte er. „Wir sind von der Kripo. Würden Sie uns bitte reinlassen?"

Ach Gott, so schnell hatte er nicht mit den Bullen gerechnet. Die hätten ihn wenigstens auspennen lassen können. Letzte Nacht hatten die noch so eine Welle um sein Wohlergehen gemacht. Marco setzte eine zerknirschte Miene auf und öffnete die Tür.

„Morgen", murmelte er betont verschlafen. „Hab noch gar nicht mit Ihnen gerechnet."

Der Mann runzelte verwirrt die Stirn. „Äh, Sie haben mit uns gerechnet?"

„Nee, eben nicht", meinte Marco, nun ebenfalls verwirrt. „Ich dachte, Sie kommen erst morgen oder so. Wegen der Aussage."

„Aussage?", wiederholte der Mann.

War der taub oder einfach nur blöd? „Na, wegen Phillip. Also, meinem Freund."

„Phillip? Sie sprechen von Phillip Sperling?"

Marco zuckte mit den Schultern. „Ja, klar, oder kennen Sie noch einen Phillip?"

„Ja schon", sagte der Mann, „aber das tut hier nichts zur Sache. Woher wissen Sie denn von Phillip Sperling?"

„Wie, woher weiß ich von Phillip?" Waren die komplett verblödet? „Ich war doch dabei, Mann."

„Das müssen Sie mir jetzt aber näher erklären", forderte der Mann. „Vielleicht können wir erst mal reinkommen?"

Marco seufzte und ließ die beiden Kripobeamten eintreten.

„So, und nun mal ganz langsam, damit da keine Missverständnisse aufkommen. Sie waren dabei, als Phillip Sperling seine Freundin, respektive Ex-Freundin, Sarah Thielmann erstochen hat?"

Die Worte des Mannes kamen mit einer Zehntelsekunde Verzögerung bei Marco an. Er schüttelte den Kopf, als wollte er ein unangenehmes Geräusch aus seinen Ohren befördern. Dann taumelte er einige Schritte rückwärts, bis er mit seinem Rücken gegen die Wand stieß.

„Was ... was ... wovon sprechen Sie?", stammelte er.

„Wovon sprechen Sie denn?", fragte der Kripobeamte zurück.

„Von ... von dem Unfall gestern. Phillip ist im S-Bahnhof auf die Gleise gefallen, als der Zug einfuhr. Was ... was ist mit Sarah?"

„Es tut mir leid, Ihnen das sagen zu müssen", bedauerte der Mann, „aber Sarah Thielmann ist gestern Nachmittag tot in ihrer Wohnung aufgefunden worden. Von ihrer Schwester. Die Befragung der Nachbarn hat ergeben, dass ihr Freund, Phillip Sperling, zwei Stunden früher gesehen wurde, wie er die Wohnung verlassen hat. Er wirkte wütend und angetrunken. Vorher haben die Nachbarn einen heftigen Streit gehört. Sarah Thielmann wurde erstochen. Neben ihrer ... Leiche lag ein Kästchen mit einem Verlobungsring."

Marco rutschte an der Wand herunter auf den Boden. „Nein, nein", wimmerte er und verbarg sein Gesicht in den Händen. „Phillip, du dummes Arschloch, was hast du getan?"

„Sie erwähnten einen Unfall?", forschte der Kripobeamte.

Marco versuchte, sich zusammenzureißen. Jetzt nur nichts falsch machen. Er nahm die Hände herunter und ließ sie in einer hilflosen Geste auf den Boden sinken. „Äh, ja, gestern Nacht. Die S-Bahn ... Vielleicht hat Phillip sich umgebracht, weil er Sarah ...", behauptete er, einer plötzlichen Eingebung folgend.

„Mhm", machte der Kripobeamte nur. „Könnte schon sein. Aber vielleicht erklären Sie mir dann folgende Nachricht, die sich auf Sarah Thielmanns Mailbox befindet. Warten Sie, ich hab sie mit meinem Handy aufgenommen." Er nestelte umständlich in seiner Manteltasche herum und zog schließlich ein Mobiltelefon heraus. „Moment." Er tippte auf dem Display. „Ah, hier!"

Er hielt das Handy hoch. Marco hörte seine eigene Stimme. „Schatz, ich bin's. Du pennst bestimmt schon. Es ist vollbracht."

Martin Kuchejda
**Der Mörder feiert Weihnachten
(der Hauptkommissar aber auch)**

Gummersbach

Die Kriminalwissenschaften bezeichnen einen Menschen als Serienmörder, wenn er mindestens drei andere Menschen in verschiedenen Situationen ermordet hat. Das unterscheidet Serienmörder zum Beispiel von Amokläufern. Der Begriff selbst wurde in den 70er-Jahren des letzten Jahrhunderts in den USA geprägt.

Besonders seit den 90er-Jahren fand das Phänomen des Serienmörders zunehmend Verwendung in der populären Kultur, ein Phänomen zwischen Horror und Verklärung, Persiflage und Mythos.

Heutzutage bilden die Fälle von Serienmördern in Literatur und Film fast ein eigenes Genre.

Michael Kleinewetter ist mit Sicherheit der bekannteste lebende Serienmörder in Deutschland. Daraus macht er kein großes Geheimnis und darauf ist er stolz. Öffentlichkeitsarbeit ist ihm stets ein wichtiges Anliegen.

Neben seinen akribisch geplanten Untaten nahm er sich immer noch gern die Zeit, autobiografische Schriften zu verfassen, er gab gern Interviews und trat gern in der Öffentlichkeit auf. Im Internet hielt er Tutorials, die sich an potentielle Nachahmer wandten. Sein Podcast „Der Weg des Blutes" war beliebt und erfuhr guten Zuspruch. Auch eine Reihe von Krimis war über ihn erschienen. In diesen Romanen wurde besonderer Wert auf seine Auseinandersetzungen mit dem ihm ewig nachjagenden Hauptkommissar Schneider gelegt. Bisher war es Schneider nicht gelungen, seiner habhaft zu werden und ihn dauerhaft hinter Gitter zu bringen.

Kleinewetter protzte mit dem, was er tat, zuweilen herum, aber ihm war nicht wirklich etwas nachzuweisen. In der Öffentlichkeit war nicht klar, ob Kleinewetter wirklich die Taten begangen hatte, mit denen er sich schmückte. Die mediale Begleitung seines Falles erinnerte an den legendären Ted Bundy, der auch lange mit einer Mischung aus Herumprahlen, Abstreiten und Abtauchen davonkam.

Kleinewetter war der Typ des in der Literatur beschriebenen „Open Minded Serial Killer".

Er konnte sich das auch deshalb leisten, weil sein Äußeres von ungewöhnlicher Unscheinbarkeit war. Kleinewetter fiel nicht auf, und wer ihm einmal begegnet war und das überlebt hatte, der konnte sich danach nicht mehr an ihn erinnern. Er war ein Mensch von der Art, „an den sich seine eigene Mutter nicht mehr erinnert hätte".

Kleinewetters Wirkungskreis war im Wesentlichen das Bergische Land. Ein Mittelgebirge mitten in Deutschland. Im Norden drei Großstädte, im Westen gut an den Rhein reichend, im Osten an das Sauerland grenzend und im Süden bis an die Grenze von Rheinland-Pfalz.

Würde eine Lupe auf das Bergische zeigen und den Blick heranzoomen, dann war Kleinewetters Gebiet vor allem der eher ländliche Oberbergische Kreis mit der mittelgroßen Stadt Gummersbach als Zentrum.

Kleinewetter selbst wohnte seit Jahren in Kottdorf, einer Ansiedlung gleich nebenan in Marienheide.

Dort lebte er beschaulich in einem kleinen Häuschen auf einem Hügel. Das Häuschen stand frei, es gab keine direkten Nachbarn, das hatte Vorteile. Von hier konnte Kleinewetter auf das Dorf herabsehen. Er schwebte etwas darüber. Das gab ihm nicht nur eine besondere Perspektive auf die Dinge, sondern war günstig für das, was er hier anderen Menschen antat.

Also thronte er wie der Grinch in einer Höhle auf seinem Berggipfel. Er fühlte sich manchmal wie jenes Monster, das missgünstig das Leben der Menschen im Tal beobachtete.

Kleinewetters Neigungen machten ihn zwangsläufig zu einem Außenseiter, schließlich war niemand gern mit einem Menschen befreundet, der mit Vorliebe andere Mitbürger tötete.

Warum Kleinewetter den Weg des Mörders ging, hatte er nie sonderlich hinterfragt und auch nicht weiter bejammert. Das war einfach so und gehörte zu seiner Persönlichkeit und war ihm auch nicht weiter unangenehm.

Unangenehm war ihm eben zuweilen seine dadurch erzwungene Einsamkeit. Kleinewetter hatte als erwachsener Mensch nie mit einem anderen Menschen zusammengelebt. Er gestand sich ein, dass ihm das manchmal leidtat. „Die Tat macht einsam", versuchte er sich zur Aufmunterung einzuflüstern.

Aber dann, es war in der frühen Adventszeit, wachte Kleinewetter morgens auf, ganz allein in seinem Häuschen, er reckte und streckte sich und versuchte sich an seinen Traum zu erinnern. Doch je mehr er auf Traumerinnerungsfetzen zugriff, desto mehr entglitt ihm der Traum an sich. Darin war es um eine schöne Erinnerung gegangen, und er hörte diese Erinnerung in sich aufschwellen und nachklingen. Eine Erinnerung, die wie ein zartes Glockengeläut daherkam. Kleinwetter war eigentlich kein sehr musikalischer Mensch. Auf alle Fälle war es aber ein sehr angenehmer Klang, ein Klang mit einem wunderbaren Nachhall, der im Raum seines Kopfes hin und her schwang und ihn wie zärtlich berührte.

Da war auch eine Erinnerung an einen Geruch, eine Erinnerung an Lebkuchen und gebrannte Mandeln. Und dann sah er plötzlich vor sich einen Raum mit einem Weihnachtsbaum in der Mitte, einen Raum voll Wärme und voller Familienmitglieder in roten Wollpullovern mit aufgestickten Rentieren, und da wusste Kleinewetter es:

„Ich habe praktisch mein komplettes Leben einen Hass auf Weihnachten und alles, was damit zu tun hatte, gehabt. Heute erkenne ich, ich habe überhaupt nicht Weihnachten gehasst, ich habe es gehasst, allein zu sein. Aber das ist vorbei, nun bin ich nicht mehr allein, weil ich nicht mehr allein sein will. Und diesen Umstand habe ich euch allen zu verdanken. Euch allen, die ihr hier unter meinem Berg lebt."

Beschwingt warf sich Kleinewetter aus dem Bett und machte sich mit ausgestreckten Armen so groß, wie er konnte.

Da war sie – die neue Perspektive. Er wollte Weihnachten feiern, gemeinsam mit Menschen – dieses Jahr sollte es passieren.

Nur wie? Ein schönes Weihnachtsfest lebt schließlich von Geselligkeit und solchen Dingen.

Kleinewetter eilte zum Fenster. Im Bergischen Land war das Wetter zu Weihnachten meist leicht vorherzusehen. Üblicherweise regnete es zu einer mittleren Temperatur von 14 Grad.

Aber – Kleinewetters Laune hob sich weiter – heute schneite es. Die Bäume trugen bereits einen scheuen weißen Schleier und dämpften sanft den Schrecken der Realität.

Nur, wie Weihnachten feiern? Leute einladen, ja, das war es. Doch immer wenn Kleinewetter Leute eingeladen hatte, war das für die Betroffenen schlecht ausgegangen. Seine Einladungen hatten meist einen Kipppunkt, an dem Kleinewetter – ohne es vorher geplant zu haben – über seine Gäste herzufallen pflegte und das Gastmahl zu einem blutigen Ende brachte.

Am Morgen danach hieß es dann stets, nach einem Moment des Erschreckens stundenlang aufzuräumen, zu putzen und Spuren zu beseitigen.

Es galt, Körper zu beseitigen und Gerüche zu neutralisieren, was anstrengend sein konnte.

Es galt, Nachbarn zu beruhigen, die von Schreien am späten Abend berichteten und nach dem Grund fragten.

Vor allem galt es, die Spuren der Eingeladenen selbst zu verwischen: Fingerabdrücke, Fußspuren, Reste von DNA-Spuren.

Und es galt, Argumentationsstrategien zu entwickeln: „Nein, der XY war gestern ganz sicher nicht bei mir. Der war noch nie bei mir."

Kleinewetter grübelte. Und dann war sie da, die Idee, die Lösung: Weihnachten war das Fest des Friedens, das Fest, an dem selbst in den Schützengräben des Ersten Weltkrieges die Waffen für Stunden geschwiegen hatten und über die Gräben hinweg „Stille Nacht" gesungen worden war.

Kleinewetter wollte seinen ärgsten Widersacher einladen, den Mann, der ihn seit Jahren verfolgte, der ihn aber bislang nicht zu fassen bekam.

Im Gegenzug hatte Kleinewetter ihn auch nicht wirklich vernichten können, irgendwas in ihm sagte, dass er das in Wirklichkeit auch gar nicht wollte.

Die Rede war von Hauptkommissar Schneider. Der Polizist, der seit Jahren hinter ihm her war. Und der Polizist, hinter dem er her war.

Die Rede war also von einem Verhältnis auf Gegenseitigkeit.

Niemand kannte Kleinewetter besser als Schneider. Schließlich waren die beiden sich in den letzten Jahren durchaus nahegekommen, das gehörte zu ihren Berufen, das gehörte zu ihren Berufungen. Wobei ihre Begegnungen stets von einem Klima der Angst und der Gewalt und von dem Duft nach Blut geprägt gewesen waren.

Jetzt fühlte sich Kleinewetter erfüllt von Vorfreude: Er wollte Hauptkommissar Schneider anrufen. Mit ihm wollte er Weihnachten feiern. Eine Feier als Zeichen des Friedens und der Neuausrichtung. Beinahe hätte er leise gejubelt.

Kleinewetter wählte die Nummer der Gummersbacher Polizeiwache, die in einem Neubau auf dem Steinmüllergelände untergebracht war. Das Steinmüllergelände stellte eine großzügige Erweiterung der Gummersbacher Innenstadt dar. Für über 100 Jahre ragte die Kesselbaufirma Steinmüller auf einer Fläche, die fast so groß war wie der Vatikan, in die Innenstadt von Gummersbach hinein und verhinderte eine weitere städtische Entwicklung. Vor mittlerweile einem Vierteljahrhundert dann wurde Steinmüller geschlossen und abgewickelt und bereits nach kurzer Zeit wurden die alten Fabrikhallen abgerissen und machten Platz für Neubauten. Es entstanden ein Einkaufszentrum, die Technische Hochschule, Firmenzentralen wurden gebaut, Veranstaltungshallen, das neue Amtsgericht … und eben die Polizeiwache, die am Rande des Geländes lag. Dort rief Kleinewetter nun an.

Eine routiniert klingende Stimme meldete sich. „Polizei Gummersbach, guten Tag."

„Ja, hier ist Michael Kleinewetter, ist denn der Hauptkommissar Schneider zu sprechen?"

„Darf ich fragen, worum es geht?"

„Nein, das ist privat."

„Warum rufen Sie ihn dann nicht privat an?"

„Ich habe seine Privatnummer nicht."

„Dann ist es wohl doch nicht so privat, oder?"

„Das lassen Sie mal meine Sorge sein, okay?"

„Okay, ich hinterlasse ihm eine Nachricht. Wie kann er Sie erreichen?"

„Er weiß, wie er mich erreichen kann."

Der Mörder legte auf, und der Polizist sagte: „So was aber auch."

***

Als Schneider aus der Mittagspause zurück an den Schreibtisch kam, lag eine Nachricht auf seinem Schreibtisch: „Bitte einen Herrn Kleinewetter anrufen. Du würdest ihn kennen."

Natürlich kannte Schneider Michael Kleinewetter.

Er kannte ihn, er hasste ihn, er fürchtete ihn.

Mehrfach hatten sich ihre Wege gekreuzt und zumindest einmal wäre eine Begegnung für Schneider fast tödlich ausgegangen. Das war jetzt einige Jahre her, und Schneider hatte lange an den Folgen einer posttraumatischen Störung gelitten.

Andererseits reizte es Schneider auch, sich wieder mit Kleinewetter zu messen.

Nur, wie sollte er ihn erreichen? Schneider hatte in Wirklichkeit keine Kontaktdaten von Michael Kleinewetter.

Er ging im Internet auf „Das Örtliche – das Branchenbuch" und gab den Suchbegriff „Serienmörder Gummersbach" ein. Er fand zumindest eine Mobilfunknummer, die mit 0160 begann. Michael Kleinewetter war also Kunde der Deutschen Telekom. Schneider wählte die Nummer, und sofort meldete sich eine vertraute Stimme.

„Kleinewetter."

„Ja, hier ist Schneider, wir kennen uns ja. Sie hatten angerufen."

„Ja, genau. Danke für den Rückruf. Waren wir jetzt eigentlich beim Du oder siezen wir uns noch?"

„Ich glaube, Siezen ist mir lieber."

„Geht klar."

Dann fragte Kleinewetter den Hauptkommissar, ob er mit ihm Weihnachten feiern wolle. Schneider war überrascht und sagte, Weihnachten feiere er zu Hause mit seiner Familie.

Aber Kleinewetter sagte, er meinte auch jetzt sofort, zehn Tage vor Weihnachten, nicht, wenn wirklich Weihnachten wäre. Er wüsste um die familiären Pflichten des Hauptkommissars. Und fügte hinzu: „Wobei wir beide uns ja auch nahestehen. Fast wie in einer Familie."

Schneider lachte. „Sie haben Humor, seit Jahren bin ich hinter Ihnen her, und Sie haben mich auch mehr als einmal heimgesucht. Und einmal hätten Sie mich fast umgebracht."

Kleinewetter wiegelte ab. „Das war nichts Persönliches, das ist halt meine Art. Was soll ich tun? Das ist halt … es ist ja noch einmal gut ausgegangen."

Schneider sagte nach einer Pause: „Gut ausgegangen ist ja wohl noch recht freundlich formuliert."

Kleinewetter: „Kommen Sie, geben Sie sich einen Ruck und mir eine Chance. Ich möchte mich auch einmal von meiner menschlichen Seite zeigen. Schauen Sie: Sie haben mich nie erwischt. Wenn Sie mich erwischen würden und ich vor Gericht käme, dann sage ich Ihnen eins: Meine Unschuld würde sich schnell erweisen."

„Aber Sie prahlen doch mit Ihren Taten, Sie wählen den ‚Serienmörder' doch sogar als Berufsbezeichnung."

„Also Herr Schneider, jetzt enttäuschen Sie mich, das ist halt meine Art von schwarzem Humor." Und dann fügte er hinzu: „Na gut, ein Körnchen Wahrheit ist wohl dran."

Schneider zögerte, eigentlich hatte er sich auf einen ruhigen Abend gefreut – ganz klassisch auf dem Sofa mit einer Flasche Bier in der Hand.

Kleinewetter schien seine Gedanken lesen zu können. „Herr Hauptkommissar, bitte. Vielleicht würde unsere Begegnung ja einige Missverständnisse ausräumen, vielleicht wäre sie sogar der Ansatz zu einer Art Resozialisation."

Schneider stöhnte leise. Er konnte so schlecht Nein sagen.

Das Kino „Seven" in Gummersbach ist ein hervorragendes Filmtheater auf der absoluten Höhe der aktuellen Technik. In allen Sälen ist die modernste Projektionstechnik eingebaut.

Kleinewetter hatte sich kundig gemacht. „In Saal Sieben gibt es einen RGB-Laserprojektor."

„RGB?", fragte Schneider, der zwar Filme liebte, sich aber nicht für die Technik dahinter interessierte.

„Ganz einfach Rot, Grün und Blau, die RGB-Technik beruht auf dem Wissen um den RGB-Farbraum. Die RGB-Technik ahmt den RGB-Farbraum nach. Dort werden die drei Farben Rot-Grün-Blau addiert. So funktioniert auch das menschliche Sehen durch die Zapfen im Auge."

Schneider war beeindruckt. Was sollte es, im Seven war er noch nie gewesen, es wurde Zeit. Und was sollte in einem Kino schon groß passieren?

Aber es blieben Zweifel. Schneider rief seine Frau an und sagte ihr, dass es spät werden würde, er hätte noch einen dienstlichen Termin.

***

Hier trafen sich also Hauptkommissar Schneider und Michael Kleinewetter. Schneider erkannte Kleinewetter nicht sofort, zuletzt hatte er ihn in argem Zwielicht gesehen, und Kleinewetter war ein sehr unauffälliger Mensch.

„Das erleichtert mir das, was ich tue", pflegte er zu sagen.

„Ich weiß", sagte Schneider. Er wollte Kleinewetter keine Vorwürfe machen.

Dieser schien das zu ahnen und sagte: „Wir machen alle nur unseren Job."

Und dann begrüßte er Schneider herzlich: „Ich weiß ja, dass Sie ein Filmfan sind."

„Ja, zumindest war ich das mal."

„Wunderbar, *Barbie* oder *Oppenheimer*?"

„Habe ich beide schon gesehen."

Kleinewetter lächelte. „Welcher ist besser?"

„Das kann man nicht so einfach sagen, dazu sind sie zu unterschiedlich."

„Gute Antwort. Dann was anderes?"

Schneider betrachtete intensiv den Programmaushang am Kino. Dann winkte er ab. „Mir ist heute vielleicht doch nicht so nach Kino." Er sah Kleinewetter zweifelnd an. „Außerdem, mit Ihnen in einem dunklen Raum – na, ich weiß nicht."

Kleinewetter lachte ein lautes, ungewöhnlich bellendes Lachen. „Machen Sie sich da mal keine Sorgen, es ist ja bald Weihnachten."

„Lassen Sie uns einfach ein wenig durch die Stadt bummeln."

Kleinewetter willigte ein. Er machte eine große Geste, wie sie Kommunalpolitiker machen, wenn sie etwas zeigen, was sie zu verantworten haben. Entweder also: „Das kommt alles weg hier." oder: „Das habe ich alles gebaut."

Er sah seinen Begleiter an: „Ich freue mich wirklich, dass wir uns mal außerhalb des Dienstlichen treffen. Heute sind wir mal nicht Serienmörder und Polizist, okay?"

„Okay."

„Wissen Sie, das war hier ja mal alles eine alte Fabrik, hier war ich viel unterwegs, das war förmlich ideal. So viele ungenutzte Räume, so viele Verstecke, wenn man denn etwas verstecken wollte."

Schneider bestätigte: „Ja, und wir hatten oft das Nachsehen. Ist doch so."

„Ja, das mag so sein."

Sie gingen unter der Brücke am alten Verwaltungshochhaus her, eines der wenigen Gebäude, die noch von der alten Kesselbaufabrik übrig waren.

Sie bewegten sich auf einen Betonklotz aus den 70er-Jahren zu, auch dieses Ensemble hatte mal andere Zeiten gesehen. Hier war einmal das Kaufhaus Karstadt ansässig gewesen.

Kleinewetter lachte wieder, die Erinnerungsarbeit machte ihm Spaß. „Wissen Sie noch, wie ich hier an der Fassade einen Verstorbenen aufgehängt habe? Als Weihnachtsmann verkleidet – mitten in einer ganzen Gruppe von Weihnachtsmannfiguren, die die Fassade hochkletterten. Das war ein Ding, die ganze Stadt hat sich darüber aufgeregt. Sogar die Zeitung hat darüber berichtet."

„Ah ja, daran kann ich mich noch erinnern. Da waren einige richtig sauer, weil denen dadurch die Weihnachtsstimmung versaut wurde."

Kleinewetter sagte: „Wo gehobelt wird, da fallen halt Späne. Gehen wir irgendwo was essen oder soll ich zu Hause was kochen?"

Schneider blieb kurz stehen. „Wir können doch zu Dino gehen, da war ich früher oft. Ich mag das. Hoffentlich bekommen wir noch einen Platz. Da ist es immer voll."

„Das klingt gut. Dann machen wir das."

Die Pizzeria Dino ist eine Institution in Gummersbach. Gefühlt seit ewigen Zeiten bietet sie ein ziemlich gleichbleibendes Angebot, auf das sich die Kundschaft verlassen kann, und dies bei einigermaßen stabilen Preisen.

Dort war Schneider früher oft mit seinen Kollegen essen gegangen.

Er hatte eigentlich immer Spaghetti Carbonara und ein großes Bier, also eine „Bomba", wie Dino es nannte, genommen.

Kleinewetter gehörte zu den ganz wenigen Oberbergern, die noch nie in der Pizzeria Dino waren. Von daher war er gespannt auf das, was ihn erwartete.

„Sie müssen das verstehen, ich bin ja auch nicht wirklich aus Oberberg."

„Woher kommen Sie denn?"

„Ich komme aus dem Ruhrgebiet."

„Ach was", sagte Schneider, „ich nämlich auch."

Kleinewetter lächelte.

Der Gastraum bei Dino war nicht sonderlich hell und die Deckenhöhe eher niedrig. Das gab dem Ganzen etwas vertraut Schummriges.

An den Wänden waren Fotos zu sehen, die bewiesen, dass dieses Restaurant zu den festen Adressen für die Gummersbacher Handball-Community zählte. Dino im Kreis der jeweiligen Bundesligamannschaft des VfL Gummersbach, Dino im Kreis von Gastmannschaften …

Auch der ehemalige Handballbundestrainer, Weltmeister als Spieler und als Coach, zählte natürlich zu den häufigen Gästen.

Wie erwartet, war die Pizzeria ziemlich voll, aber Kleinewetter und Schneider hatten Glück und ergatterten noch einen Tisch für zwei Personen.

Kleinewetter bestellte einen Rotwein und wagte es, nach Pizza mit Ruccola zu fragen.

Dino schaute ärgerlich auf ihn herab: „Du fragst mich nach diese Ssseiße? Diese Ssseiße habe ich als Kind immer fresse müsse. Diese Ssseiße fresse ich nich mehr, das habe ich immer sammeln müsse. Diese Sssseiße kanns du in Köln fressen."

Der Serienmörder lachte schüchtern. Er war selten eingeschüchtert, aber darauf war er nicht gefasst gewesen.

Um des weihnachtlichen Friedens willen bestellte er einen Insalata capricciosa, der sich als so groß erwies, dass sich eine vierköpfige Familie davon einen Monat hätte ernähren können.

Dino hatte sich derweilen beruhigt und starrte auf den laufenden Fernseher in der Ecke, der die Übertragung eines Fußballspiels zwischen Juventus Turin und AC Mailand zeigte.

Schneider sagte: „Offensichtlich läuft immer genau dieses Spiel wenn ich hier bin … Und täglich grüßt das Murmeltier. "

Kleinewetter lächelte und biss ein großes Stück Pizzabrot mit Kräuterbutter ab.

***

Kleinewetter hatte Schneider danach zu sich nach Hause eingeladen, auf einen Absacker in sein Haus in Kottdorf. Schneider hatte gern angenommen. Er brauchte Geselligkeit und freute sich darauf zu sehen, wie Kleinewetter wohnte und lebte.

Es hatte wieder zu schneien begonnen, und alle Geräusche waren wie gedämpft.

Der Mörder und der Hauptkommissar waren in Kleinewetters Auto Richtung Kottdorf gefahren und hatten den Wagen am Ortseingang stehen gelassen. „Vielleicht ist da oben nicht richtig geräumt. Uns vergessen sie immer hier."

Ganz entspannt, wie zwei gute Freunde, stapften sie durch den Schnee und erzählten sich Kindheitserinnerungen.

Schneider berichtete, wie geheimnisvoll es an Heiligabend immer gewesen war. Er und seine Schwester durften das Wohnzimmer nicht mehr betreten, und wenn sie heimlich durchs Schlüsselloch schauten, dann war da nur ein Haufen von etwas, das mit einem weißen Tuch zugedeckt war – die Geschenke.

Und Kleinewetter berichtete davon, wie feierlich er sich noch kurz vor der Bescherung irgendein Nagetier gefangen hatte, das er dann fast zärtlich und in gehobener Stimmung zu Tode quälte.

Schon aus einiger Entfernung sahen sie das Blaulicht mehrerer Einsatzfahrzeuge, und beim Näherkommen konnten sie zwei Polizeiautos, einen Notarztwagen und einen Rettungswagen neben Kleinewetters Haus stehen sehen.

Ein mittelalter Mann in Zivil mit Bart und kurzem Haar kam auf sie zu. Er stellte sich als Kommissar Becker vor, Reiner Becker, und er erkannte Schneider.

„Kollege, guten Abend." Dann wandte er sich an Kleinewetter. „Und Sie sind?"

„Ich bin Michael Kleinewetter, ich wohne hier."

„Hier? Das ist doch das Haus, in dem dieser Serienmörder leben soll."

„Ja klar, das bin ich, das ist mein Haus. Warum fragen Sie?"

Becker schaute Kleinewetter fest an. „Ich muss Ihnen leider sagen, dass Ihre Nachbarin tot ist. Frau Lettland ist ermordet worden. Und das nicht auf die sanfte Tour, das kann ich Ihnen sagen."

„Oh, Margarete ist tot? Das ist schade, ist mir regelrecht peinlich, das war heute Morgen noch nicht. Das muss danach passiert sein. Und ich war das nicht."

Beckers Blick verfestigte sich und wanderte zwischen Hauptkommissar Schneider und Kleinewetter hin und her. „Ganz sicher nicht?"

„Ganz sicher nicht", entgegnete Kleinewetter.

Becker löste sich. „Dann ist ja gut. Einen schönen Abend noch. Falls Ihnen aber noch was auffällt melden Sie sich bitte."

Kleinewetter bestätigte das.

Der Abend war dann weiter sehr entspannt. Kleinewetter führte Schneider durch sein gemütliches Haus. Er zeigte ihm auch seinen Arbeitsraum mit all den Maschinen, guten japanischen Messern und Tischen, auf denen man Menschen festschnallen konnte. Und dann saßen sie sich in Sesseln gegenüber, in der Hand ein Glas guten One Single Malt und Kleinewetter gönnte sich sogar eine Zigarre.

Er bot auch Schneider eine an. „Rauch das Ding mit Genuss, es ist eine Gurkha."

Schneider sagte das nichts, aber er folgte der Anweisung und rauchte mit Genuss. Dann fragte er: „Warst du das wirklich nicht?"

„Was meinst du?"

„Das mit deiner Nachbarin."

„Doch, natürlich war ich das. Hatte eben nur Spaß gemacht."

Beide lachten.

Nach einiger Zeit sagte Kleinewetter: „Vielleicht sollte ich mal ganz was anderes machen."

„Was denn zum Beispiel?"

„Na, ich könnte mich stellen, das wäre doch mal was. Dann käme eine ruhige Zeit. Nicht mehr ewig auf der Flucht …"

„Hört sich verlockend an."

Beide schwiegen und genossen den Augenblick.

Schneider nickte langsam. „Ich sollte das vielleicht auch mal probieren, dann weiß ich wenigstens wie das ist."

„Wie was ist?"

„Na, wie es ist, wie du zu sein. Vielleicht sollte ich auch mal jemanden töten. Einfach so. Einmal vor Unerbittlichem stehen. Irgendjemand muss es ja tun. Wenn du dich stellst, meine ich. Dann ist da ja eine Stelle frei, quasi."

Beide lachten.

Es war, als würde die Stille ins Haus hineindringen und alles mit Frieden erfüllen.

Sie tranken noch eine Weile.

Und dann brachen sie auf, um Dinge zu tun.

Irgendwas würde sich schon finden.

FIN

Michael Itschert
Die Welt zu Gast in Lüttringhausen

Remscheid-Lüttringhausen

Boah, diese Frau kennst du doch, die gerade den Kaufpark mit zwei
vollgepackten Einkaufstaschen verlässt. Wohnt die nicht angeblich
in einem Penthouse in Manhattan? Was macht die denn hier im beschaulichen Lütterkusen? Jetzt aber nichts wie raus aus dem Auto
und die Dame zur Rede stellen. Halt! Moment! Stopp! Geht ja gar
nicht, laut meinem Facebook-Account lebe ich ja in Kampen auf
der mondänen Nordseeinsel Sylt und genieße dort mein Leben als
Privatier. Könnte Erklärungsprobleme geben. Also lieber auf leisen
Sohlen hinterher und die Verfolgung aufnehmen. Und damit sie
mich nicht erkennt, schnell das Weihnachtsmannoutfit übergestreift
und den falschen Bart ins Gesicht geklebt. Gut, dass ich am Heiligen Abend im örtlichen Altenheim kostümiert die Geschenke an
die Bewohner verteilen werde. Als man mich bei meinem letzten
Vorlesetermin danach gefragt hat, habe ich gleich zugesagt. Es liegt
mir einfach, in andere Identitäten zu schlüpfen. Bin gespannt, wo
Patricia Charlene Brown (oder wie auch immer sie wirklich heißt)
tatsächlich lebt. Über ein eigenes Automobil verfügt sie offenbar
nicht, denn sie macht sich zu Fuß auf den Weg. Na ja, ihr Chauffeur
wird wohl heute seinen freien Tag haben … Sicherlich hat sie besondere Leckereien für den morgigen 4. Advent eingekauft. Und
vielleicht ist auch schon etwas für den Festschmaus am Heiligen
Abend dabei. Oder für die Weihnachtsfeiertage am Mittwoch und
Donnerstag. Ich selbst habe rechtzeitig bei der örtlichen Metzgerei
Fonduefleisch und in der gegenüberliegenden Bäckereifiliale Ba-
guette vorbestellt.
   Zum Glück konnten wir uns bisher nicht beim Einkaufen vor
Ort über den Weg laufen, habe ich doch bis vor kurzem jede

Woche den Großmarkt in Schwelm als Einkaufsquelle zur kompletten Abdeckung meiner kulinarischen Konsumbedürfnisse genutzt. Als Soloselbstständiger, der in der Realität weit entfernt vom im Internet lancierten Privatier-Status ist, habe ich dort Zugang. Allerdings unter meinem bürgerlichen Namen Jörg Schmidt und nicht unter dem Facebook-Alias Freiherr Wilhelm Friedrich Alexander von Hohenfelde-Lichtenfels.

Doch behalten wir Patricia Charlene Brown im Auge. Sie hat inzwischen den Drogeriemarkt passiert und bewegt sich auf die Alte Feuerwache zu – das zukünftige Domizil der Stadtteilbibliothek. Allerdings weiß nur Gott allein, wann der Umbau erfolgen wird und der Umzug über die Bühne gehen kann. Für Bauvorhaben der öffentlichen Hand benötigt man hier einen langen Atem. *Aber das ist eine andere Geschichte und soll ein andermal erzählt werden.*

Besagte junge Dame wendet sich jetzt nach links, überquert an der ersten Fußgängerampel zunächst die Richard-Koenigs-Straße, dann an der zweiten Signalanlage die viel befahrene Kreuzbergstraße und läuft weiter an dem um diese Jahreszeit inaktiven Bandwirkerbrunnen vorbei. Im Hintergrund zeugt das imposante Rathaus mit Jugendstilelementen und dem markanten achteckigen Turm von prosperierenden Zeiten und der einstigen Selbstständigkeit des Ortes. Heutzutage bietet auf seinem Vorplatz einmal in der Woche der von mir neu entdeckte Fischhändler meines Vertrauens aus Bremerhaven fangfrische Ware an. Und dann gibt es noch die Wartenden an der Bushaltestelle. Das war es auch schon mit der Betriebsamkeit.

Bandwirkerbrunnen … Moment, da war doch was. Genau, vor Jahren wurde dort eine Leiche gefunden. *Der Tote im Bandwirkerbrunnen* schießt es mir durch den Kopf. War aber nur fiktiv, beruhige ich mich, der Mord fand lediglich im Lokalkrimi aus der Feder eines gewissen Felix Lothar statt. Habe selbst vor Jahren eine von dem Bibliotheksförderverein „Die Lütteraten" organisierte Lesung aus der Krimianthologie *Mordsjahr* mit besagtem

Autor sowie einer Kollegin im holzvertäfelten Ratssaal besucht. Ich erinnere mich aber an kein reales Kapitalverbrechen im beschaulichen Lüttringhausen. Kein Wunder, die ganzen Gangster sitzen ja in der örtlichen Justizvollzugsanstalt ein und basteln das ganze Jahr über fleißig besinnliches Dekomaterial, das dann beim traditionellen Weihnachtsbasar unters Volk gebracht wird. An diesem Tag begeben sich viele Menschen freiwillig ins Gefängnis – wenn auch nur für wenige Stunden.

In Kontakt gekommen bin ich mit Patricia Charlene auf Facebook. Meine Freundschaftsanfrage wurde von ihr noch am selben Tag positiv beschieden.

Vielleicht hat mein vermeintlicher Adelstitel den Ausschlag gegeben oder mein beruflicher Status als Privatier, vielleicht lag es auch einfach an meinem Profilfoto zusammen mit Hund Dias. Die flauschige Fellnase mit ihrem sympathischen Lächeln kommt gut bei der Damenwelt an. Dies kann ich immer wieder bei gemeinsamen Spaziergängen durch den Lüttringhauser Stadtwald mit dessen Besitzern Martin und Bärbel beobachten und dabei verzückte Ausrufe wie „Der ist voll süß" vernehmen. Und so reifte seinerzeit der Gedanke, Dias in meine virtuelle Familie aufzunehmen. Das befreundete Ehepaar versorgte mich großzügig mit Hundebildern und Anekdoten rund um den Vierbeiner. Natürlich entstanden auch weitere gemeinsame Aufnahmen von dem knuffigen Rüden zusammen mit mir, dem vermeintlichen Rudelleiter. Ich muss ja damit rechnen, dass meine Frauenbekanntschaften in den Sozialen Medien neue Posts verlangen. Und an Nachfrage nach Kommunikation mangelt es tatsächlich nicht.

Interessanterweise ist für die Frauen, die mir antworten, am Anfang alles kein Problem. Der Altersunterschied spielt keine Rolle, die große Entfernung zwischen unseren Wohnorten ist nebensächlich. Die unterschiedlichen Sprachen können unserer Verbindung keinen Abbruch tun. Alles easy, Darling. So auch bei der 35-jährigen erfolgreichen Unternehmerin aus der Welt-Metropole am

Hudson-River. Ich bin ja auch nur schlappe 23 Jahre älter als Patricia Charlene.

Erst mit der Zeit lassen die neuen Freundinnen durchblicken, dass es durchaus Probleme gibt: ausbleibende Unterhaltszahlungen, Mietschulden, offene Krankenhauskosten für Angehörige ... Das Spektrum ist breit, aber es wird immer großzügige Hilfe erwartet, und zwar von mir: Wofür hat man schließlich Freunde?

Bei der erfolgsverwöhnten Patricia Charlene, die in einer mondänen Dachwohnung in der obersten Etage eines Hochhauses lebt, ist der Fall offensichtlich anders gelagert. Sie streut immer wieder Hinweise auf gewinnbringende Spekulationen und die Chancen der Kryptowährung Bitcoin in unsere Konversation ein. Und erst neulich ließ sie durchblicken, dass sie Freunde habe, die über Insiderwissen verfügen. Und dass sie mich gerne an ihrer ökonomischen Erfahrung teilhaben lassen würde. „Ich möchte dir helfen, dein Vermögen zu maximieren. Bin aber nur selten auf Facebook unterwegs. Hast du WhatsApp? Dort können wir viel besser und effizienter kommunizieren."

Klar, könnten wir machen. Wenn ich mir nur nicht vorgenommen hätte, meine Handy-Nummer nur an Menschen weiterzugeben, die ich auch persönlich gut kenne. Was mich aber doch ein wenig wundert, ist die Tatsache, dass du, liebe Patricia, zufälligerweise immer dann bei Facebook aktiv bist, wenn auch ich dort reinschaue – egal zu welcher Tages- und Nachtzeit.

Wenn Petrus wie jetzt die große Schneedose rausholt und sanft über Lüttringhausen ausschüttet, dann wirkt der alte Ortskern in der Gertenbachstraße mit seinen Bergischen Schieferhäusern wie mit Puderzucker überzogen und erstrahlt wie heute Abend im warmen Licht der Herrnhuter Sterne, die ihre Stromzufuhr der Spendenfreudigkeit der örtlichen Bevölkerung zu verdanken haben. Eine Bilderbuchkulisse mit dem markanten Turm der evangelischen Kirche im Hintergrund breitet sich vor meinen Augen für die kommenden Feiertage aus – der richtige Weihnachtsmann kann kommen. Ich bin ja nur sein Teilzeit-Double. Die attraktive Businessfrau aus New York scheint für dies alles jedoch keinen Sinn zu haben. Zügig eilt sie an der sich im Winterschlaf befindlichen italienischen Eisdiele vorbei, erreicht die Richthofenstraße, wendet sich nach rechts und schließt die doppelflügelige Holzhaustür zu dem verschieferten Bergischen Haus mit der Nummer vierzehn auf. Mission Nummer eins ist damit erfüllt: Ich weiß jetzt, wo sie tatsächlich wohnt. Jetzt muss ich noch einen Moment Geduld haben, dann kann ich auf die Klingel schauen und auch ihren bürgerlichen Namen in Erfahrung bringen. Ich zücke mein Smartphone für ein schnelles Foto. Da beginnen die Glocken im Turm des Gotteshauses zu schlagen: Ich zähle zunächst viermal einen dunklen Ton für die volle Stunde, dann sechsmal einen hellen für die Uhrzeit. Jetzt muss ich mich beeilen, habe noch einen wichtigen Termin. Aber ich werde wiederkommen …

***

Das Jonglieren zwischen mehreren Kommunikationspartnerinnen, die parallel bedient werden wollen, gestaltet sich manchmal kompliziert und nervenaufreibend. Doch der Einsatz lohnt sich, ich bin mit der Quote richtig zufrieden. Die meisten meiner Internetfreundinnen sagen nicht Nein zu meinem Wunsch nach freizügigen Chats und Selfies. Ganz anders als in der realen Welt, wo sich schon lange keine Frau mehr für mich ausgezogen hat. Vorbei die Zeiten, als mir eine Kommilitonin beim Studium das Kompliment gemacht hat, ich würde genauso aussehen, wie sie sich die von Thomas Mann erschaffene Romanfigur Felix Krull vorgestellt habe, einen attraktiven jungen Mann und Günstling der Gesellschaft, der als Hochstapler allerdings außerhalb ihrer Moralgesetze steht.

Da ich alle gewagten Fotos sofort nach der Übermittlung abspeichere, bleibt mir wenigstens eine visuelle Erinnerung an diese weiblichen Bekanntschaften, von denen ebenso viele so plötzlich aus den Sozialen Medien verschwunden sind, wie sie dort aufgetaucht waren. Der Account ist gelöscht, das Profilbild nicht mehr zu sehen. „Diese Person ist im Messenger nicht verfügbar. Das Senden einer Nachricht ist nicht möglich." Ich hätte einen wunderbaren Beitrag zur Wuppertaler Literatur Biennale beisteuern können, die im Mai dieses Jahres unter dem Motto *Vom Verschwinden* stattgefunden hat. Aber die Jagd ist noch nicht zu Ende, schließlich fehlt mir zur Krönung noch ein offenherziges Foto von Patricia Charlene Brown.

Die Furcht vor der Einsamkeit, die mich in den letzten Monaten immer wieder schubartig überkommt, ist wieder da. Das befreundete Ehepaar Martin und Bärbel wird Heiligabend nicht zum festlichen Essen in meiner Wohnung in der Ritterstraße erscheinen können. Sie mussten absagen – Corona hat sie zur Unzeit erwischt. Die Flucht in die digitale Welt wird mir an diesem besonderen Tag kein Ersatz sein. Und was mache ich jetzt mit dem ganzen vorbestellten Fonduefleisch? Und mit den Baguettes? Vor lauter Verzweiflung doch versuchen, den abgebrochenen Kontakt zu meinem Cousin Adrian zu reaktivieren? Er ist schließlich der einzige Verwandte, der bei mir in der Nähe wohnt. Oder soll ich mich überwinden und meine Internetfreundin einladen, die offensichtlich auch das Spiel mit Schein und Sein liebt?

Ich laufe an zahlreichen festlich mit Weihnachtslichtern dekorierten Häusern vorbei durch das Dorf und finde mich schließlich erneut in der Richthofenstraße wieder. Wechsle dort unschlüssig die Straßenseite, nähere mich dem Haus mit der Nummer vierzehn, entferne mich wieder. Da meldet sich mein Smartphone mit einem Klingelton.

„Zeit ist Geld, und es kommt auf das Timing an. Deshalb ist es wichtig, dass du immer sofort auf meine Nachrichten reagierst", schärft Patricia mir direkt in ihrer ersten WhatsApp-Nachricht ein. Die will ganz sicher nicht mit mir Heiligabend verbringen, die will mich konditionieren, schießt es mir durch den Kopf. Da benötige ich direkt eine wirkungsvolle Gegenstrategie. Am besten eine mit einem gesundheitlichen Schockeffekt. Doch erst einmal will ich das besondere Foto von ihr haben …

***

Patricia Charlene Brown oder bürgerlich Louise Halbach wird an Heiligabend in Lüttringhausen ganz in der Nähe ihres Wohnhauses brutal niedergestochen. Anwohner hören einen markerschütternden Schrei. Als sie auf die Schmittenbuscher Straße stürzen, können sie zunächst nichts Außergewöhnliches entdecken. Erst als ein älterer Mann auf die Idee kommt, auf dem angrenzenden Spielplatz nachzuschauen, finden sie die junge Frau in einer Blutlache liegend vor, ihr Handy in der rechten Hand krampfhaft umklammert. Vom Täter fehlt scheinbar jede Spur. Keiner bemerkt in der Aufregung, dass auf dem Boden die Initialen „MK" in den Schnee geschrieben sind. Auch nicht der von den Zeugen sofort alarmierte Notarzt, der diesen Hinweis bei seinem Eintreffen achtlos mit seinen Füßen verwischt. Alle seine Wiederbelebungsversuche sind zum Scheitern verurteilt, er kann letztendlich nur noch den Tod von Louise Halbach attestieren und feststellen: „Was sie um diese Zeit auf dem Spielplatz wollte, wird wohl für immer ihr Geheimnis bleiben."

***

Am 2. Weihnachtstag bekomme ich überraschenden Besuch von zwei Herren.

„Kannten Sie, Herr Schmidt, oder soll ich lieber Freiherr von Hohenfelde-Lichtenfels sagen, die Steuerfachangestellte Louise Halbach?", will der graumelierte Mann wissen, der sich mir gegenüber als Kriminalhauptkommissar Mittler vorstellt.

„Ich hätte ihr meine Handy-Nummer nicht geben sollen", möchte ich am liebsten sagen. Stattdessen antworte ich ausweichend und die Vergangenheitsform ignorierend: „Das ist eine gute Frage. Kennen tue ich sie eigentlich nur unter ihrem Pseudonym Patricia Charlene Brown. Und kennen ist eigentlich auch schon zu viel gesagt. Persönlich sind wir uns jedenfalls nie begegnet."

„Okay, aber erotische Fotos wollten Sie trotzdem von ihr haben", wirft der jüngere Mann, der sich als Kommissaranwärter Füssel ausgewiesen hat, ein. „Und Sie wurden von Zeugen in den letzten Tagen öfter in der Nähe des Wohnhauses von besagter Louise Halbach gesehen."

„Wir haben Sie übrigens aufgrund Ihrer WhatsApp-Nachricht an Frau Halbach eigentlich im Krankenhaus vermutet. Wusste nicht, dass man nach einem Herzinfarkt so schnell wieder entlassen wird ...", sagt grinsend der Hauptkommissar zu mir.

„Diese Behauptung war eine reine Abwehrmaßnahme", erwidere ich und komme zunehmend ins Schwitzen.

„Aber der von uns auf dem Handy des Opfers gefundene Chat-Verlauf mit Ihnen ist noch in anderen Punkten sehr aufschlussreich. Es geht dabei auch um riskante Spekulationen. Sie haben wohl die von Frau Halbach alias Patricia Charlene Brown angeregte finanzielle Transaktion doch vorgenommen und sind bestimmt sehr wütend geworden, als Sie feststellen mussten, dass das Geld verloren war. Und dann folgten sie ihr, stellten sie zu Rede und drehten durch ... und töteten sie."

„Sie ist tot?", frage ich ungläubig und schnappe nach Luft.

„Tun Sie nicht so scheinheilig", fährt mich der Hauptkommissar an. „Sie sind vorläufig festgenommen."

Eigentlich, so denke ich, sollte ich durch meinen Einsatz als Weihnachtsmann im örtlichen Altenheim zur Tatzeit ein wasserdichtes Alibi mit jeder Menge Zeugen besitzen. Wobei ich leidvoll erfahren muss, dass das mit den Zeugen so eine Sache sein kann. Besonders dann, wenn sie hochbetagt und dement sind. Aussagen in der Art: „Nein, den Herrn kenne ich nicht. Habe ich noch nie in meinem Leben gesehen" oder „Der ist ein ganz fieser Typ, dem können Sie nicht trauen" haben sich verständlicherweise als kontraproduktiv erwiesen. Allerdings müssen die beiden Kriminalbeamten Elmar Mittler und Stefan Füssel, die in Gedanken schon dabei waren, bei der Staatsanwaltschaft einen Haftbefehl gegen mich ausstellen zu lassen, dann doch zurückrudern, wie sie mir gegenüber zähneknirschend in ihrem Büro einräumen müssen. Schließlich sei bei ihrem vormittäglichen Besuch im Seniorenheim eine Altenpflegerin aufgetaucht, die ihnen versichert habe, dass die zuvor befragten Herren Remmer und Karsunke hochgradig dement und ihre Aussagen deshalb nicht verwertbar seien. Sie habe sie anschließend in einen Aufenthaltsraum mit älteren Damen geführt, die alle ganz verzückt von meinem Auftritt als Weihnachtsmann berichtet und sich sehr darüber gefreut hätten, dass ich sogar spontan in Zivil zum gemeinsamen Abendessen geblieben wäre. Letztendlich doch noch durch Zeugenberichte entlastet, darf ich das Remscheider Polizeipräsidium am späten Nachmittag des 27. Dezember als freier Mann verlassen.

**

Das Faxgerät vermeldet mit lautem Piepton das Eintreffen einer Nachricht. Lustlos greift der reichlich frustrierte Stefan Füssel nach dem Papier, ohne es zunächst weiter zu beachten. Dienst zwischen Weihnachten und Neujahr, und dann hatten sie gerade auch noch einen vermeintlich bereits überführten Täter unverrichteter Dinge ziehen lassen müssen.

„Was für ein beschissener Jahresausklang", bilanziert sein Chef. „Und in wenigen Wochen schließt auch noch mein Stammimbiss, weil der Inhaber keinen Nachfolger gefunden hat. Wo soll ich denn jetzt *meine* Currywurst holen?"

„Ja, und die starken Temperaturschwankungen im Sommer. Ich habe an manchen Tagen sogar lange Unterhosen tragen müssen", wirft Assistent Füssel gedankenverloren ein, der sich inzwischen doch bequemt, das Fax zu überfliegen.

„Moment, es gibt wohl noch einen Lichtblick am Horizont."

Kriminalhauptkommissar Mittler wird sofort hellhörig, als Kommissaranwärter Füssel ihm den Hinweis der Kollegen aus Gummersbach vorliest, die eine unheimliche Verbrechensserie melden. Zwischen den Feiertagen waren im Oberbergischen vier

Frauen von einem mit besonderer Brutalität agierenden Täter über-fallen und niedergestochen worden. Alle Opfer fanden dabei den Tod. Das Tatmuster entspricht ganz offensichtlich ihrem Fall. Hauptkommissar Mittler greift nach dem Telefonhörer und beginnt zu wählen.

„Ja, hier Kriminalhauptkommissar Mittler aus Remscheid, ich möchte gerne den Kollegen Schneider sprechen ..."

***

Das tragische Ende der vermeintlichen Patricia Charlene Brown und meine daraus resultierenden Verwicklungen mit der Kriminal-polizei sind sehr aufwühlend für mich gewesen.

Um mich abzulenken, habe ich begonnen, vorabendliche Spa-zierrunden zu drehen. Dabei ist mir die Rolle des vermeintlichen Hundebesitzers so sehr in Fleisch und Blut übergegangen, dass ich mich immer wieder nach meinem nicht vorhandenen Vierbeiner umsehe und mich dabei ertappe, dass ich die Wege aufsuche, die ich zuvor mit meinen Freunden und deren Rüden Dias zurückge-legt habe.

Auf dem Weg zum Stadtwald komme ich an Silvester an dem seiner ursprünglichen Funktion enthobenen Wasserturm vorbei, vor dem zwei Männer stehen und sich unterhalten.

„Ja, ich möchte mich räumlich verändern. Will von Kottdorf im Oberbergischen ins Städtedreieck ziehen. Aber mein neuer Wohn-ort soll dennoch ruhig gelegen sein und vor allem einen guten Überblick über die umliegenden Ortschaften bieten."

„Dann ist dieses Objekt ideal für Sie, Herr Kleinewetter", führt der Anzugträger aus, bei dem es sich offensichtlich um einen Im-mobilienmakler handelt. „Der Turm wurde im ersten Kriegsjahr 1914 auf einer 330 Meter hohen Erhebung errichtet. Von der obers-ten Etage haben Sie einen herrlichen Panoramablick. Und das Ge-bäude befindet sich am Ende einer Sackgasse."

„Klingt wirklich interessant. Hier ist meine Visitenkarte. Senden Sie mir doch ein Exposé mit näheren Informationen."

Der Immobilienmakler schaut auf das Kärtchen, muss grinsen und sagt: „Michael Kleinewetter, Serienmörder. Das ist wirklich mal eine originelle Berufsbezeichnung. Da werden sich Ihre Nachbarn sicher freuen." Er wirft noch einmal einen Blick auf das sich im Dornröschenschlaf befindliche Gebäude. Als er sich wieder umdreht, ist Michael Kleinewetter spurlos verschwunden. „Haben Sie gesehen, wo der Mann hingegangen ist?", spricht mich der Makler daraufhin an.

„Keine Ahnung", sage ich und stutze, „ich kann mich nicht an ihn erinnern …"

Andreas Bialas
Der Totengräber

Wuppertal-Langerfeld

Am Anfang war der Tod. Und der Tod war groß. Und es war eine
Stille um den Tod. Und auch die Stille war groß. Groß und tief.
Die Erschütterung traf ihn, als er den Toten zum ersten Mal sah.
Eine weitere Leiche. Sein Herz stockte kurz und schlug dann trotz
allem mit einem schmerzlichen, letztendlich aber nur leicht wahr-
nehmbaren Ziehen weiter. Er wunderte sich ein bisschen darüber,
wie selbstverständlich das Herz weitermachte. Einfach weiter,
immer weiter.

Es war wahrscheinlich einer der letzten angenehmen Tage in
diesem Jahr, und er dachte einen Augenblick daran, dass es bald
zu Ende sein würde. Endlich zu Ende sein würde. Er liebte den
Frühling, wenn alles aufbrach, herausbrach, wenn alles seine
Pracht hinausschrie und deutlich bekundete: Ich will leben. Er
liebte den Frühling, weil die dunkle Zeit vorbei schien, weil die
Bäume und Sträucher sich ihre Blätter zurückeroberten und alles
allzu Hässliche und vielerorts viel zu Sichtbare freundlich ver-
deckten.

Jetzt allerdings war Winter, bald Weihnachten, die Landschaft
kahl und karg. Alles lag weithin offenbar. Der Schnee ließ sich
schon erahnen, und vielleicht würde er das ein oder andere kurz-
zeitig unter sich verschwinden lassen. Die Tage waren im Grunde
genommen schön. Die Nächte klar und eisig.

Weihnachten. Wie viele schöne Feste hatte es in seinem Leben
bereits gegeben, freudige Feiern im Kreise der Familie, unbe-
schwert, leicht. Es war die Zeit, als seine Kinder noch klein waren,
jung waren, noch keine Mörder waren. Wie lange lag das schon
zurück? Gefühlt ewig.

Er war von einem Spaziergang zurückgekehrt und wäre beinahe über die Leiche gestolpert, fast auf sie getreten und hätte vermutlich das, was kaum mehr zu entstellen war, noch weiter verunstaltet.

Die Luft war frisch, das Licht sanft, die Sonne noch nicht untergegangen. Vor ihm lag die Leiche zwischen Hauseingang und Rasen auf dem der Straße abgewandten Weg. Der Kopf, überstreckt und im Nacken geknickt, ließ einen Genickbruch vermuten. Das angeschälte Rückgrat, der teilweise offene Torso, ein Bein unwirklich abgewinkelt, das andere fehlte zur Hälfte. Entblößt, zerstückelt, entblutet. Die Nase und ein Auge an der verbliebenen Hälfte des Kopfes, an dessen verschmierter Fratze noch wenige Haare klebten. Sinnlos verspritztes Blut auf den Schottersteinen, ein wenig an der Hauswand.

War das ein entseeltes Werk? Eine Boshaftigkeit in zielloser diabolischer Ästhetik? Oder war es die wortlose Botschaft an ihn, die ihn der Vernachlässigung anklagte und verurteilte, und deren Bestrafung dann unmittelbar und in besinnungsloser Wut an einem stellvertretenden Büßer vollzogen wurde?

Er stand da, und das Einzige, was er denken konnte, war: Es ist wieder passiert. Schon wieder passiert. Die Abstände werden kürzer. Bald wird der letzte minimale Rest an Beherrschung hinweggeschwemmt sein, in einem Meer permanenter und blanker Mordlust. Was sollte er dann tun? Spätestens dann tun? Natürlich kannte er das Gesetz, und er kannte auch die Moral.

Er wusste, die Täter – seine Kinder – hatten sich innerlich gequält, hatten sich immer und immer wieder zu beherrschen versucht, hatten versucht, der Blutgier zu entsagen, hatten sich mit all ihren Kräften dagegengestemmt und schließlich, das sah er zu seinen Füßen liegend, hatten sie verloren. Das Ergebnis dieser Niederlage lagerte grotesk in fast lächerlicher brutaler Klarheit vor ihm.

Er musste endlich etwas tun, musste endlich handeln. Vor allem, um es zu stoppen. Und doch, insgeheim wusste er es, würde er sich nur weiter in das ihm schon vertraute Schicksal ergeben. Er würde Hacke und Schaufel aus der Gartenlaube holen, würde ein entsprechend großes Loch ausheben, wie er so viele Löcher bereits gegraben hatte, und würde dann auch diesen Toten bestatten. Wie oft schon stand er am offenen Grab eines namenlos Ermordeten?

Er zog seine Gartenhandschuhe über, die jeweils ein kleines Loch an den Kuppen der Zeigefinger hatten, und achtete peinlich genau darauf, nicht mit seiner Haut in direkten Kontakt mit den Toten zu kommen, was er bisher immer geschafft hatte. In ihm herrschten der Glaube und die Angst, dass erst durch den Hautkontakt der Tote nachgerade eine Persönlichkeit erlangen würde, ihm durch den Fingerkontakt eine Seele wachsen, er nicht mehr das Irgendetwas, das Ding bliebe, sondern ein Sein werden würde, selbst wenn er im Grunde nur ein Gewesener wäre. Natürlich war der Gedanke dumm.

Noch eine weitere Vorstellung trieb ihn um. Er hatte nicht nur Angst, der andere würde menschlich an Wert gewinnen, er fürchtete umgekehrt vielmehr um seiner selbst, dachte, er selbst würde durch die Berührung hinabsinken, verlieren, würde durch die Berührung der Finger zu einer hässlichen Figur, zu einem Klumpen aus Knochen, Knorpel und Schleim, würde zu einem unansehnlichen Nichts, hingezogen in die Welt der Toten.

Er war sich auch nicht vollends sicher, ob sich seine Finger nach einer unvorhergesehenen Berührung mit dem toten Fleisch reinigen ließen, und fürchtete, mit keinem Wasser und keiner Seife der Welt die Flecken und Gerüche loszuwerden. Dennoch kaufte er keine neuen Handschuhe, ohne Löcher. Das tat er fast trotzig, denn jedes Mal hoffte er, es würde das letzte Mal sein.

Jedes Mal hoffte er, es würde aufhören, endlich aufhören und vorbei sein. Jedes Mal hoffte er, er würde nichts mehr ausheben müssen, unter die Erde bringen müssen, nicht mehr die immer wieder hohl klingenden Worte des Abschieds und einige ihm noch in Ansätzen und Versatzstücken bekannten Gebete sprechen müssen. Hoffte, es würde ihm etwas einfallen, wie er das Begraben stoppen konnte, wie er das Töten stoppen konnte. Jedes Mal hoffte er, und er hoffte vergebens, er würde die notwendige Kraft finden und endlich etwas tun, denn bisher war ihm nichts eingefallen und getan hatte er viel zu wenig.

Er konnte sie einschließen, sie wegsperren, ihren Bewegungsdrang einengen, für eine Zeit. Er machte das auch, hin und wieder, und dann ließ er sie doch wieder heraus. Es brach ihm das Herz, wenn er am Grab der Toten stand, und es brach ihm gleichfalls das Herz, wenn seine Kinder eingekerkert und im verriegelten Kellergewölbe laut ihre Schmerzen der Haft und ihren Willen zur Freiheit hinausschrien.

Er ertrug ihre Schreie nicht, ertrug ihr Leiden nicht, und auch nicht ihre zornigen und hasserfüllten Augen, die sich mittlerweile allzu oft auf ihn richteten. Er wusste, vom Toten wollte sie an sich nichts, die Person war ihnen völlig gleichgültig. Was oder wer er war, all das ging sie nichts an. Einzig, dass ein wahllos ausgesuchtes Opfer sterben musste, interessierte sie. Es hatte nur gelebt, um jetzt, dem Tod dienend, dazuliegen. Es ließ sich nicht leugnen, das Töten war ihnen alleiniger und ständiger Selbstzweck.

Was sollte nur werden? Aus ihnen, aus ihrem Verlangen, aus ihrer Schuld? Hatten seine Kinder nicht trotz ihrer Verfehlungen ein Anrecht auf ein eigenes, freies Leben? Ohne Angst, entdeckt und bestraft zu werden, zur Rechenschaft gezogen zu werden, weggesperrt zu werden zum Schutze aller anderen, für alle Zeiten? In Anbetracht ihrer Taten war ein unbeschwertes Leben kaum vorstellbar und noch weniger zu rechtfertigen. Und dennoch, es waren seine Kinder. Was sollte er tun? Was durfte er tun?

Der Gedanke, dass Immanuel Kant gerade seinen 300. Geburtstag gefeiert hätte, brachte ihn, im Bewusstsein, dass er hier über seine eigene Familie zu richten hatte, kein Stückchen einer Antwort näher. Auch war die Frage nach moralischen Maximen beim Blick auf den teilweise zerstückelten Körper zu seinen Füßen geradezu obszön, weil endgültig beantwortet. Er spürte die schreckliche und vernichtende Wirkung der nicht wahrgenommenen Verantwortung und war sich mehr und mehr sicher, dass dieses

Nichtstun, das Danebenstehen und Gewähren, im Grunde genauso schlimm war wie die üblen Taten.

Welchen Weg hatte er einzuschlagen? Er wusste es nicht und quälte sich mit den verschiedenen Möglichkeiten. Ein Weg so schlecht gangbar wie der andere, keiner wirklich erträglich. Und doch, das wurde ihm immer klarer: Auf ihn kam es an. Er musste endlich frühzeitig verhindern, statt nachträglich aufzuräumen. Hatte vorneweg zu gehen und nicht hinterher zu trotten. Hatte nicht nur die blutigen Überreste unter die kalte Erde zu schaufeln.

Er erinnerte sich vage an das erste Mal. Die genauen Umstände hatte er fast vollständig vergessen, nur die Reaktionen seines Innersten, der erste Schock, das erste Entsetzen, waren ihm noch präsent. Ein Brennen in der Seele und Eis im Kopf.

Und später dann ein stetig klammes Gefühl, als müsse er voll bekleidet schwimmen, unaufhörlich schwer und langsam eine unbekannte Strecke ohne Ziel, die er nie hatte zurücklegen wollen.

Das erste Mal. Wenn er heute daran zurückdachte, wurde ihm klar, dass damals seine Verwandlung zu einer Sklavenseele begann. Dass er sich seitdem einem Kult des Leidens und Verzweifelns ergab, dass er nicht mehr nach einem freien Geist strebte, sondern nach etwas, das er, wenn er ehrlich zu sich selbst war, als Willen zur Abhängigkeit erkennen und benennen musste. Was war nicht nur aus ihnen, was war aus ihm selbst geworden? Wie konnte er nur so zugrunde gehen?

Hatte er zunächst noch versucht, mit einer Despotie der Normen, dem scheinbar einzig auf Instinkten fußenden Töten, entgegenzuwirken, noch versucht, seiner Kinder Drang mittels Vernunft Widerstand zu leisten, ihnen Einhalt zu gebieten und das Dunkle in ihnen ins allgemeine Dunkel zurückzuwerfen, feierten ihre Triebe binnen kürzester Zeit ungezügelte Mordorgien.

Er hatte nur kurz gegen sein endgültiges Scheitern angekämpft, hatte schnell einzelne Schlachten verloren und dann, auch viel zu schnell, den ganzen Krieg. Er hatte sich voll und ganz und bereitwillig in sein Schicksal eingefunden und sich dabei erwischt, dass

er bei dem Gedanken an Freiheit als erstes dachte: Frei sein –
wozu? Irgendwann streifte er zum ersten Mal die Handschuhe
über. Da hatten sie noch keine Löcher.

Ab und zu, sehr selten und eigentlich nur anhand derartiger An-
lässe wie Weihnachten und dem Versprechen der Geburt des
Guten, dachte er darüber nach, ob seine Kinder einzig von der
Natur angetrieben wurden, oder ob da eine andere Macht war, eine
böse Macht, die in ihnen wirkte, sich in ihnen austobte. Dann
stellte er Überlegungen zu dieser Macht an. Was sie war, woher
sie kam. Aus einem Hort der Bösartigkeit? Aus der Hölle? War
diese Hölle immer schon in ihnen gewesen? Und, gab es Rettung?
Kam die verheißene Ankunft des Erlösers, jenes Jahrtausende lang
Jahr für Jahr erneuerte Versprechen, auch ihnen zugute? Lohnte
sich das Aufstellen von Krippe und Tannenbaum im Lichte von
Kerzenschein vielleicht doch?

Es interessierte ihn kaum mehr. Derartige Gedanken hätten am
Anfang des Mordens noch Raum einnehmen können, vielleicht
einnehmen müssen. Nun, nach dem langen und breitgetretenen
Weg der Grausamkeiten waren die Stiefel der Zeit meilenweit
über die Moral hinweggeschritten. Die Moral lief bereits von Anfang an hinterher und war längst restlos abgehängt. Genau wie
die Hoffnung.

Was blieb ihm? So unwahrscheinlich es schien: Seine Liebe
blieb, und seine Sorgen blieben. Trotzdem, denn nicht zuletzt liefen
seine Kinder Gefahr, entdeckt zu werden. Irgendwann ließe sich das
endgültige Verschwinden von Bewohnern um sie herum nicht mehr
verheimlichen. Irgendwann würde es auch vor Ort Nachfragen
geben, erst vereinzelt und leise, dann immer öfter und immer lauter.
So fing es jedes Mal an, so fing es damals an, an diesem ersten Ort,
den er mit seinen Kindern fluchtartig verlassen musste. Fast wäre
es zu spät gewesen. Viele Orte und viele Fluchten folgten.

Nun waren sie allesamt hier gestrandet, auf dem Ehrenberg,
ihrer wunderschönen, doch vielleicht nur vorübergehenden Heimat. Der kleine Wohnfleck, einer Enklave gleich, ein schönes

Juwel am zweithöchsten Punkt der Stadt. Eine ansatzweise einsame Gegend, einige Häuser umgeben von Feldern und Wäldern, die nach allen Seiten hin in Täler abfallen. Die Bewohner des Ehrenbergs erfreuten sich im Grunde einer robusten Gesundheit, eines gesunden Teints, heller Augen und eines klaren Verstands, solange sie unbehelligt gelassen wurden. Im Tod wirken diese von Kraft und Vitalität Beseelten gleichermaßen fahl wie vergangene Lebewesen allerorten.

Irgendwann würden sie auch hier dahinterkommen. Es konnte nicht mehr lange gut gehen. Müsste er nicht auch jetzt besser sofort fliehen, statt zu graben? Weglaufen, statt zu bestatten? Seine Familie nehmen und verstecken, vor der Verfolgung, vor der Strafe, vor der finsteren Kerkerhaft?

Er fühlte sich müde, unsagbar müde. Am liebsten wäre er auf einem Gartenstuhl in sich zusammengesackt und am allerliebsten nie mehr aufgestanden. Eine derartige Müdigkeit hatte er noch nie empfunden. Sie war umfassend, lähmend und verführerisch, denn sie flüsterte leise, er solle aufhören, solle sich nicht mehr wehren, aufgeben, zur Ruhe kommen. Schlafen. Den tiefen, tiefen Schlaf freudig begrüßen und seine Segnungen empfangen. Er schloss die Augen für einige Sekunden und riss sie fast gewaltsam wieder auf.

Wie konnte er nur diese Müdigkeit loswerden? Sich fallen lassen und Ruhe gewinnen, gelang nicht, ein kleines bisschen innerer Friede stellte sich noch nicht einmal ansatzweise ein. Stille in ihm gab es nicht mehr. Nicht wegen der Toten, die schon in der Erde lagen, nicht wegen der Toten, die noch folgen mochten, nicht wegen seiner mordenden Kinder.

Es war nur noch lautes Schreien, das höchstens von noch mehr und noch lauterem Schreien abgelöst wurde. Es war ein ganzes vielstimmiges Ensemble, welches ständig den Schmerz lauthals in die Welt brüllte. Einfach war es nicht. Einfach war es nie.

Vor dem Haus stoppte ein Wagen, Blaulicht leuchtete lautlos vom Dach des Fahrzeugs und huschte entlang der Häuserwände, dann wurde das Licht ausgestellt und erlosch dauerhaft. In ihm rumorte es: Warum, verdammt noch mal, war die Polizei da? Was wollten sie? Wussten sie bereits etwas?

Er hatte einmal eine Geschichte von einem Auge und einem laut schlagenden Herzen gelesen. Ein Mann hatte einen anderen Mann aufgrund eines unheimlichen Auges ermordet und sich verraten, da er meinte, das Herz des Toten schlage so laut, dass alle, auch die Polizei, es hören müssten. Er konnte die Anwesenheit der Polizei nicht ertragen, fühlte sich auch ohne jegliches Indiz, geschweige denn Beweise, überführt und offenbarte von selbst das Verbrechen, welches ihm wohl nicht hätte nachgewiesen werden können. Er hatte die Geschichte anlässlich einer Leseveranstaltung laut vor Publikum vorgetragen, und seine jüngste Tochter verübelte es ihm noch heute, da er sagte, sie könne sie sich ruhig anhören, aber sie war noch zu jung und ängstigte sich für eine längere Zeit.

War es hier genauso? War es das Herz des Toten, welches für alle um ihn herum laut hörbar schlug, welches die Polizei auf seine, auf ihre Fährte gebracht hatte? Oder war die grausame Tat diesmal beobachtet worden, waren die gräulichen Kinder so unvorsichtig gewesen, in aller Sichtbarkeit zu morden, vor aller Augen ihr schändliches Werk zu verrichten? Was wusste die Polizei? Wussten sie überhaupt irgendetwas?

Doch war das nicht völlig belanglos? Der tote Körper lag direkt vor ihm. Das „corpus delicti" unmittelbar zu seinen Füßen. Er hatte ihn noch nicht beseitigt, nicht vergraben, hatte getrödelt und nutzlosen Gedanken nachgehangen.

Es brauchte keine psychologische Raffinesse und keine kriminalistische Spezialausbildung, das kleinste Ermittler-Einmaleins reichte. Es gab kein schwer zu lösendes „Rätsel des Toten auf dem Schotterweg". Um hier Zusammenhänge herzustellen, bedurfte es keines blitzgescheiten Belgiers oder einer älteren britischen Dame, keines leicht versnobten Lords und keines Lupe nutzenden Hutträgers. Alle Detektive seiner reichhaltigen Krimibibliothek, selbst die vermeintlich trägsten, würden den Mord im Handumdrehen lösen.

Was sollte er schon antworten, wenn er nach der Leiche befragt würde? Dass hier häufiger welche rumlägen, dass man sich nicht daran zu stören brauche, dass er oder seine Kinder damit gar nichts zu tun hätten? Das Fremde ausgerechnet ihnen den Toten vor ihre Tür gelegt hätten?

Die Ordnungsmacht entsandte, das sah er jetzt, und es kam ihm anlässlich des hässlichen, mörderischen Handwerks fast wie schicksalhafter Hohn vor, eine nicht mehr vollends junge, doch sehr attraktive Frau am unteren Rand des mittleren Alters, die elegant dem Wagen entstieg und sein Grundstück betrat. Sie hatte ein hübsch moduliertes Gesicht, in das vielfältigste Erfahrungen eingezeichnet waren. Ein charaktervolles Gesicht, aus welchem die darunterliegende Grundschönheit trotz all der erlebten Härten ihres Lebens und ihres Berufes noch nicht vertrieben werden konnte. Kurz erlaubte er sich den Gedanken, sie sei wegen ihm in einer amourösen Angelegenheit da und nicht als Schwertträgerin der Strafverfolgung.

Die Polizistin stand in strenger Haltung vor dem Mann, der plötzlich redete, der auf einmal nicht länger schweigen konnte. Er redete und redete und beichtete. Alles, restlos alles, brach aus ihm heraus. Er fügte nichts hinzu, ließ nichts weg. Nichts, was seine Kinder getan hatten, nichts, was er selbst getan hatte, was er selbst nicht getan hatte. Nichts von den Taten, nichts von der Ohnmacht, nichts von der Schuld.

Konnte er jetzt, indem er ihr alles anvertraute, indem alles Dunkle und Bittere aus ihm herausströmte, endlich seine Traurigkeit stillen oder redete er sich und seine Kinder taumelnd dem Verhängnis entgegen? Er wusste es nicht. Er wusste nur, dass er ihr gern noch mehr erzählt hätte. Mehr von sich, mehr Gutes und Schönes, etwas, das ihn in einem anderen Licht hätte erscheinen lassen können, etwas, das ihn für sie hätte interessant machen können.

Die Polizistin hörte zu seiner Überraschung zu, ohne zu unterbrechen und frühzeitig Fragen zu stellen. Sie hörte sich alles, was aus ihm herausströmte, von Anfang bis Ende an. Sie schaute nicht immer freundlich, hin und wieder mit einer Zornesfalte zwischen den Augen und doch, so schien es, ein wenig verständnisvoll, so als wäre er ein Patient, dem eine Diagnose, eine nicht besonders gute Diagnose, gestellt und mitgeteilt werden müsse. Sie notierte nichts.

Endlich fragte sie hart und knapp: „Wo sind sie?" Er wusste es nicht. Wusste nicht, wohin sie sich unmittelbar nach der Tat verzogen hatten und versteckten, wusste nicht, an welchem Ort sie noch den letzten Tropfen ihres Blutrauschs auskosteten.

Die Polizistin sprach erneut: „Wo sind sie? Wo sind die süßen, kleinen Schätzchen? Hast du ihnen kein Futter gegeben? Tja, da musst du dich nicht wundern. Na, wo sind meine braven Miezchen? (*Pfeifen*) Kommt schön her, ihr lieben Kleinen. Und du könntest das hier mal wirklich wegmachen und endlich mit deinem Geschwätz aufhören. So lang ist meine Pause nun auch nicht. Ich muss gleich noch zu einem Sondereinsatz, da wollte ich mich eigentlich vorher noch ein wenig ausruhen."

Ich erwachte aus meinem Tagtraum. Ihre Worte trafen mich, ihre Unbekümmertheit erstaunte mich. Es fiel mir ein Roman ein, den ich kürzlich gelesen hatte. Haus-, Hof- und Kuscheltiere, die, auf einem Acker verscharrt, plötzlich wieder auferstanden, die umher wandelten, Panik verbreiteten und töteten, was ihnen zwischen die Klauen geriet. Ich dachte: Was, wenn auch die Massen an Toten in unserem Garten alle auferstehen würden? Die Mäuse, Ratten, Vögel, Maulwürfe, Ringelnattern und weiteres ähnliches Kleingetier, welches ich in all den Jahren verscharrt hatte. Mit Kopf, ohne Kopf, mit fehlenden Flügeln, fehlenden Gliedmaßen, mit Augen, ohne Augen, meist bis zur Unkenntlichkeit entstellt, manchmal nur noch übriggebliebenes Gedärm. Wie sieht eigentlich ein wiederauferstandenes Gedärm aus? Wie riecht und spricht es? Was, wie, wenn? Würden sich diese geknechteten Seelen trotz des fortgeschrittenen Verwesungszustands zusammenrotten und nach Vergeltung dürsten? Drängte dieser Durst nicht nach umfassender Befriedigung, und würde diese Rache nicht neue Schrecken gebären? Für uns alle? In Ewigkeit?

Ich wagte, meine Gedanken laut werden zu lassen. Prompt kam die keine weitere Widerrede duldende Gegenreaktion meiner Herzallerlieblichsten: „Lies endlich einmal ein paar Liebesromane, und fahr mit mir nach Cornwall." Ich schrie: „Ins Rosamunde Pilcher-Land? Nur über meine Leiche." Kaum ausgesprochen sah ich die beiden Katzen mit ihren glutlodernden Augen um die Ecke biegen.

Stefan Barz
Der Engel am Fenster

Wuppertal-Ronsdorf

Jonas W. liebte es, in die Fenster fremder Häuser zu blicken, denn diese Blicke erfüllten Sehnsüchte, die tief in ihm schlummerten. Wie ein Dieb stahl er mit seinen Blicken das Leben anderer Leute und nahm es für sich selbst in Beschlag. Wenn Jonas W. an diesen dunklen Dezembertagen durch die schmalen Straßen spazierte, wurde ihm schmerzlich bewusst, wie einsam er auf der Welt war. Für das Referendariat war er nach Wuppertal gezogen, wo er im beschaulichen Stadtteil Ronsdorf, in dem er auch eine kleine Wohnung gemietet hatte, an einer Schule lernen sollte, wie man Deutsch und Religion unterrichtet. Doch hier im Bergischen Land kannte er keine Menschenseele, abgesehen natürlich von den Lehrern an seiner Schule und den anderen Referendaren, die aber nach Feierabend lieber zu Hause bei ihren Partnern und Familien blieben. Und so verbrachte Jonas W. die Abende in der Adventszeit damit, allein durch die Straßen Ronsdorfs zu flanieren, bevor er sich vor dem Schlafengehen noch einmal an den Schreibtisch setzen und letzte Ideen für den Unterricht am nächsten Tag durchgehen würde.

Trotz seiner Einsamkeit bereiteten ihm die abendlichen Spaziergänge in der Vorweihnachtszeit besondere Freude, denn im ganzen Stadtteil waren die Fenster so wunderbar geschmückt, dass sie Einblicke in ganz märchenhafte Innenwelten gewährten, wenn die Fensterrahmen mit Lichterketten, Sternen und Engeln verziert waren. Und drinnen spielte sich das Leben ab, das Jonas W. selbst gern führen würde. So sah er in einem großen Fenster unter einer prächtigen Hängelampe einen dunkelbraunen Esszimmertisch, den ein Mann, nur wenige Jahre älter als Jonas, bedächtig mit zwei

Tellern deckte. Vermutlich bereitete er das Abendessen vor, gleich würde seine Frau nach Hause kommen, und die beiden würden bis spät in die Abendstunden von ihrem Tag erzählen. Das war das Leben, das sich Jonas W. auch wünschte – wenn er nur endlich die richtige Frau finden würde.

Seine Lieblingsroute führte ihn zunächst über die Luhnsfelder Höhe, um auf die frostweißen weiten Wiesen zu schauen, dann bog er in die Breite Straße ab, eine gar nicht breite, sondern enge Einbahnstraße, die bergab an beiden Seiten von wunderschönen alten Fachwerkhäusern geschmückt wurde – für Jonas war es der schönste Weg in ganz Wuppertal. Wie friedlich die Welt hier wirkte. Eigentlich hätte Jonas W. glücklich sein können, wäre er nicht so einsam gewesen. Er sah durch ein Küchenfenster, wo eine Frau mit ihrer kleinen Tochter in einer Schüssel rührte, wahrscheinlich backten sie Weihnachtsplätzchen. Jonas stellte sich vor, es wäre seine Familie, und seufzte einmal schwer auf.

Während er so durch die Breite Straße schlenderte und verträumt in die Fenster schaute, grübelte er über die morgige Deutschstunde nach, in der er Heinrich Heines „Loreley" behandeln wollte – hatte er für die Stunde auch wirklich bedacht, wie die Schüler verstehen konnten, warum die sagenhafte Sirene die Männer in den Abgrund zog? *Ich weiß nicht, was soll es bedeuten*, begann Heine sein Gedicht. Wusste Jonas, was es bedeutete? Da saß eine schöne Frau auf dem Felsen, betörte die Männer, die auf Schiffen vorbeifuhren, und ließ diese Lustmolche in den Wellen ertrinken.

Wer war diese Loreley? War sie der innere Trieb der Männer, der sie zugrunde richtete? Konnte Heine das mehrere Jahrzehnte vor dem Psychoanalytiker Freud so gemeint haben? In einer anderen Interpretation wiederum stand, dass die Loreley für die Romantik selbst stand, die Heine hier ironisierte. Auf welche Deutung wollte er seine Schüler morgen bringen? Er würde gleich nochmal in seine Bücher blicken müssen, damit er morgen Wissen hatte und nicht bloß Vermutungen.

Wieder blickte er in die hell erleuchteten Fenster, sah Lichterglanz und Engel, und in der Breiten Straße Nummer 214 fiel ihm plötzlich eine engelsgleiche junge Frau mit blonden Locken am Fenster des oberen Stockwerks auf. Zwischen Weihnachtslichtern hindurch winkte sie ihm zu. Jonas war sofort ergriffen von ihrer Schönheit, lächelte ihr zu und winkte ebenfalls. Doch der Engel mit dem blonden Haar lächelte nur kurz zurück und schaute ihn dann tieftraurig an. Dann war sie plötzlich nicht mehr zu sehen. Irritiert schaute Jonas zum Fenster. Hatte er sich diese schöne Frau nur eingebildet? Doch im nächsten Moment kam sie zurück und drückte ein großes Blatt Papier gegen die Scheibe, auf dem mit dicken Buchstaben zwei Wörter standen: „Hilf mir!" Erschrocken schaute Jonas zu ihr hoch. Was sollte das bedeuten? Bestimmt war es ein Scherz, aber ein ziemlich übler, dachte er, senkte seinen Blick zu Boden, vergrub beide Hände in der Manteltasche und ging schnell weiter.

Zu Hause überarbeitete er bei einem Glas Rotwein und einem Teller mit Printen noch mal seine „Loreley"-Stunde und legte sich dann ins Bett. Erst jetzt kam ihm die Frau wieder in den Sinn. Was sollte diese Erscheinung am Fenster bedeuten? Hätte er ihr helfen sollen? Aber wie? Oder war es wirklich nur ein pubertärer Scherz? Dafür war die junge Frau eigentlich schon zu reif. Hatte er sich am Ende vielleicht alles nur eingebildet? So langsam vermischten sich seine Gedanken mit Traumbildern, und er fiel in einen tiefen Schlaf.

***

Am nächsten Tag musste er feststellen, dass seine Schüler Heinrich Heines Gedicht ziemlich bescheuert fanden und nicht verstanden, wie erwachsene Männer so dämlich sein konnten, statt auf den reißenden Fluss hoch zum Felsen mit der Loreley zu schauen und dadurch ihr Boot zu versenken. Bis zum späten Nachmittag bereitete er seinen nächsten Unterricht vor. Für morgen musste er das Märchen „Rapunzel" in der Klasse 5 behandeln.

Eine erste Idee hatte er schon: Er wollte die Schüler bis zu der Stelle, an der der Prinz ein letztes Mal an Rapunzels Haar hinaufklettert, die Geschichte lesen und dann die Schüler selbst weiterschreiben lassen. Nachdem er den Stundenverlauf skizziert hatte, ging er wieder nach draußen, um sich die Beine zu vertreten. Bald schon kam er in die Breite Straße und steuerte schnell die Hausnummer 214 an. Er sah hoch zum Fenster, an dem er nur die Weihnachtsbeleuchtung sah. Einerseits war er enttäuscht, dass die schöne Frau heute nicht da war, aber zugleich auch erleichtert, dass sie ihn nicht um Hilfe bat. Denn was hätte er tun sollen? Alles war gut, er musste nichts weiter unternehmen, vielleicht war wirklich alles nur ein Missverständnis. Er ging weiter durch die kalte Abendluft, drehte sich noch einmal um – und sah sie wieder am Fenster stehen. Wieder mit diesem traurigen Blick. Vor sich hielt sie einen Zettel: „Hilfe!"

Jonas schüttelte den Kopf und eilte davon wie jemand, der gerade einen Unfall gesehen hatte und lieber nicht an diesem Ort sein wollte. Zu Hause jedoch ging sie ihm nicht mehr aus dem Kopf. Jonas schämte sich für seine Untätigkeit, aber was sollte er tun? Er war sich immer noch nicht sicher, ob ihn die schöne Frau nicht einfach gehörig veräppelte – so wie viele Frauen vor ihr, denn Jonas hatte weit ausladende Segelohren und eine viel zu krumme Nase. Keine Frau hatte ihn bisher ernst genommen. Vielleicht meinte sie mit dem Wort „Hilfe" ja auch seinen Anblick. Oder bedeutete der Zettel doch, dass sie sich in einer Notlage befand? Aber warum ging sie dann nicht einfach raus und holte sich Hilfe? Jonas dachte weiter darüber nach und schlussfolgerte, dass sie vielleicht nicht aus dem Haus konnte – weil sie sich in Gefangenschaft befand. Ja, vermutlich war sie entführt worden, die Übeltäter warteten auf Lösegeld, und wenn sie es nicht bekamen, dann … Ja, dann könnte es ein übles Ende mit ihr nehmen. Vielleicht sollte er die Polizei rufen. Aber was, wenn das alles doch ein übler Scherz oder ein grobes Missverständnis war? Dann würde er sich zum Gespött von ganz Ronsdorf machen. Im Dorf würde man über ihn lachen, in der Schule würde man ihn verhöhnen – Jonas beschloss, dass ihn das Mädchen am Fenster eigentlich gar nichts anging. Er trank ein Glas Rotwein und wollte noch eine Nacht darüber schlafen. Vielleicht würde er morgen eine Entscheidung treffen. Außerdem war es spät, und morgen musste er zur ersten Stunde unterrichten.

***

Die Märchenstunde am nächsten Tag lief besser, allerdings hatte Jonas seinen Schülern keine befriedigende Antwort auf die Frage geben können, warum denn eine Mutter ihr eigenes Kind einsperrt. Es gebe einfach Menschen, die Böses tun, hatte er ihnen gesagt, aber die Schüler hatten sich mit dieser Antwort nicht zufriedengegeben. Außerdem konnten sie nicht verstehen, warum der Prinz seine Rapunzel nicht gleich am ersten Tag mitgenommen hatte, wo er doch wusste, dass sie von der bösen Hexe im Turm festgehalten wurde.

Abends mied er zunächst die Breite Straße und sah sich stattdessen das berühmte Weihnachtshaus am anderen Ende des Stadtteils an. In der Straße „An der Kornmühle" war ein Bergisches Fachwerkhaus mit hunderten, nein, tausenden Lichtern geschmückt. Vor den Fenstern rieselte leuchtender Schnee, an der Außenfassade hing der Stern von Bethlehem, im Vorgarten saßen Santa Claus und ein Nussknacker, auf den Dächern lagen Weihnachtsgeschenke aus puren Lichtern, und in der offenen Garage war die Krippenszene nachgebaut. Was für ein Anblick! Verträumt blickte Jonas auf diesen Weihnachtszauber, der ihn auf andere Gedanken brachte. Fast eine Stunde lang sah sich Jonas dieses private Weihnachtswunderland an, dann wurde ihm kalt, und er musste sich bewegen.

Schließlich ging er doch seinen gewohnten Weg durch die Breite Straße. Und da stand die schöne Frau wieder mit traurigem Blick am Fenster. Als sie ihn sah, zeigte sie ihm sofort ihre Nachricht: „So hilf mir doch!" Dann ließ sie den Zettel hinabgleiten und hob ein anderes Blatt hoch: „Bitte!" Mit ihrer rechten Hand zeigte sie auf das Fenster, dann zuckte sie mit den Schultern. Jonas verstand die Geste sofort: Sie war eingesperrt und konnte das Fenster nicht öffnen.

Sofort meldete sich bei ihm das schlechte Gewissen. Es hatte einen Grund, warum er heute länger unterwegs war und die Breite Straße eigentlich hatte meiden wollen: Er wollte nicht, dass ihn diese Frau etwas anging. Er wollte nicht wahrhaben, dass es hier in Ronsdorf nicht nur Idylle und Weihnachtswunderländer gab, sondern auch Menschen in Not. Ausgerechnet hier! Aber jetzt, da er sie dreimal gesehen und dreimal ihren Hilferuf gelesen hatte, ging sie ihn natürlich etwas an. Er holte sein Handy raus, wählte die 110 und sah hoch zum Fenster.

„Keine Polizei! Zu gefährlich", stand nun auf einem weiteren Zettel.

Jonas stoppte sofort den Anruf und sah sie fragend an.

„Wie kann ich dir denn helfen?", rief er.

Schnell gestikulierte sie, dass er still sein solle. Dann hob sie den Zeigefinger, als wollte sie ihm noch mehr mitteilen. Sie verschwand kurz, dann hielt sie wieder einen Zettel hoch.

„Schlüssel – Fußmatte – Gartentür", stand dort.

Er überlegte kurz, dann sah er sie heftig nicken. *Ja, tu es*, schien das zu bedeuten.

Jonas blickte sich um, damit ihn niemand beobachtete, wie er durch das Gartentor zur Terrassentür hinter dem Haus schlich. Der Garten wirkte nicht so gepflegt wie die Fassade des Hauses. Schnell sah Jonas unter der Fußmatte nach. Tatsächlich lag dort ein dicker Schlüssel, der zu einer alten, hölzernen Haustür zu passen schien, ein antiker, dunkelgrauer Schlüssel mit einem breiten, zierenden Ring am anderen Ende. Rasch nahm er ihn an sich. Und jetzt?, fragte sich Jonas. Sollte er wirklich in das Haus einbrechen wie ein Dieb? Bisher waren nur seine Blicke in die Fenster fremder Menschen gedrungen. Auch das war ein verruchtes Eindringen in private Welten gewesen, die ihn im Grunde nichts angingen, natürlich nicht. Aber er hatte damit nie die Grenze in die fremde Welt überschritten. Und was würde ihn in diesem Haus erwarten? Jonas legte den Schlüssel wieder zurück unter die Matte, drehte sich um – um doch innezuhalten. Was, wenn die junge Frau wirklich Hilfe brauchte? So, wie es aussah, war das der Fall. Sie sah wirklich verzweifelt aus, und warum sollte sich eine erwachsene Frau so einen Scherz erlauben? Jetzt lag es an ihm zu handeln. Wie wollte er seinen Schülern Werte wie Zivilcourage vermitteln, wenn er selbst keine hatte? Er dachte an den Leitsatz des Philosophen Immanuel Kant: „Habe Mut, dich deines eigenen Verstandes zu bedienen!" Er würde mutig sein und sie retten.

Also schlich er um das schöne Haus herum, sprang mit zwei Sätzen die steinerne Treppe hoch, die zur grünen Eingangstür führte, vergewisserte sich, dass ihn niemand bemerkte, und schloss vorsichtig auf. Schnell huschte er hinein, zog die Tür leise zu und sah sich um.

Im Haus war es still.

An der Decke im Flur prangten braune Holzbalken, und überall standen große, antike Möbelstücke. Gegenüber der Eingangstür hing ein großes Kruzifix, darunter eine Schrifttafel, auf der in großen Lettern stand: *Wer Sünde tut, der ist vom Teufel. 1 Joh 3,8.* Schnell warf er einen Blick in Küche und Wohnzimmer. Es war niemand da. Er war offenbar allein im Erdgeschoss. Während sein Blick die Wände entlangglitt, hielt er kurz inne. Dort hingen neben Reproduktionen von Van Gogh auch Fotos, auf denen eindeutig die junge Frau vom Fenster zu erkennen war. Die junge Frau vor dem Weihnachtsbaum, die junge Frau auf einer Sommerwiese, die junge Frau mit einem älteren Ehepaar im Schnee. Waren das ihre Eltern? Wohnte sie etwa hier? Warum dann dieser Hilferuf? *Es ist also doch nur ein übler Scherz*, dachte Jonas und ärgerte sich über seine Naivität.

Plötzlich hörte er ihre wimmernde Stimme: „Ich bin hier oben." Jonas konnte kaum verstehen, was sie gesagt hatte, da wiederholte sie: „Hier oben." Er versuchte, leise zu sein, aber die knarzende Treppe durchbrach die Stille. Doch auch im Obergeschoss schien sonst niemand zu sein.

„Ich bin hier!"

Ihre Stimme schien hinter der zweiten Tür auf der linken Seite des Flurs durchzudringen. Jonas drückte die Klinke herunter, aber die Tür ließ sich nicht öffnen. Nun gab es keinen Zweifel mehr, dass der blonde Engel hier gefangen gehalten wurde. Jonas tat das Richtige.

„Sie ist abgeschlossen", sagte die Frau hinter der Tür. „Aber ich weiß, wo sie den Schlüssel aufbewahren. Geh ins erste Zimmer auf der gegenüberliegenden Seite des Flurs, das ist ihr Schlafzimmer. Der Schlüssel liegt in der Nachttischschublade an der Fensterseite. Aber beeil dich. Sie kommen gleich wieder."

„In Ordnung", sagte Jonas entschlossen. „Hab keine Angst. Ich hol dich hier raus."

„Sie sperren mich hier immer ein, weißt du? Ich darf nie raus. Nie wieder, sagen sie. Ich habe Angst. Ich bin so froh, dass du hier bist. Bitte hilf mir."

Jonas eilte ins Schlafzimmer, fand den Schlüssel auf Anhieb und öffnete die Tür. In diesem Moment hörte er, wie die Haustür unten aufgeschlossen wurde.

„Schnell, sie sind zurück", flüsterte die junge Frau und zog Jonas ins Zimmer. Dann drückte sie die Tür zu. Erleichtert fiel sie ihm um den Hals. In diesem Moment spürte Jonas all die menschliche Wärme, die er in der letzten Zeit so vermisst hatte.

„Danke", flüsterte sie. „Danke! Wer bist du?"

„Ich bin Jonas."

„Jonas, mein Retter", sagte sie sanft. „Ich heiße Lora."

„Sind es deine Eltern, die dich gefangen halten?"

Lora löste sich aus der Umarmung, hielt ihn an beiden Händen und nickte: „Ja."

Erst jetzt konnte er sich Lora richtig ansehen. Ihre blonden Haare waren wirklich wunderschön. Aber was ihn irritierte, war ihr Outfit. Lora trug links eine grüne Socke, rechts war sie barfuß. Dazu trug sie eine karierte Schlafanzughose und eine weiße, halboffene Bluse. Und ein Hundehalsband.

„Wieso tun sie dir das an?", fragte Jonas.

Verschwörerisch blickte sie ihn an: „Meine Eltern sagen, ich hab sie nicht mehr alle."

„Wie bitte?"

„Ja, wirklich! Das sagen sie mir seit Jahren: ‚Du hast sie nicht alle, und wir können dich nicht nach draußen lassen.'"

„Was? Seit mehreren Jahren sperren sie dich schon ein?"

„Seit vier Jahren, um genau zu sein. Seit ich siebzehn bin."

„Das ist ja furchtbar. Wieso …?"

„Psst", machte sie und legte sanft den Finger auf seinen Mund. Er hörte stampfende Schritte auf der Treppe. Schnell nahm sie ihm den Schlüssel aus der Hand und verschloss leise die Tür von innen.

„Wenn wir Glück haben, bemerken sie nicht, dass der Schlüssel entwendet wurde. Vielleicht gehen sie nachher nochmal weg. Oder wir müssen warten, bis sie in zwei Stunden schlafen." Sie knöpfte seinen Mantel auf und streifte ihn von seinen Schultern.

Plötzlich verließ ihn der Mut, und Jonas wurde klar, dass er sich mitten in einem Kriminalfall befand. Er war hier allein in einem Zimmer mit einer Gefangenen, nun genauso eingesperrt wie Lora, während auf der anderen Seite der Tür kriminelle Menschen umherschlichen. Hätte er doch die Polizei gerufen. Aber vielleicht hatte sie recht. Wenn ihre Eltern fähig waren, sie einzusperren, würden sie alles tun, damit dieses unglaubliche Verbrechen nicht ans Tageslicht kam. Und wenn die Polizei das Haus stürmen würde – wer weiß, wozu diese furchtbaren Menschen, die ihr Kind seit Jahren gefangen hielten, dann fähig wären?

Loras Stimme riss ihn aus seinen Grübeleien.

„Denkst du das auch?"

„Was?"

„Dass ich sie nicht alle hab?"

Jonas streichelte sanft ihren Arm und schüttelte den Kopf. „Warum glauben sie das?"

„Meine Eltern sind sehr religiös, weißt du. Sie haben mir beigebracht, wie man sich gottgefällig verhält. Aber irgendwann hatte ich genug davon, ich wollte Spaß haben, mich mit Jungs treffen, Musik hören, so wie andere Mädchen auch. Ich bin abends oft heimlich abgehauen, um auf Partys zu gehen. Niemals zuvor habe ich mich so frei gefühlt wie an diesen Orten, an denen es keine Regeln gibt. Ich wollte tanzen und schöne Dinge tun und nicht irgendwelchen Regeln gehorchen. Das ist nun mal meine Natur. Ich wollte einfach meiner Natur freien Lauf lassen, verstehst du?"

„Natürlich", nickte Jonas.

„Ich möchte doch einfach nur tun, was ich will. Einmal ist mein Vater mir gefolgt und hat mich zurückgezerrt. ‚Du begibst dich in einen Sündenpfuhl', hat er zu mir gesagt. ‚Wenn du so weitermachst, bist du in der Ewigkeit verloren.' Dann hat er mir eine geknallt, mich in mein Zimmer gezerrt, das Fenster zugenagelt und mich eingesperrt. Seitdem bringen sie mir zwei Mal am Tag etwas zu essen und leeren meinen Nachttopf …" Sie zeigte auf eine Keramikschüssel neben ihrem Bett.

Jonas dachte an die Worte, die er unter dem Kruzifix gelesen hatte. *Wer Sünde tut, der ist vom Teufel.*

„Seit vier Jahren", fuhr sie fort, „war ich nicht mehr draußen. Glaubst du auch, ich hab sie nicht mehr alle?"

„Nein", versicherte Jonas. „Deine Eltern sind verrückt. Nicht du."

Sie umarmte ihn wieder. „Das hab ich noch nie gehört, seit ich hier festgehalten werde. Manchmal hab ich daran gezweifelt."

Jonas überlegte, was er nun tun sollte. Er legte den Finger auf seine Lippen, und Lora nickte verständnisvoll.

„Ich bringe dich hier raus. Versprochen", flüsterte er.

Sie würden warten müssen, vielleicht zwei, drei Stunden, bis ihre Eltern schliefen. Sie mussten es ja nur bis auf die Straße schaffen. Und dann … Er könnte Hilfe organisieren. Sein Mitreferendar Hansjürgen hatte ein Auto. Jonas würde ihm eine WhatsApp-Nachricht schicken. Hansjürgen sollte in drei Stunden mit dem Auto in die Breite Straße kommen, den Motor laufen lassen und keine Fragen stellen. Dann könnte er mit Lora und Hansjürgen davonbrausen, zur nächsten Polizeiwache, und sie wäre gerettet. Das war ein guter Plan. Jonas fühlte mit der linken Hand in seine hintere Hosentasche, um sein Handy herauszuholen, aber es war nicht da.

Mist! Er hatte sein Handy verloren. Ausgerechnet jetzt …

Aber das sollte ihn nicht von dem Plan abhalten. Die Flucht würde auch ohne Hansjürgen gelingen.

Jonas sah sich in ihrem Zimmer um. Es war karg eingerichtet. An der Wand hing ein Bild von einer schwarzhaarigen Frau, deren Körper mit Nägeln übersät war. In der Ecke neben dem Fenster stand ein Schreibtisch. Darauf lag eine Schere, daneben eine Rolle silbernes Papier und einige ausgeschnittene Weihnachtssterne.

„Gefallen sie dir?", fragte Lora, ging zum Schreibtisch und strich sanft über einen der Sterne.

„Ja, sie sind wunderschön", sagte Jonas verlegen.

„Es ist so gut, dass du hier bist", sagte Lora noch einmal, lief zu ihm und fiel ihm wieder um den Hals. „Ich möchte endlich wieder frei sein und tun, was ich will."

Jonas genoss den Moment menschlicher Nähe, er war nie glücklicher gewesen als in diesem Moment. Er hatte eine Frau gefunden, die ihn schätzte und für die er da sein wollte. Er spürte ihren warmen Körper, der sich immer fester an seinen drückte, bis es ihm ein wenig wehtat. Dann spürte er wie sich etwas Spitzes in seinen Hals bohrte und wie das Blut aus ihm herausfloss. Er holte tief Luft, doch er merkte, dass ihm das Atmen schwerfiel. Verwundert sah er den blonden Engel an, doch das Bild der schönen Frau verschwamm vor seinen Augen.

„Tun, was ich will …", wiederholte Lora leise.

Nur vage bekam er mit, dass jemand vom Flur aus gewaltsam die Tür öffnete, und hörte, wie ein Mann – ihr Vater? – Lora wütend anschrie: „Um Gottes willen, Mädchen, was hast du getan? Nicht schon wieder!"

Jonas kämpfte vergeblich gegen den Schmerz und sah Lora fassungslos an, wie sie da mit ihrem engelsgleichen Lächeln, der blutigen Schere in der einen und seinem entwendeten Handy in der anderen Hand stand. Dann verschwamm ihr Antlitz wie ein Traumbild. Er merkte, wie er langsam schläfrig wurde. Würde er jemals wieder aufwachen? Er hörte noch, wie die Stimme ihres Vaters schrie:

„Hilde, hol die Spaten aus dem Keller! Heute Nacht wartet Arbeit auf uns! Unfassbar! Meine Tochter! Dieses Teufelskind! Warum ausgerechnet meine Tochter? Warum kannst du das Töten einfach nicht lassen, Lora? Deine Mutter und ich bewahren dich vor der Psychiatrie, sorgen dafür, dass du zu Hause bleiben kannst, und was machst du? Du hast sie doch nicht alle, Lora! Du hast sie nicht alle!"

Anstatt zu antworten, saß Lora auf ihrem Bett und sang leise ein Lied, das Jonas wunderschön fand. Sein letzter Blick fiel auf das Fenster, wo er verschwommen einen Weihnachtsstern sah, dann schlief er langsam ein. Alles war friedlich. Und das hatte die Lora getan.

Bruno Laberthier
Okapi

Solingen/Namibia

Solltest du nicht so hart legiert sein, sage ich gleich: Das hier geht unter die Haut. Überleg dir gut, ob du meine Geschichte hören willst. Im Archiv der Vereinten Evangelischen Mission in Wuppertal liegt sie im Giftschrank, markiert als *nicht für den Besuchergebrauch.*

Meine Geschichte ist die eines Mörders von 1904, damals davongekommen und bis heute nicht zu belangen. Jedenfalls nicht einfach.

Kommen tue ich aus Broßhaus, heute Solingen, früher Stadt Ohligs. Ich bin von Pap Ern.

Sagt dir der Name was? Pap Ern, mein Altvorderer: Ernst Gerling, ein Unternehmer von Bergischem Schrot und Korn, beschlagen bis dorthinaus. Mich setzte er in die Welt, damit ich auszöge, um den Familienruhm zu mehren.

1902 verließ ich den beschaulichen Wohnplatz Broßhaus. Pap hatte Verträge geschlossen und verscherbelte mich. Für die kaiserlichen Schutztruppen sollte ich in Afrika zum Einsatz kommen. Deutsche Kolonien gab es in Ostafrika, Togoland und Südwest.

Ich war zu jung, um mich zu widersetzen. Also machte ich mich wie Hunderte andere, die ein Stückchen Land abbekamen, auf den Weg in die heißen Landstriche östlich der Namibwüste, wo Menschen mit schwarzer Haut ihre Rinderherden grasen ließen. Wir Solinger siedelten an und waren bewehrt gegen die Hirtenkultur der Hereros.

Deren Traditionen waren nicht die unseren, sie verehrten ihre Ahnen und noch abgöttischer ihr Viehzeug. Schon als ich eintraf, waren sie auf Zinne und brachen Scharmützel vom Zaun. Bei aller Geduld, auf sich beruhen lassen konnte man das nicht. Wir gingen auf ihre heiligen Ochsen los und schnitten ihnen die Halsschlagader durch. Das war ihre Strafe.

Durch das Rinderfell stach ich unter die warme Haut. Die Muskeln rochen frisch, nach jungem Alter und viel Sauerstoff im Fleisch, das sich kaum zu bluten traute. Wir werden sehen, ob es das war, dachte ich. Oder ob es weiter blutet, wenn ich den Hebel neben dem Halsmuskel ansetze, die Klinge der Länge nach in die Tiefe schiebe wie in einen Laib Brot. Wenn ich in die Lederhaut dringe bis zur Subcutis aus Fett, durch Bindegewebe und Nervengeflechte unter den Follikeln der Fellhaare. Die Rinder schlitze ich auf, und es quillt zentimeterlang aus den Biestern, erschöpfend für sie. Für mich aromatisch. Blut riecht betörend. Aber es war noch kein Volltreffer.

Deswegen der Hieb mitten in die Ader. Wieder gestochen und dann gerissen, kraftvoll quer durch die Arterie. Noch betörender, so viel helles Blut voller Sauerstoff. So sprudelnd und besudelnd. Es errötet mich, das Messer und den Schaft, und es wird schnell klebrig. Rinderblut gerinnt schneller als das der abgestochenen Schweine auf den Höfen der Viehhalter im Bergischen Land.

Wer war ich in der Sandbüchse Südwest, und zu wem wurde ich in solchen Momenten?

Als Gehilfe kam ich unter, zunächst auf Frauenstein und nach einem Zwischenspiel in der Schutztruppe auf der Farm Grünental. Ich war unentbehrlich bei der Zucht von Karakulschafen. Die Karakul brauchten Platz zum Weiden, um ihre Wolle bis zur Schur wachsen zu lassen, aus der wurden warme Pelze für das Reich, kleinlockig, dicht und gekringelt. Die Weiden waren karg und groß bemessen, und wir umzäunten sie zum Schutz vor Schakalen, Hartebeestern und den gelegentlichen Großkatzen. Ich war zuständig für das Zaunflicken und musste die eingerissenen Maschendrahtenden mit der Messerspitze ineinander wickeln. Zangen wären dafür besser gewesen.

Das war 1907, als ich meinen Lapsus schon hinter mir hatte. Meinen Tropenkoller, so nenne ich es jetzt und weiß immer noch nicht, was mich gepackt hatte. Was, oder wer. Nur mit den Rindern der Schwarzen hatte es nichts zu tun, ihrem Ausbluten und Entbeinen.

Doch der Reihe nach.

Bereits im ersten Jahr in der Kolonie zäunte ich ein, bohrte Federlöcher in die harten Kameldornpfosten, die Georg Procks Farm umgaben, und half im Haushalt aus bei Henriette, seiner Frau. Auf Frauenstein waren wir vier Solinger, Prock hatte sich als einer der ersten mit uns versorgen lassen, von der Kaiserlichen Verwaltung in Windhuk.

„Braungebrannt wie unsereins", machte er sich lustig über unseren Teint, der dunkler war als die Haut der Rehobother und nach einem harten Tag Arbeit in der Sonnenglut glänzte wie die Münder der Schwarzen nach ihrem Festmahl aus Warzenschweingekröse in ausgelassenem Fett.

Braun wie wer?

„Braun wie wir Südwester und da, wo's drauf ankommt, anständig weiß. Petrus!", sein Sjambok ging auf einen der Herero nieder. „Branntwein! Wasch dein Weib für mich und mach dich ab ins Feld."

Einer von uns kam jedes Mal mit, wenn Georg Prock der jungen Frau die Kleider vom Leib riss und sich auf sie warf. Zur Sicherheit waren wir dabei, ohne gezückte Klinge, aber ihm zur Hand. Es war widerlich, ein unterdrücktes Wimmern und schnelles Stöhnen, voller Angstschweiß und seinem Erguss, der auf ihren dürren Bauch spritzte.

Die Wahl fiel häufig auf mich. Als es wieder passierte, blieb ich in mich gekehrt. Selbst am Heiligen Abend 1903 war Prock zu so etwas fähig. Ich dachte an anderes, um mich abzulenken von der Vergewaltigung, und sinnierte.

Er hatte recht, und ich hasste es. Hasste, es zugeben zu müssen. In einem dunklen Körper wie aus edlem Holz steckte ich; innen aber war ich weiß. Aus Bergischem Weiß. Dieses Weiß blitzte jedes Mal dann auf, wenn es darum ging, das koloniale Projekt zur Blüte zu bringen und mit handfester Gewalt zu verteidigen.

Mein dunkles Äußeres mit dem Blitzenden darin war nur einer von vielen Widersprüchen. Es waren so viele, ich geriet aus der Bahn.

Ein anderer Widerspruch – ich kann mir vorstellen, dass er noch schwerer zu erklären ist – hatte zu tun mit meinem Geschlecht.

Mein äußeres Organ und sein reizempfänglicher Teil, wo Nervenbahnen übereinanderliegen und taktile Impulse besonders intensiv wahrnehmen – Berührungen, Streicheln, Schnitte –, war weder typisch männlich noch weiblich. Es war eine Klitoris und ein Vorhautbändchen in einem, das sensibel war bis dorthinaus. Ich weiß, es ist nicht einfach nachzuvollziehen. Pap Ern hatte bei der Blaupause, nach der ich und die anderen Solinger auf die Welt kamen, diese maximal erogene Stelle mit einem silbernen Ring durchstochen, viel winziger und trotzdem ähnlich den Nasenringen der Bullen auf den Höfen in der Ohligser Heide. Da wo ich besonders reizbar war, wartete eine winzige Metallschlaufe darauf, von einer sanften Fingerkuppe aufgeschoben und berührt zu werden. Dann würde ich aufknospen und aus Lust mein weißes Innen zeigen.

So sah ich den besoffenen wollüstigen Prock und die junge Hererofrau verkehren. Sie vollzogen ihr Ding, ich konnte spannen und in Gedanken teilnehmen.

War ich ein Dritter in dieser Heiligen Nacht, ein Hermaphrodit? Denn erregen tat mich das ekelhafte Schauspiel sehr wohl, auch wenn kein Zeigefinger meinen kleinen empfänglichen Ring anrührte.

Die beiden schluchzten und trommelten, doch es war keine Jagd. Kein *wer zuerst wen*. Alles war von vornherein klar, und mir wurde blind. Procks weißes Fleisch klopfte auf das von Petrus' Braut, ich hörte es nicht.

Weihnachten 1903.

Die Handlung verstrich, Prock knöpfte seinen Latz zu, und Petrus kehrte zurück aus dem Sandfeld. Er wusste genau, was passiert war, als ihn seine Frau anschwieg. Ich als Zeuge wusste es auch.

Konnte es sich so zugetragen haben, war das noch nach Solinger Maßstäben?

Ich glaube, ich schlug mich in diesem Moment auf die andere Seite.

Anders kann ich nicht erklären, was mich ergriff und Prock bestialisch tötete.

Die Ebene zwischen Rhein und den grünen Hügeln, wo so viel Regen fällt wie sonst nirgendwo im Kaiserreich. Gehöfte, Gewässer und Anhöhen, und die Gewässer fließen stetig genug, um findigen Menschen zu Diensten zu sein. Als Bäche und Flüsse bringen sie Wasserkraft mit und treiben auf Mühlrädern voran, was in der Kolonie fehlt, aber auch dort Industrialisierung heißt. Schmiedehämmer knallen auf schnittiges Eisen. Der Schmied wird abgelöst vom Schleifer, die industriellen Handwerkersetzer haben sie beide im Blick. Papa Ernst war auch so ein Moderner.

Diese Reminiszenz musst du mir nachsehen. Pap Ern war ein moderner Industrieller, und ich halte ihm zugute, dass er weder ahnte noch jemals erfuhr, wie wüst es zuging in Deutsch-Südwest. Siedler aus Holstein, Pommern oder Westfalen, die von der Verwaltung Land zugeteilt bekommen hatten, tobten sich hemmungslos aus: kleine Lichter wie Georg, als gäbe es kein morgen, keinen Anstand und keine Henriette Prock, geborene Zimmermann. Es konnte nicht lange gut gehen. Weihnachten verstrich, und das neue Jahr brach an, 1904.

In der ersten Woche wurde mir Petrus anvertraut, der brutal gehörnte schwarze Tagelöhner. Seit Weihnachten war er abgängig gewesen, auf Besuch bei seiner Familie in Okahandja. Auch die anderen Solinger waren verschwunden. Jetzt war er unkonzentriert, griff nicht richtig zu, und wir fassten uns nicht an, was mir zu denken gab.

Was plante er?

Weil er nichts herausließ, wurde ich unruhig. Aus dem, was ich miterlebt hatte, konnten meine Gedanken nur auf Petrus' Seite enden: der anderen Seite von Georg Prock. Ich wurde zum Handlanger des schwarzen Teufels, zu seinem willfährigen Instrument.

Das Folgende ist nicht für den Besuchergebrauch.
Am 12. Januar war es so weit. Im Morgengrauen standen die Hereros auf oder, wie es in ihrer Version der Geschichte heißt, sie begannen einen Krieg gegen die Deutschen.

Und ich, der Gesandte aus der kaiserdeutschen Industriestadt, war einer von ihnen. Auf Frauenstein verrichtete ich ihr Werk.

Farmer Prock wurde im Morgengrauen überwältigt, als er das Bett verließ, um auszutreten und sich am Windradbrunnen eine Handvoll Wasser über das Gesicht zu reiben.

Augenpaare warteten auf ihn, hell und unheimlich. Unser Hinterhalt. Wir wussten, wie man Geräusche vermied, und nur das Waschwasser tropfte, lauter als sonst. Es versickerte im Sand der Savanne. Dann brach die Stille.

Mit Lust stach ich durch Georg Procks zähe Epidermis, sezierte die braunen Jahresringe seiner Zeit in Deutsch-Südwest.

Stell dir vor, du bist du, weil du eine Oberfläche besitzt, ein Äußeres. Procks Äußeres. Dort ziehe ich meine Klinge hinein, zuerst sanft und ohne Druck. Langsam, viel langsamer als beim üblichen Töten. Im selben Jahr, 1904, wurde die Zeitlupe erfunden.

Du liest es nur und kannst es nicht nachvollziehen. Wirklich nicht?

Doch. Der Schnitt quer durch dein Auge schmerzt. Es muss schmerzen, auch wenn du nicht weißt, ob es von Nerven durchzogen ist. Du willst es nicht wahrhaben, aber da ist Schmerz. Er bewegt sich von der Nasenwurzel seitlich weg. Dein Auge sieht nicht mehr. Blutet es und tut unsäglich weh? In *Der andalusische Hund*, einem frühen Film und damit technisch ähnlich der Zeitlupe, wird ein Augapfel aufgeschlitzt. Ein dunkler Tropfen erscheint an der Klinge des Skalpells, es ist noch ein Stummfilm. Was und wie brüllt dein so durchschnittenes Auge?

Was und wie brüllt Procks Oberhaut an der Kehle? Wie lange, bis die Augen sich verdrehen und es unerträglich wird?

Zwanzig Sekunden höchstens. Prock besaß eine dicke *Arteria carotis* rechts und eine links, die sein Hirn versorgten. Ich stach hinein und zerrte. Prock begann zu röcheln. Sein warmes Blut spritzte auf meine helle Haut, genau auf die Tätowierung.

Rund um Ohligs gibt es heute noch Landwirtschaft. Viele Höfe sind es nicht, die Gegend war immer schon eine, die im Dornröschenschlaf die große Zeit des Ackerbaus und der Viehzucht überstand, um wachgeküsst zu werden von der Kraft des Wassers und den Bodenschätzen. Schon Anfang 1904 gab es die anderen, nichtagrarischen Vorkommen, die sich unwiderstehlich zu dem formten, was Industrie hieß, und die mein Brutkasten waren.

Du wirst ab sofort im Dienst der Agrikultur stehen, hatte zwei Jahre zuvor Pap Ern entschieden, der selbst ein Kind der neuen Zeit war. Du bist kein Bauer mehr, sondern das Werkzeug, das das Vieh zurichtet. Über die Jahrhunderte veränderten sich im Bergischen die Aufgaben und Berufe. Also kam ich als Schnitter zur Welt, vorgesehen für den Moment des Tötens. Nicht als Züchter für die Momente davor, in denen ein Kälberleben in ein Rinderdasein übergeht, sondern für den Augenblick der Keulung.

Procks Blut tropfte über meine Tätowierung hinab auf den staubigen Boden, es war sechs Uhr neun. Über der Omahekewüste ging die Sonne auf, als der Farmer den Kampf gegen den scharfen Tod verlor. Petrus keuchte und gab das verabredete Zeichen. Ein Dutzend Hererokrieger platzte aus der dürren Deckung der Kameldornsträucher und machte sich an der Leiche zu schaffen.

Sie machten Prock zurecht für mich und meine Wut, die nicht aufhören wollte. Legten mir seine Ohrmuscheln hin, zuerst rechts und dann links wie die Blutader am Hals. Weißt du, wie es sich anfühlt, wenn ein Ohr vom Schädel abgetrennt wird? Nicht wie weiches Fleisch, aber auch nicht knochenhart ist der Widerstand an der Klinge. Das Ohr eines Menschen hat die Schnitthärte von Knorpel, ist ähnlich zäh wie deine Achillessehne. Es lässt sich sezieren und blutet bei frischen Leichen nach.

Procks Lippen gehen mir leichter von der Hand, sie schneiden sich ab wie heiß gekochte Sauerkirschen auf Bergischen Waffeln und bluten auch so. Zähflüssig und dunkelrot.

Procks Lippen und Ohren könnten die Tat an die Ahnen berichten und die Entrüstung über den Frevel mitbekommen. Um das zu vermeiden, habe ich sie abgetrennt. Oberlippe, Unterlippe; rechtes Ohr, linkes. Petrus nimmt das Abgeschnittene an sich.

Die Hereros bieten mir mehr an. Prock, der beide Arme in Zeitlupe zum Hals gehoben hatte, ehe sie einfroren (ich war schneller, und er starb, ehe seine Handrücken ihn vor meiner spitzen Wut schützen konnten), hat noch Kleider am Leib. Die Krieger reißen seinen Schlafrock auf. Nackt und schlaff, nach kaltem Schlaf riechend liegt er vor mir.

Ich weiß, ich darf noch nicht aufhören. Die Hereros erwarten es von mir. Procks tote Mundhöhle mit dem hellen Gebiss, das er bleckt wie ein aggressiver Pavian, ist ohne Lippen unansehnlich. Aber noch nicht verstümmelt genug. Sie erwarten, dass ihm das Maul gestopft wird.

In Wuppertal im Archiv der Vereinten Evangelischen Mission liegen neben meiner noch andere Zeugenaussagen. Darin findet sich Ähnliches: Lippen ab, Ohren ab und Hände ab, die verstümmelten deutschen Siedler und Soldaten vom Januar 1904. Was sich nicht findet, sind Erinnerungen an die Ereignisse davor – an Weihnachten 1903 und die brutal genommenen Hererofrauen – oder ein Zeugnis von der einzigen deutschen Frau, auf die es mir angekommen wäre. Henriette Prock verstummte ein für alle Mal in dem Augenblick, als sie mich im Staub von Farm Frauenstein am nackten Kadaver ihres Manns wirken sah.

Procks Maul zu stopfen ist zu viel verlangt von mir. Schließlich gehöre ich zum Inventar einer Farm, die nach kaiserdeutschem

Recht, das als ins Schutzgebiet übertragen gilt, im Augenblick des Ablebens des Gatten übergeht an seine Frau. Ich bin faktisch Henriettes Eigentum.

Und drehe trotzdem weiter frei. Schwitzend unter der Tätowierung auf meinem Rücken, einem Fabeltier aus halb Elchkuh und halb Zebra gleich, hantiere ich. Vorsichtig wie ein Metzger, der die Gallenblase nicht anritzen und das essbare Fleisch nicht verderben möchte, mache ich mich zu schaffen an Georg Procks Leiste.

Ich setze am Peritoneum an, das den Bauchraum mit seinem Gekröse – der Harnblase, dem unteren Gedärm, den Nieren – abtrennt von den Hüftgelenken, die keine Organe tragen, aber unerlässlich waren, als er noch aufrecht gehen konnte.

Ein Einschnitt, den ich in Sekundenbruchteilen vollziehe und erneut in Zeitlupe wahrnehme. Erst der Widerstand des Bauchfells, es dehnt sich und gibt nur widerwillig meinem Druck nach. Dann gleite ich weich in das Gewebe bis an die nächste Gefäßwand in Procks Kadaver. Es ist keine bluttragende Ader, sondern ein Duktus, zäh wie eine Nabelschnur.

Ich verdränge den Gedanken an das Abtrennen der Farmkälber von den Muttertieren, für das die gleiche Druckkraft nötig ist. Setze die Klinge an den dicken Hodenstrang und gebe die nötigen Kiloponds, um ihm beizukommen.

Procks erster Hodenstrang, dann der zweite. Die Klinge und meine Tätowierung saugen sich voll, sie werden überlaufen von Blut. Mit einem Ruck zerre ich durch die Beule aus Haut und gelange an die haarige Epidermis. Noch ein Ruck und Prock ist in seinem Tod auch noch kastriert.

Ich weiß nicht, ob sein Skrotum reicht, um ihm das Maul zu stopfen. Die Hererokrieger, bilde ich mir ein, wissen es besser.

Henriette Prock könnte mich berichtigen, anklagen und büßen lassen. Sie hat den Furor erlebt, meinen Tropenkoller im Schutzgebiet. Stattdessen hockte sie neben dem Leichnam ihres Mannes und starrte in Procks grässliche Maske. Glotzte stumpf auf die sechs Wunden, die aus seinem Gesicht die taube stumme blinde Parodie machten. Die siebte Wunde war eine zu grausame, oder sie war der Witwe Prock egal. Die Wunde blutete am stärksten nach, von der *Arteria femoralis* her.

Sechs Wunden am Kopf, ja. Ich erinnere mich nur nicht.

Procks Augen? Hatte ich sie ausgestochen? Oder geht mir die Fantasie durch, und ich falle rein auf eine Filmerinnerung von viel später? War es Petrus gewesen, der den Ahnen neben dem zu Hörenden und Gesprochenen auch den Blick versperren wollte auf das Geschehene? Oder war es seine Braut?

Ich kam zu mir, gleichzeitig bezeuge ich: Petrus ließ mich fallen. Ein Beil hackte Georg Prock die Hände ab, wieder wegen der Ahnen, und ich weiß nicht mehr genau, wann. Ich sah mein Werk, die tiefen roten Lachen und Blutspritzer auf dem weißen Unterrock seiner Frau. Die Hereros trieben das Vieh von der Weide und verließen Frauenstein. Wir drei waren allein, das Farmerpaar und ihr Bediensteter; zwei Lebende und ein Toter.

Henriette Prock übergab mich zwei Tage später an eine Kompanie Schutztruppensoldaten, die in Alarm versetzt worden war und zur Aufklärung ausrückte. Überall in der Kolonie hatte es Überfälle auf Farmen, Missionsstationen und Stellungen der deutschen Militärs gegeben. Mich ertrug die Witwe nicht mehr auf Frauenstein, also trat ich in den Dienst des Generalstabs.

Den Rest raffe ich. Forensische Untersuchungen zum Mord an Georg Prock sollten folgen, wurden aber aufgeschoben. Schließlich herrschte Krieg, sie oder wir, es ging um *Vernichtung*, das war dringlicher, und ich war sieben Monate später am Waterberg dabei. Nicht an vorderster Front, sondern ‚im Tornister‘, wie die Kameraden sagten. Endlich bei denen mit den überlegenen Waffen, so wie es Pap Ern immer gewollt hatte.

Danach gelangte ich in die Entourage von Oberst Deimling, der nach Deutschland beordert wurde und eine Vortragsreise antrat.

Im November 1905 machte er Station im Bergischen, ich kehrte als sein Personenschützer zurück in meine Heimat und ging Monate später mit demselben Berthold von Deimling wieder nach Afrika. Die Ermittlungen zu den Morden vom Januar 1904 hatten begonnen, also machte ich mich schlank. Quittierte den Dienst und nahm mich aus dem Rampenlicht. Auf Farm Grünental kroch ich unter.

Broßhaus, Stadt Ohligs und Solingen: Nach von Deimlings Vortragsreise habe ich es nicht mehr zurück geschafft ins Bergische Land, sondern bin in Südwestafrika geblieben, wie viele der deutschen Siedler. Auch die durften bleiben, nachdem der Weltkrieg verloren ging und der Zweite ebenfalls. Zu einem Prozess gegen mich ist es nicht gekommen.

Also liege ich heute da, schneide die Rosen oder zwirbele weiter als Zangenersatz die offenen Enden von Zaundrähten zusammen. Manchmal beine ich Oryxantilopen oder Kudus aus auf meinem Altenteil in einer Jagdfarm. Südwestafrika wurde irgendwann Namibia, Namibia wurde unabhängig und meine Zeit war da schon drei Jahre vorbei. Was 1902 begann, endete 1987.

Du hast mein Zeugnis gelesen, wir sind durch, und du kannst mich dafür verdammen. Meinen Fall noch einmal aufwärmen könntest du, und mich doch noch drankriegen. Mord verjährt nicht, erst recht keiner mit Hingabe an das riechende und gewaltige, vergewaltigende deutsche Blut. Wenn du es tust und einen Prozess anstrengst, dann nenne mich Okapi.

Okapi, Made in Solingen.

Das Okapi ist ein Taschenmesser, das von 1902 bis 1987 von der Firma Ernst Gerling aus Solingen für die Deutschen Kolonien und Schutzgebiete produziert wurde und vor allem für den Export nach Afrika gedacht war. Der Name „Okapi" rührt vom giraffenartigen Tier Okapi her, das gerade erst, zu Beginn des 20. Jahrhunderts, in Belgisch-Kongo entdeckt worden war. [...] Die Okapi-Messer wurden aus unlegiertem Stahl hergestellt. Die Verriegelung erfolgt über eine Rückenfeder mit Ring. Dabei wird das Messer geschlossen, indem man einen Finger durch den Ring steckt und die Feder anhebt (Wikipedia)

„Die Hereros haben nicht nur zahlreiche deutsche Farmer hingeschlachtet, sondern an unsern verwundeten Kriegern, die in ihre Hände fielen, bestialische Grausamkeiten verübt. [...] Wir fanden die Leichen vollständig entkleidet nebeneinander auf die Pad gelegt, die Hände abgehackt, einigen die Augen aus dem Kopfe gedrückt" (Oberst Berthold von Deimling, Südwestafrika. Land und Leute, unsere Kämpfe, Wert der Kolonie. Vortrag, gehalten in einer Anzahl deutscher Städte. Berlin: Verlag Eisenschmidt 1906, S. 13)

Mick Saunter
Das Festmahl

Marienheide

Die Dezemberluft war nach wie vor so kalt und frostig, dass ihr Zweifel an der Wetterprognose kamen. Für die zweite Nachthälfte war eine Warmfront mit Regen angekündigt, aber die Temperatur lag nach wie vor deutlich im Minusbereich.

Es musste unbedingt regnen. Regen war essentiell für das, was sie vorhatte. Bliebe er aus, wäre alle Vorbereitung umsonst gewesen.

Das Mondlicht war so hell, dass auf dem gut zwei Meter hohen Steinkreuz die verwitterten Wundmale in den stilisierten Händen und Füßen zu erkennen waren, hinter dem sie sich versteckte. Böiger Wind war aufgekommen, ein erstes Anzeichen des sich ändernden Wetters, und blies Schnee von den kahlen Zweigen der Bäume.

Es war kurz nach Mitternacht. Er würde bald kommen, wenn er es sich nicht anders überlegt hatte. Aber das war so gut wie ausgeschlossen, er änderte seine Gewohnheiten nie. Sobald der Land Cruiser zu hören war, würde sie ihr Versteck verlassen. Sie würde vorauslaufen und im Wald auf ihn warten. Sie schlang die Arme um ihren Körper.

Wenn es nur nicht so kalt wäre, dachte sie und trat von einem Fuß auf den anderen.

Kälte hatte sie nie gut vertragen. Eine ihrer frühesten Erinnerungen aus der Kindheit war, einmal derart gefroren zu haben, dass sie Angst bekam zu erfrieren. Sie wusste nicht mehr, wann und wo es gewesen war, sie musste noch sehr klein gewesen sein. Vielleicht als ihre Mutter ihren Vater verlassen hatte, vieles aus dieser Zeit war aus ihrem Gedächtnis verschwunden. Aber der Abscheu, die Angst vor extremer Kälte begleiteten sie seither.

Sie schloss die Augen, bewegte den Kopf hin und her, auf und ab. Ihr Nacken war von der Anspannung völlig steif.

Der Himmel war unglaublich klar, die Sterne schienen zum Greifen nah. Für einen Moment hatte sie das Gefühl, bis tief in die Unendlichkeit des Universums blicken zu können. Hier oben auf dem Steinberg, am Kümmeler Wegkreuz, an der höchsten Erhebung zwischen Marienheide und Lindlar, gab es kaum Lichtverschmutzung, die größeren Städte waren weit genug entfernt.

Mit Sternkonstellationen kannte sie sich aus, das hatte sie von ihm gelernt. Etwas von den wenigen Dingen aus der Zeit mit ihm, die sie mit in ihr neues Leben nehmen würde. Seit seiner frühen Jugend war er mit seinem Vater auf die Jagd in die Wälder gegangen, und später hatte er dann jede freie Minute allein in der Natur verbracht.

Seit er den Jagdschein hatte, ging er auch nachts auf die Jagd. In der Dunkelheit zu jagen, war für ihn etwas ganz Besonderes – die Tiere seien durch ihre Sinne den Menschen immer im Vorteil, hatte er ihr erklärt, und die Herausforderung, sie mit dem menschlichen Verstand zu überlisten, machte es für ihn so einzigartig. Damals gab es noch kein GPS, und so hatte er gelernt, sich anhand der Sternbilder zu orientieren. Ganz zu Anfang ihrer Beziehung hatte er ihr viel darüber erzählt und sie mit seinem Wissen fasziniert.

Doch das war lange vorbei. Irgendwann war es kalt zwischen ihnen geworden, ohne dass sie genau hätte sagen können, wann. Es war eine Kälte, die sich von ihrem Inneren her ausbreitete, und die auch das wärmste Feuer nicht zu vertreiben vermochte. Woher diese kam, wusste sie jedoch genau.

Heute würde sie den Schlussstrich ziehen. Sie hatte lange genug stillgehalten. Sie wollte endlich wieder Wärme in ihrem Leben spüren.

Es war ihr anfangs ein Rätsel gewesen, dass scheinbar niemand auf die Idee kam, die Verbindung zwischen seinem Auto und den gewilderten Tieren ringsum herzustellen. Sein großer grau-weißer Toyota war nicht eben unauffällig, auch wenn er ihn immer so abstellte, dass er von Bäumen und Büschen versteckt war. Aber hier auf dem Land, in den kleinen Gemeinden, kannte nahezu jeder jeden. Als sie ihn darauf angesprochen hatte, bekam sie nur ein verschlagenes Grinsen als Antwort.

Da hatte sie gewusst, was los war. Jeder kannte jeden, aber ebenso wusste jeder etwas von jedem, was wiederum nicht immer für jeden bestimmt war. Und so lange niemand zu Scha-den kam, wusste man eben nichts, wenn die Polizei wieder ein-mal kam, um Fragen zu stellen. Und Wild, ganz besonders Wildschweine, gab es im Oberbergischen sowieso genug. Da sollten sich die Jagdpächter mal bloß nicht so aufregen, wenn ein paar fehlten. Wie fast überall lebten in den hiesigen Wäldern zu viele Wildschweine, weil sie keine Fressfeinde hatten, von den gelegentlich von Fuchs oder Uhu geschlagenen Jungtieren abgesehen.

Während der kalten Jahreszeit war ihr Fleisch besonders ge-fragt. Und jetzt, in der Vorweihnachtszeit, war gewissermaßen Hochsaison für Wildschweinschinken, Wildschweingulasch und Wildschweinbraten in allen nur denkbaren Variationen. Außer-dem war er seit vielen Jahren im örtlichen Schützenverein, und unter den Schützen hielt man zusammen. Einmal wäre er fast Schützenkönig geworden, hatte es dann aber doch nur zum dritt-besten Schützen, dem sogenannten zweiten Ritter, geschafft. Er war überhaupt nicht damit klargekommen und hatte enttäuscht und wütend das Fest verlassen.

Ja, dachte sie, *damals fing es wohl an.*

Bei dem Gedanken, wie er in der Küche am Herd stand und sich betrank, dabei große Stücke Wildschweinfleisch briet und der Geruch von Alkohol und verbranntem Schweinefett durchs Haus zog, schüttelte sie sich angewidert.

Sie hatte es schon vor Langem aufgegeben, ihn vom Wildern abbringen zu wollen. Vielleicht war es seine Art, seinem Leben etwas von der Wärme zurückzuholen, die die Sauferei ihm genommen hatte. Sie wusste es nicht.

Dass er heute Nacht hier auftauchen würde, war sicher, er hatte ihr in den vergangenen Tagen davon erzählt. Damit geprahlt, dass er wieder ein prächtiges Stück Wild erlegen würde, ohne erwischt zu werden. Es gab Nachfrage, die er befriedigen wollte. Und hier war eine Stelle, wo sich die Tiere besonders häufig aufhielten, hier würde er wieder auf den Ansitz gehen.

Sie hatte sich den Weg über kaum genutzte, verwilderte Pfade in den letzten Wochen genau eingeprägt, um möglichst ungesehen dorthin zu gelangen. Hatte die Zeit gemessen, die sie brauchte, um zu der Lichtung zu gelangen. Dort war die Erde an vielen Stellen von Wildschweinen durchwühlt, angebissene Wurzeln ragten aus der Erde, kleine ausgerissene Schösslinge lagen überall verstreut. Der Ort war nicht nur für Wilderei ideal, sondern auch für das, was sie vorhatte. Hier führten keine der üblichen Spazier- und Wanderwege hin, auf denen die Menschen bequem gehen konnten. Immer wieder war sie bei Tag und auch in den frühen Morgenstunden hier gewesen, um sich mit allem vertraut zu machen. Zuletzt gestern Morgen, um alles vorzubereiten. Sie würde auch bei völliger Dunkelheit herfinden. Nur regnen musste es dazu zwingend.

Ein Blick nach oben beruhigte sie. Die Wolken hatten sich verdichtet, in wenigen Minuten würde eine geschlossene Wolkendecke den Mond vollständig verbergen. Der Himmel würde sich verdunkeln und den erhofften Regen mitbringen.

Jetzt muss er nur tatsächlich auftauchen, dachte sie. Aber daran hegte sie keine Zweifel.

Vom Tal auf der Leiberger Seite klang das entfernte Brummen eines Motors herauf und wurde schnell lauter. Dann bewegten sich Lichtbündel von Scheinwerfern zwischen den Bäumen, verschwanden, tauchten wieder auf, wurden heller. Sie erkannte den Klang des alten Dieselmotors des Land Cruisers. Wenn er es sich nicht anders überlegt hatte, würde er gleich auf den Weg abbiegen und den Wagen hinter dem hohen, dichten Ilex-Gebüsch abstellen, wo er von der Straße aus nicht gesehen werden konnte. So, wie er es immer tat. Und dann würde es bald so weit sein.

Sie schloss den Reißverschluss des schwarzen Schutzanzuges, zog sich eine ebenfalls schwarze Sturmmaske über den Kopf und setzte die Stirnlampe auf. Die Maske ließ nur zwei Löcher für die Augen frei, der Rest des Gesichts war vollkommen verdeckt. In der Dunkelheit würden ihre dunklen Augen mit dem mattschwarzen Gewebe der Maske verschmelzen und sie in ihrer schwarzen Kleidung nahezu unsichtbar machen. Dann verließ sie ihr Versteck.

Sie lief so schnell es der verschneite Weg zuließ. Bis zum Waldrand waren es gut fünfzig Meter, bis zum Ansitz vielleicht noch einmal zweihundert. Schnell wurde ihr wärmer, die Bewegung nach dem kräftezehrenden Warten in der Kälte tat ihr gut.

Jetzt war der Wagen auf der Kuppe angekommen, bog von der Straße ab. Die Lichtkegel der Scheinwerfer beleuchteten den Weg, pendelten kurz über die Wiese. Im Laufen hörte sie hinter sich das Knirschen der Reifen auf dem verharschten Schnee, Stacheln von Ilex-Blättern quietschten über den Lack, dann erstarb der Motor. Die Scheinwerfer erloschen, dann war es so still wie zuvor.

Sie erreichte den Schatten der Bäume gerade früh genug, um nicht doch noch von ihm gesehen zu werden. Schwer atmend blieb sie stehen, achtete auf die Geräusche, die aus seiner Richtung kamen. Er stieg aus, schloss leise die Wagentür. Sie stellte sich vor, wie er neben dem Auto stand, lauschend und nach Ungewöhnlichem Ausschau haltend.

Schließlich trat er auf den Weg, auch aus der Entfernung erkannte sie ihn an seiner Silhouette. Einen Augenblick fühlte sie einen Hauch von Bedauern, von Zweifel. Aber dann sah sie, wie er im Gehen seinen Flachmann an den Mund hob und trank.

Als er am Steinkreuz stehenblieb, riss er ein Streichholz an. Die flackernde Flamme beleuchtete für einen Moment die Bäume und sein Gesicht, eine kleine Insel von Licht in der Dunkelheit. Sie bildete sich ein, den Zigarillo zu riechen.

Sie brauchte es noch nicht einmal zu sehen. Sie wusste genau, dass es so war. Wahrscheinlich kannte sie seine Gewohnheiten besser als er. Er würde zu Ende rauchen, ihn wie immer vor der Fatima-Madonna auf dem Steinkreuz ausdrücken, und den Stumpen achtlos auf den Boden fallen lassen. Ein paar Minuten blieben ihr noch.

Sie hasste es, wie achtlos er geworden war.

Auch das war früher anders gewesen. Bei ihrem ersten Zusammentreffen hatte sie bemerkt, wie aufmerksam er seine Umgebung beobachtete. Was ihm alles auffiel. Was er wahrnahm an den Menschen. Mehr, viel mehr als andere. Ihm zuliebe hatte sie die meisten ihrer Freunde, ihre Clique aufgegeben – er wollte sie für sich, wollte ihr allein seine Aufmerksamkeit schenken. Wo war sie nun hin, seine Aufmerksamkeit für sie?

Und wohin war seine Aufmerksamkeit für sich selbst? Er war nur noch ein Säufer, dessen einzige Freude darin bestand, in fremden Revieren zu wildern und sich von dem Geld, das er damit verdiente, neue Waffen und Alkohol zu kaufen.

Die aufflammende Glut des Zigarillos tauchte sein Gesicht in einen schwachen orangenen Lichtschein. Sie glaubte wieder, etwas von dem Tabakrauch zu riechen. Früher mochte sie dieses Aroma. Obwohl sie selbst nie geraucht hatte. Doch sie mochte ihn. Liebte ihn mit allem, was ihn ausmachte.

Sie hatte ihn wirklich einmal sehr geliebt. Aber das war vorbei. Zu viel war geschehen.

Er hatte aufgeraucht und machte sich auf den Weg zum Ansitz. Sie drehte sich um und lief vorsichtig weiter zu ihrem Versteck. Dorthin, wo es enden sollte.

Ich darf nicht vergessen, nachher den Stumpen mitzunehmen, dachte sie, als sie die ersten Regentropfen spürte.

Als sie die Stelle erreichte, versteckte sie sich zwischen den Ilex-Büschen und der gewaltigen Buche, unter deren Astwerk der anderthalb Meter hohe Ansitz stand. Ihre Hände zitterten leicht, als sie den Sitz ihrer Stirnlampe überprüfte. Die Sturmhaube war verrutscht, sie zog sie sorgfältig zurecht. Nachher wäre dafür keine Zeit mehr. Es blieben maximal ein paar Minuten, bis er hier sein würde.

Der Mond brach noch einmal durch die sich immer dichter zusammenschiebenden Wolken, sein Licht ließ für Sekunden die Eiskristalle auf der Schneedecke wie Edelsteine funkeln. Sogar jetzt berührte sie die Schönheit der Natur. Dann schoben sich die Wolken zusammen, und die Nacht wurde dunkel. Der Regen wurde stärker.

Sie zog ein Paar Latexhandschuhe an, darüber schwarze Schutzhandschuhe mit langen Stulpen, die sie sorgfältig über ihre Ärmel zog. Das Gefühl in den Händen war dadurch etwas eingeschränkt, aber sie hatte geübt, damit zurechtzukommen. Die Kälte fühlte sie nicht mehr, sie war ganz im Hier, im Jetzt.

Es blieb nur ein Versuch, wenn der Plan gelingen sollte. Ihre Augen wurden feucht, als sie die Waffe aus dem Versteck unter dem Busch holte und entsicherte. Überrascht spürte sie Tränen über ihre Wangen laufen. Dann hörte sie ihn, seine auf dem Schnee knirschenden Schritte kamen näher. Er war schneller gewesen, als sie gedacht hatte. Sie wischte sich die Tränen aus den Augen, drückte sich eng in den Schatten des Stammes.

Er fluchte leise, als er auf dem vom Regen rutschig gewordenen vereisten Schnee ausglitt. Mit den Armen rudernd fing er sich, blieb etwa drei Meter von ihr entfernt stehen. Sie hatte das Gefühl, dass er in ihre Richtung sah, und hielt die Luft an. Ihr Herz schlug bis zum Hals.

Hat er meinen Atem gesehen? Sie legte den Zeigefinger an den Abzug.

Endlose Sekunden verstrichen, nur das Prasseln des Regens und sein Atmen waren zu hören. Seine Atemzüge wurden von dem leisen, rasselnden Unterton seiner chronischen Bronchitis begleitet, die er seit Jahren ignorierte. In den letzten Monaten war ihr dieses Geräusch unerträglich geworden.

Das nasse Metall vom Lauf seines Gewehrs reflektierte das wenige Mondlicht, das durch ein paar Wolkenlücken auf die Lichtung fiel. Für die Schwarzwildjagd nahm er immer seine Bockbüchsflinte – ein Gewehr mit zwei unterschiedlichen Läufen. Man konnte sowohl eine Kugel als auch eine Schrotladung verschießen. Je nachdem, was die Situation erforderte.

Ihre Waffe war exakt die Gleiche. Sie hatte, als sie sich ihre besorgte, genau darauf geachtet, dass es ein Exemplar aus derselben Produktionsserie war wie seine, was nicht einfach gewesen war. Auch die Munition war die gleiche. Der einzige Unterschied bestand darin, dass er ein Nachtsicht-Vorsatzgerät montiert hatte, aber das war nebensächlich. Bis auf Klaus, einen befreundeten Präparator und Jäger, der ihr geholfen hatte, den richtigen Kontakt zu bekommen, wussten weder ihr Mann noch sonst jemand etwas von der Existenz ihrer Waffe, und wie sie den Umgang damit erlernt hatte.

Klaus und sie kannten sich schon seit Jugendtagen, waren in der gleichen Clique gewesen. Damals ging man noch zusammen durch dick und dünn. Ihre Freundschaft hatte ihr ganzes Leben Bestand gehabt, und sie waren gute Freunde geblieben. Richtige Freunde. Klaus hatte sie fragend angeblickt, als sie ihn um Hilfe bat. Als sie nichts sagte, sondern ihn nur ruhig ansah, zuckte er mit den Schultern und griff dann zum Telefon.

Er beobachtet die Lichtung, dachte sie erleichtert, *er hat mich nicht bemerkt.* Vorsichtig atmete sie aus, ließ ihren Atem unendlich langsam durch die Sturmhaube entweichen.

Endlich bewegte er sich wieder. Sie sah, wie er seine Flinte von der Schulter nahm, um sie nach oben auf den Sitz zu legen.

Um sicher die Leiter hinaufsteigen zu können und keinen Jagd-unfall zu provozieren, wenn er auf dem vom Regen glatten Holz der Sprossen ausrutschen würde, fuhr es ihr durch den Kopf. Es kam zwar sehr selten vor, aber hin und wieder geschah es, dass sich ein Jäger durch eigene Nachlässigkeit selbst ins Jenseits beförderte.

Trotz der Anspannung amüsierte sie der Gedanke – gerade in diesem Moment war er aufmerksam. Aber nicht aufmerksam genug; sie hatte er nicht bemerkt. Früher hätte er die Energie gespürt, die von ihr ausging, so miteinander verbunden waren sie gewesen. Auch das war lange vorbei.

Er setzte einen Fuß auf die unterste Sprosse, seine Hände um-fassten die Holme.

Jetzt, dachte sie.

Vorsichtig hob sie die Waffe, legte die Hand an die Stirnlampe, bereit, sie einzuschalten. Sie würde vortreten, sobald er mit sei-nem zweiten Fuß auf der Leiter war. Wenn sie dann die Lampe einschaltete, wäre er für einen kurzen Moment geblendet.

Mit einem Ächzen zog er sich hoch. Sie schloss die Augen, atmete tief ein und spannte ihre Muskeln an.

Er musste das Geräusch ihres Atems gehört haben – wie vom Blitz getroffen erstarrte er in der Bewegung und warf den Kopf herum.

Es waren nur zwei Meter von ihrem Versteck bis zu ihm. Sie riss das Gewehr hoch und sprang aus der Deckung. Gleichzeitig stieß sie einen gellenden Urschrei aus, schaltete die Stirnlampe ein – im grellweißen Lichtstrahl zeigte der Lauf ihrer Flinte genau auf sein Gesicht. Seine Augen und sein Mund waren weit aufgerissen, starr vor fassungslosem Erschrecken. Dann begriff er. „Du!"

Er sah die Waffe in ihren Händen, seine Augen verzogen sich zu schmalen Schlitzen. Hektisch drehte er sich auf der Leiter um, griff mit der rechten Hand fahrig nach seiner Waffe – die linke rutschte ab, suchte panisch nach Halt, ein Stiefel glitt von der Holzsprosse, dann verlor er das Gleichgewicht. Sie wich ihm aus, als er zappelnd wie ein monströser Käfer vor ihr auf den Rücken fiel.

Ein, zwei Sekunden lang zögerte sie. Sah in das vom Regen nasse, angstverzerrte Gesicht, das sie einmal so sehr geliebt hatte und jetzt mehr verabscheute als alles andere auf der Welt. Dann kniff sie die Augen zu einem Spalt zusammen und atmete tief aus.

***

Das Durcheinander aus fröhlichem Stimmengewirr und Gegröle, das Klirren von aneinanderstoßenden Gläsern und dem Klappern von Besteck übertönte die Weihnachtsmusik, die leise aus den Lautsprechern klang. Die weihnachtliche Dekoration im Schlosshotel Gimborn war angenehm dezent und geschmackvoll – ganz im Gegensatz zu dem Benehmen der meisten Teilnehmer des Weihnachtsfestessens vom Schützenverein. Etwa zwanzig Personen saßen an einer langen Tafel im hinteren Gastraum. An einem Tisch neben der Saaltür wartete ein Student im Weihnachtsmannkostüm auf seinen Auftritt.

Sie saß an einem Tisch im vorderen Teil der Gaststätte, den sie schon vor Wochen reserviert hatte. Ein Glas mit dampfend heißem Grog stand vor ihr, sie hatte ihn aus alter Gewohnheit bestellt, um sich aufzuwärmen. Aber eigentlich war das nicht mehr nötig. Eine angenehme, lang vermisste Wärme und Ruhe hatten sich in ihr ausgebreitet und die Kälte vertrieben.

Ihre Freundin Marie aus Hückeswagen würde etwas später kommen. Sie waren damals gemeinsam in der Clique, in der auch Klaus gewesen war. Sie hatten sich schon ein paar Monate nicht gesehen. Marie Heyden war in diesem Jahr beruflich sehr eingespannt gewesen, es hatte geradezu monströse Mordfälle in Bonn gegeben, wo sie als Polizeidirektorin arbeitete. Aber jetzt, zweieinhalb Wochen vor Weihnacht, hatte sie endlich Zeit gefunden. Klaus käme später dazu. Sie würden auf alte Zeiten anstoßen. Und auf kommende.

Das Wetter war tatsächlich umgeschlagen. Seit der vergangenen Nacht hatte es die ganze Zeit ununterbrochen geregnet, und es sollte auch die nächsten Tage so weitergehen. Die Temperaturen waren deutlich über fünf Grad gestiegen, und die Kombination von wärmerer Luft mit dem vielen Wasser hatte die Böden und Wege in Schlamm verwandelt. Wie so oft würde es im Bergischen Land wohl eine graue Weihnacht werden – und ihre Spuren lösten sich in den die Hügel hinunterfließenden Regenströmen auf.

Warum sie sich denn nicht früher gemeldet hätte, würde die Polizei sie fragen, wenn sie ihn in zwei Tagen als vermisst melden würde. Ihre Antwort würde sein, dass er bekannt dafür sei, immer mal wieder für ein bis zwei Tage auf die Jagd zu gehen, es wäre nichts Ungewöhnliches für ihn. Seine Schützenbrüder würden es bestätigen können, sie kannten ihn und seine Angewohnheiten schließlich gut genug. Erst nachdem sie auch am Ende des zweiten Tages noch nichts von ihm gehört habe, sei sie unruhig geworden.

Bei der Suche nach ihm würde man eine abgefeuerte Flinte finden, die vor dem Ansitz auf dem durchnässsten und aufgeweichten Waldboden in den Resten einer vom Regen weggewaschenen Blutlache liegen würde. Es würde die gleiche Waffe sein, die auch auf seinen Namen eingetragen war – mit einer entfernten Seriennummer, die so tief herausgefräst worden war, dass auch forensische Methoden die ursprüngliche Nummer nicht mehr lesbar machen würden. So, wie Wilderer es eben machten, damit sie nicht zurückverfolgt werden konnten, falls etwas Unvorhergesehenes mit ihren Waffen geschehen sollte. Aber das Nachtsichtgerät würde einwandfrei als seines identifiziert werden – die Rechnung würde in der Schublade seines Schreibtisches gefunden werden, und der Verkäufer er-

innerte sich bestimmt auch an ihn. Er war schließlich ein sehr
guter Kunde.

Natürlich würde man sie deshalb auch befragen. Ob er ge-
wildert habe, und ob ihr darüber etwas bekannt sei. Ja, würde
sie seufzend antworten, das wisse sie schon seit vielen Jahren,
aber dass es eben seine Art von Ausgleich gewesen sei. Sie habe
immer wieder versucht, ihn davon abzubringen. Sie könnten
ihren besten Freund fragen, er würde es ihnen bestätigen. Und
außerdem, würde sie sagen, habe sie aus Liebe zu ihm geschwie-
gen. Männer seien nun mal so.

„Hohoho", dröhnte die Stimme vom Weihnachtsmann im
Saal nebenan, „von drauß vom Walde komm ich her, ich will
euch sagen …"

„… mein Sack ist leer!", krakeelte eine schrille, überschnap-
pende weibliche Stimme, der man den Alkoholkonsum deutlich
anhörte. Brüllendes Gelächter war die Antwort.

Sie sah den Sohn vom Wirt an, der hinter dem Tresen stand
und Gläser polierte. Als sich ihre Blicke trafen, verdrehte er die
Augen, zuckte vielsagend mit den Schultern und grinste kopfschüttelnd. Sie nickte zustimmend, dann schaute sie auf ihre
Uhr. Es würde noch eine Viertelstunde dauern, bis die anderen
kämen.

Ich such mir schon mal was Gutes von der Speisekarte aus,
dachte sie und schaute nach etwas Vegetarischem. Der große
bunte Salat mit gebratenem Mozzarella in Sesam und Curry und
dazu eine Portion von den hausgemachten Pommes frites, die
waren hier wirklich lecker.

Ihre Aufmerksamkeit ging wieder zu den Schützen. Sie hatte
mitbekommen, dass es ein großes Wildschwein-Buffet gab, aus
dem Fleisch von vor Ort geschossenen Tieren.

„Ja, wenn das so ist, wenn das so ist, wenn das so ist, dann
prost!", schallte es herüber, gefolgt von grölenden Buh-Rufen
und Pfiffen. Der Weihnachtsmannstudent kam mit hochrotem

Kopf aus dem Saal gestapft, riss sich wütend den Bart vom Gesicht und ging zur Theke.

„Arschlöcher! Ich will mein Geld", knurrte er, „und ein Bier."
Dann atmete er tief durch. „Aber ein alkoholfreies, bitte."

Es war nicht leicht gewesen, ihn näher zu dem Ilex-Dickicht zu ziehen, wo sie die Tiere vermutete. Der Regen war noch stärker geworden, und seine nasse, rutschige Kleidung machte es schwieriger, ihn zu bewegen. Sie hatte bei ihren Vorbereitungen nach Stellen gesucht, an denen es besonders stark nach Maggi roch – es war wirklich verblüffend, wie sehr der Eigengeruch der Wildschweine der Suppenwürze glich. Auch in der Nacht hatte sie es gerochen, als sie seine Leiche mit dem weggeschossenen Gesicht dort ablegte. Das Adrenalin in ihrem Körper hatte sie die Gefahr vergessen lassen, die die Tiere auch für sie bedeuteten. Aber bis auf ein paar leise Geräusche war es still geblieben. Sein Gewehr ließ sich in Schaft und Lauf zerlegen, so passte es in ihren Rucksack. Auch ihm war es wichtig gewesen, dass sich eine kürzere Waffe leichter verbergen ließ – allerdings aus anderen Gründen als den ihren.

Dann war sie zurück zum Steinkreuz gegangen und hatte seinen Zigarillostumpen in ein Tütchen gesteckt, das sie eigens dafür mitgebracht hatte. Sie verschloss es gründlich und steckte es ein. Ein Dankgebet hatte sie nicht für angebracht gehalten und war dann nach Hause gewandert. Unterwegs traf sie weder Mensch noch Tier.

Daheim hatte sie, bis auf den Zigarillostumpen, alle Sachen gründlich im Kachelofen verbrannt. Die Spuckschutzhaube, die den ganzen Kopf und ihr Gesicht umschlossen hatte, den flüssigkeits- und staubpartikeldichten Schutzanzug, wie er bei forensischen Untersuchungen getragen wurde. Beides aus einem Versand für Polizeibedarf, Marie hatte ihr die Adresse besorgt. Dann den schwarzen Lackierer-Schutzanzug, den sie als zusätzlichen Schutz noch darüber getragen hatte, die Sturmmaske, die

Handschuhe und die wadenhohen Überschuhe, ihre Unterwäsche, die Strümpfe, die Schuhe – nacheinander alles, was sie getragen hatte. Zuletzt stand sie nackt neben dem Ofen. Zum Schluss schob sie alle brennbaren Teilen der Waffe hinein. Sie sah einen Moment fasziniert zu, wie Teil um Teil Feuer fing und in Flammen aufging, und schloss dann mit einem Lächeln die Ofenklappe.

Die Metallteile würde sie später, nachdem sie sich ausgeruht hatte, in kleine Teile flexen und dann eine ausgedehnte Autofahrt machen. Schließlich war zweiter Advent, da wollte sie in aller Ruhe ein paar Weihnachtsmärkte besuchen. Den am Altenberger Dom, in Schloss Lüntenbeck in Wuppertal und dann noch nach Schloss Benrath in Düsseldorf. Dabei würde sie die Teile in den Abfalleimern verteilen, in jeden nur ein bis zwei Stücke. Irgendwann würde alles in der Müllverbrennung landen, als Schrott aus der Schlacke herausgesiebt und dann dem Recycling zugeführt werden.

Für morgen, den Montag der dritten Adventswoche, war der Schornsteinfeger angemeldet. Er hatte schon mehrmals angemahnt, dass der jährliche Kaminkehrtermin anstand. Sie hatte ihn ein paar Mal vertrösten können, um es bis zu diesem Tag hinauszuzögern. Schließlich sollte der Kachelofen gerade jetzt im Winter einwandfrei ziehen, da musste er von allem Schmutz und Ruß der letzten Nacht befreit werden. Eine reine Routinesache, wie jedes Jahr. Nichts Verdächtiges.

Den Zigarillostumpen legte sie in seinen Aschenbecher, den sie in der Küche griffbereit neben den Mülleimer stellte. Auch wenn sie ihn jeden Tag würde sehen müssen – die Zeit, die nötig wäre, ihn aufzubewahren, würde sie schon noch aushalten. Er war ihre kleine Versicherung, falls sie doch auf Schmauchspuren untersucht werden sollte. Sie glaubte zwar nicht daran, aber sicher war sicher – trotz ihrer Vorsichtsmaßnahmen an Schutzkleidung, deren zu Asche und Ruß verbrannten Reste im Staubsauger des Schornsteinfegers verschwunden sein würden.

Sie würde dann auf den Stumpen im Mülleimer zeigen. Er sei erst einen Tag vor seinem Verschwinden im Schießstand gewesen, um seine Flinte neu zu justieren. Als er nach Hause gekommen war, hätten sie sich begrüßt und umarmt. Sie habe ihm seine Jacke abgenommen und an die Garderobe gehängt, was man eben so macht als Frau. Dann habe er sich ins Wohnzimmer gesetzt und als erstes wieder eine geraucht, würde sie erklären. So, wie er es immer tat. Und sie habe gerade erst den Ascher geleert, als sie kamen – da könne es ja sein, dass dabei etwas davon an ihre Hände gekommen sei, oder nicht? Und wenn er doch nicht gebraucht werden sollte, würde sie ihn immer noch wegschmeißen können.

Nachdem alles verbrannt war, hatte sie gründlich geduscht und anschließend so tief und fest ein paar Stunden ruhig und traumlos geschlafen wie lange nicht mehr.

Aus der Küche wurden neue Platten voll Wildschweinbraten zu den Feiernden getragen und mit „Aaah!"- und „Na endlich!"-Rufen in Empfang genommen. Sie lächelte, als sie die Bestecke klappern hörte, und nippte an ihrem Grog.

Wie alle Schweine waren Wildschweine Omnivoren. Allesfresser, die auch vor Aas nicht zurückschreckten. Falls die Ermittler doch noch Überreste von ihm finden sollten, würden sie mit Sicherheit keine verwertbaren Spuren entdecken. Wildschweine waren gründlich bei ihrer Nahrungsverwertung, nichts wurde zurückgelassen.

Vielleicht haben sie dabei ja sogar so etwas wie Befriedigung empfunden, als sie unverhofft ein üppiges Festmahl vorfanden, das aus einem ihrer Mörder bestand, ging es ihr durch den Kopf. Was wussten die Menschen schließlich schon von den Gefühlen und den Gedanken der Tiere?

Und meine Spuren sind von ihnen zertrampelt und vom Regen weggespült worden – so, wie ich es von Anfang an geplant habe. Wieder lächelte sie.

*Vermutlich sei es ein Unfall gewesen, würden die Ermittlungen
ergeben. Die Spuren der Stiefelsohlen auf dem Holz wiesen darauf hin, dass er ausgerutscht sei, und dabei müsse sich wohl
der Schrotschuss gelöst haben, wäre die Erklärung der Polizei.
Sie würde es gefasst, aber bestürzt zur Kenntnis nehmen. Man
würde sie nicht zu sehr beunruhigen wollen und ihr nicht sagen,
was das Naheliegendste war. Das, was unter diesen Umständen
wahrscheinlich mit der Leiche passiert sei.*

*Im Blut vor dem Ansitz würden Knochensplitter und Gewe-
bereste von ihm gefunden werden, im Wald verteilt seine zer-
fetzte Kleidung, aber mehr nicht. Auf der Waffe wären keine
Fingerabdrücke zu finden –*

– was aber bei dem vielen Regen über mehrere Tage nicht
anders zu erwarten sei, hatte Marie ihr erklärt, als sie sie im vergangenen Sommer danach fragte. Sie hatten sich in Bonn am
Rheinufer im *Ludwig's* getroffen, und sie hatte Marie davon erzählt, wie es in ihr aussah. Dass sie seine Gegenwart einfach
nicht mehr ertrüge. Sie wusste, dass sie mit ihrer Freundin alles
bereden konnte, so war es schon immer zwischen ihnen gewesen. Und auch, dass sie schweigen konnte, wenn es ihre Freundschaft erforderte.

Auch Marie hatte sie fragend angesehen, mit dem gleichen
erstaunten Erschrecken in den Augen wie Klaus. Aber dann
hatte sie den Kopf etwas zur Seite geneigt, wissend die Lippen
aufeinander gedrückt, ihr die Hand auf ihre gelegt und genickt.

Der Student hatte sein Bier ausgetrunken. Er wollte bezahlen,
aber der Mann hinter der Theke winkte ab. „Schöne Weihnacht!
Vielleicht ja bis zum nächsten Mal", sagte er. Der bartlose Weihnachtsmann schüttelte ihm die Hand, grüßte sie im Vorbeigehen
und verließ die Gaststube. Als er sah, dass es immer noch in
Strömen regnete, zog er die Kapuze seines roten Mantels hoch,
und lief Richtung Parkplatz.

Die Jagd auf Schwarzwild würde weitergehen, denn die

Nachfrage war groß, gerade zur Weihnachtszeit. Auch bei den Schützen, die jetzt so fröhlich feierten. Kein Festmahl ohne reichlich Fleisch.

Wildschwein geht bei denen immer, waren seine letzten Worte gewesen. Dann hatte er sein Gewehr geschultert und war ohne Abschiedsgruß aus dem Haus gegangen.

Was würden sie wohl dazu sagen – wenn sie irgendwann erfuhren, dass sie bei einem ihrer Fleischgelage im übertragenen Sinne einen ihrer Kameraden verspeist hatten?

Sibyl Quinke
Die Tote vom Laurentiusplatz

Wuppertal-Elberfeld

Der Platz war mit Raureif überzogen und hatte alles in ein Weiß
getaucht. Die Bäume trugen weiß. Die Holzhütten, die den Abend
vorher noch lustige Gesellschaften beherbergt hatten, waren mit
feinen Kristallen überzogen. Alles war mit einer dünnen Eis-
schicht bedeckt, und auch die Pflastersteine der Straße waren glatt.
Es war kalt, sehr kalt. Selbst für Dezember waren es zurzeit nied-
rige Temperaturen. Das Thermometer blieb sogar tagsüber unter
dem Gefrierpunkt. So hielt sich niemand unnötig lange draußen
auf, schon gar nicht während der Nachtstunden. Auch auf dem
zentralen Platz im Herzen Elberfelds, dem Laurentiusplatz, war
zu nächtlicher Stunde niemand zu sehen, außer einer langsam vor
sich hin tippelnden Figur, die, gestützt auf einen Rollator, ihren
Dackel ausführte.
  Hier standen Buden, die Besucher des Weihnachtsmarktes zu
Käufen animierten, dazu eine Eisfläche, die für Stimmung sorgen
sollte. Sie lud Kinder wie auch Erwachsene zum Schlittschuhlaufen
ein. Wenn man durch die Fenster der Gastronomiehütten blickte,
konnte man die rot-weiß karierte Dekoration sehen. Die Kissen wie
auch die Tischdecken gaben dem Ambiente eine alpenländische
Gemütlichkeit. Da und dort waren Pflanzen aufgestellt, farblich
passende Töpfe mit roten Rosensträuchern. Alles würde jedoch erst
am Nachmittag für das Publikum wieder geöffnet werden.

***

Es war die frühe Morgenstunde, der Platz war noch in Dunkelheit
getaucht. Absolute Ruhe – bis draußen ein Dackel anzuschlagen
begann und nicht mehr aufhören wollte. Da war eine ältere Frau.

161

Sie hatte ihre grauen Haare hinten zu einem Knoten zusammengebunden. Wenige Strähnen lugten unter ihrer Wollmütze hervor. Ihre Haut schimmerte weiß von der Kälte. Falten erzählten von einem langen Leben. Eine Brille trug sie nicht, offensichtlich kannte sie ihren Weg. Zur Stütze hatte sie einen Rollator und wurde von ihrem Hund begleitet.

Vergebens rief sie ihren Vierbeiner zur Ruhe, der nicht zu bellen aufhörte. Immer wieder ermahnte sie: „Sei ruhig, sei ruhig! Du weckst ja ganz Wuppertal mit deinem Gekläffe auf." Diese Worte waren kaum für den Hund bestimmt, denn bekanntermaßen versteht kein Tier eine solche Ansprache. Es war eher für die bisher nicht aufgetauchten Passanten gedacht, indirekt eine Entschuldigung für die Ruhestörung.

Erwartungsgemäß hörte die Fellnase nicht, was ihr Frauchen verlangte. Endlich sah sich die alte Frau genötigt, des Dackels Entdeckung genauer zu betrachten. Es war eine Gestalt, die auf einer der Gitterbänke saß, genauer: schräg lag. Um ihren Mund Erbrochenes, das festgefroren war. Die Hundehalterin beugte sich zu der Bewegungslosen hinunter. Sie stupste sie an und fragte: „Hey, was ist los? Geht es Ihnen nicht gut?" Aber die Person reagierte nicht. Der Dackel stellte sein Bellen ein. Er hatte sein Ziel erreicht und die Verantwortung delegiert.

Es war eine Frau. Die Passantin schüttelte sie. Die Erstarrte kippte, ohne ihre Körperhaltung zu verändern, von der Bank. Die Hundebesitzerin erschrak und begann zu kreischen. Irgendetwas stimmte nicht. Dieser durchdringende Schrei ließ Bewohner der nahe gelegenen Seniorenresidenz Fenster öffnen. Es ertönte ein lautes „Ruhe!", doch es waren überwiegend neugierige Blicke, die über den Platz schweiften und an der alten Frau mit dem Rollator und der bewegungslosen Gestalt, die neben der Bank lag, hängen blieben.

Ganz offensichtlich hatte jemand aus der Nachbarschaft oder der Seniorenresidenz den Rettungsdienst benachrichtigt, denn ein Notarzt traf nach wenigen Minuten ein. Er musste zunächst die Hundebesitzerin versorgen, die vor lauter Aufregung orientierungslos wirkte. Für die erstarrte Person kam jedoch jede Hilfe zu spät. Sie war tot. Der erste Anschein: Die Tote war erfroren, aber Erbrochenes könnte auch auf eine Vergiftung hinweisen – oder Herzinfarkt – auch ein Suizid war denkbar.

Unklare Todesursache, und damit war es ein Fall für das Dezernat für Todesdelikte. Kommissar Müller hatte Bereitschaftsdienst und wurde am frühen Samstagmorgen zur Unglücksstelle – oder sollte man Tatort sagen? – bestellt. Er kam nicht allein, seine Kollegen Braun und Eckerhardt begleiteten ihn. Es ist bekannt, dass die ersten 48 Stunden für den Ermittlungserfolg der Polizei entscheidend sind. So begannen die Kommissare direkt mit ihrer Arbeit, doch echte Zeugen gab es kaum. Die einzigen, die hier eine Auskunft geben könnten, waren der Dackel und die alte Frau. Dackel werden als Zeuge vor Gericht nicht akzeptiert, und die alte Frau, die verwirrt daneben stand, war wenig hilfreich. In ihrer Aufregung hatte sie die Kontrolle über ihre Blase verloren, was man deutlich roch. Auch die „Augenzeugen", die den Notarzt gerufen hatten, konnten zur Aufklärung nichts beitragen. Lediglich ein älterer Herr aus der Seniorenresidenz – er jammerte über Schlafstörungen – berichtete, dass er eine Frau bereits am sehr späten Abend beziehungsweise des Nachts auf der Bank sitzend gesehen habe. Kommissar Müller stöhnte auf: Das bedeutete detaillierte Fleißarbeit. Der Rechtsmediziner, der die erste Leichenschau vor Ort durchführte, wies an, die Tote in sein Institut zu überführen.

„Können Sie schon etwas zur Todesursache sagen?", fragte Müller den Mediziner.

„Oh Müller, dein zweiter Vorname ist Ungeduld. So schnell schießen die Preußen nicht."

„Gut, aber wenn Sie den Leichnam zu sich beordern, dann müssen Sie Verdachtsmomente haben, dass es sich um eine unnatürliche Todesursache handelt."

„Na, so schwierig ist das nicht. Die Tote hat erbrochen, auch die großen Pupillen könnten für Gift sprechen. Das Gift könnte auch ‚nur' Alkohol sein. Und so wie ich Sie zittern sehe, haben

Sie gemerkt, dass es saukalt ist. Da ist auch Erfrieren eine Option oder irgendetwas anderes, was wir auf den ersten Blick nicht direkt sehen können."

Der Kommissar grummelte etwas, das nach „okay" klang. Die Spurensicherung kam, um das Umfeld nach irgendwelchen Indizien abzusuchen. Müller fotografierte das Todesopfer, bevor es in einer Zinkwanne abgeholt wurde. Mit diesem Foto konnten sie das Umfeld befragen, ob jemand die Frau kannte. Hätte man sie erst einmal identifiziert, würden die Ermittlungen leichter werden.

***

Die Fleißtour begann: Kommissar Müller und seine Kollegen klingelten an den benachbarten Häusern und versuchten jeden, der ein Fenster mit einem freien Blick auf den Laurentiusplatz hatte, zu befragen, ob er oder sie etwas gesehen habe. Die einfachsten Antworten waren ein Schulterzucken. Die meisten der potenziellen Zeugen hatten vor dem Fernsehapparat gesessen oder bereits im Bett gelegen, als die Tote sich, wie auch immer, auf der Bank niedergelassen hatte. Sie hatten nichts gesehen und konnten mit dem Gesicht, das die Ermittler ihnen auf dem Foto zeigten, auch nichts anfangen. Diese Anfragen waren eigentlich schnell erledigt. Eigentlich. Manche freuten sich, dass endlich jemand vor ihrer Tür stand und mit ihnen reden wollte. Diese Gelegenheit ließen sie sich nicht entgehen. Sie fingen erst einmal an, den Kommissaren ein Schnäpschen anzubieten oder ein paar Kekse. Auch wenn die Kollegen freundlich ablehnten, erhielten sie keine konkreten Antworten, eher Gegenfragen.

Die Anwohner wollten Genaueres wissen. Schließlich würde das Ereignis Gesprächsstoff für die nächsten Tage liefern, und je mehr man selbst wusste, desto interessanter würde man für die Nachbarschaft werden. Schließlich kam es nicht jeden Tag vor, dass auf dem Laurentiusplatz eine Tote gefunden wurde. Auf die Frage, ob sie das Gesicht kannten, wichen sie aus oder verloren sich in unnütze Vermutungen. Würden sie konkret werden, würde die Polizei sie womöglich schnell wieder verlassen. Endlich hatten sie jemanden, mit dem sie tratschen konnten, so dachten sie jedenfalls. Nun, bis auf einen Mann, dem die senile Bettflucht keine Nachtruhe gönnte. Er hatte am Fenster gestanden und gesehen, wie ein Mann eine torkelnde Frau auf der Bank abgesetzt hatte und sie dann zurückließ – und nein, dieses Paar hatte ihn nicht weiter interessiert. Er hatte versucht, sich mithilfe des Fernsehprogramms müde zu machen. Kennen tat er keine der beiden Personen, und mit dem gezeigten Foto konnte er auch nichts anfangen.

Die Kollegen der Kriminalpolizei liefen sich die Hacken ab, allerdings ohne Erfolg. Inzwischen war es später Nachmittag geworden. Der Weihnachtsmarkt öffnete seine Buden beziehungsweise die Almhütte ihre Türen, und der erste Glühwein wurde verlangt. Der Winterzauber begann. Die Eisfläche begrüßte ihre ersten Gäste, zunächst Kinder, später trafen sich Erwachsene, die sich zum Eisstockschießen verabredet hatten. Am riesigen Weihnachtsbaum wurden die Kerzen angezündet und die Laurentiusbasilika stimmungsvoll beleuchtet.

Hüttengaudi war an diesem Abend angesagt, es war schließlich Wochenende.

Kommissar Müller hatte eigentlich genug für heute, insbesondere das heutige Hüttengaudi war so gar nicht sein Ding. Während die anderen das Wochenende feierten, fiel es für Müller, Eckhart und Braun als Freizeit aus. Sie mussten sofort agieren, denn je später sie mit den Untersuchungen anfingen, desto schwieriger würden sich die Ermittlungen gestalten. Also überwand er sich und betrat die Hütte. Die Kälte war ihm inzwischen in den Mantel gekrochen, und er könnte ein heißes Getränk vertragen. Allerdings bestellte er keinen Glühwein, sondern einen Kinderpunsch. Alkohol im Dienst, auch wenn er im Rahmen der Überstunden war, gab es nicht. Er zeigte dem Barmann das Foto mit dem Gesicht der Toten, doch dieser schüttelte nur verneinend den Kopf.

„Gestern war ich nicht hier. Der Mark kommt erst ab 20 Uhr. Da müssten Sie noch mal nachhören."

Kommissar Müller passierte jeden der besetzten Tische und die Menschen, die sich trotz der Kälte draußen aufhielten. Er zeigte das Bild, obwohl er kaum Hoffnung hatte, dass die Frau erkannt würde. Dennoch war er davon überzeugt, dass es Besucher des Weihnachtsmarktes gab, die sich auch schon gestern hier aufgehalten hatten. Doch niemand konnte sich an die Frau erinnern.

Sein Magen knurrte und rief ihm ins Gedächtnis, dass er seit heute Morgen nichts gegessen hatte. Er steuerte eine der Buden an, um sich einen Flammkuchen backen zu lassen. Die Uhr zeigte inzwischen nach 20 Uhr. Grund genug, erneut in die Almhütte zu gehen. Einerseits, um sich aufzuwärmen, andererseits – vielleicht hatte er Glück – um den anderen Servicekellner zu erwischen.

Besagter Mark war eingetroffen. Müller zeigte ihm das Foto und fragte, ob er sich an diese Frau erinnern könne, ob sie vielleicht gestern Abend hier gewesen sei. Der Kellner konnte sich erinnern. Müllers Herz machte einen Sprung: eine erste Spur.

„Ja, die haben gestern ganz schön gebechert, eine Schnapsrunde nach der anderen. Da konnte keiner von denen mehr gerade gehen."

„Was heißt hier, die? Wie viele Personen waren es?", wollte Müller genauer wissen.

„Das waren drei Männer und eine Frau."

„Können Sie die drei beschreiben?"

„Ich bin da nicht gut drin. Es waren ein Glatzkopf und zwei mit nur noch wenigen Haaren auf dem Kopf. Der eine hatte so einen Haarkranz, der andere nur noch eine sehr spärliche Behaarung. Ob der eine eine runde oder der andere eine spitze Nase hatte, das kann ich nicht beschreiben, ebenso wenig die Augenfarbe. Wenn einer von denen hier hineinstolpern würde, würde ich ihn schon erkennen. Aber für ein Phantombild bin ich gänzlich ungeeignet."

„Okay. Erst einmal Dankeschön. Hier ist meine Karte. Sollte einer dieser Männer hier auftauchen, rufen Sie mich bitte umgehend an."

Kommissar Müller verließ unverrichteter Dinge den Weihnachtsmarkt. Ohne viel Hoffnung fragte er bei der Vermisstenstelle nach, ob dort eventuell eine Frau gemeldet worden sei. Er glaubte an keine Reaktion und war völlig überrascht, als er eine positive Antwort erhielt. Tatsächlich war heute eine Anzeige eingegangen. Beate Schulz, 46 Jahre. Vermisst seit etwa 30 Stunden. Obwohl nach einer solch kurzen Zeit der Abwesenheit einer erwachsenen, schließlich volljährigen Person der Polizeiapparat noch nicht anspringt, um nach Vermissten zu suchen, waren die Daten aufgenommen worden und passten auf die gefundene Person.

Der Ehemann hatte mit viel Getöse die Meldung abgegeben. So viel konnte Kommissar Müller erfahren. Der Mann erzählte auch, dass seine Frau Alkoholikerin sei. Möglicherweise sei sie irgendwo aufgegabelt und mit einem Notarztwagen ins Krankenhaus gebracht worden.

Die Polizei war nicht gewillt, Alkoholleichen einzusammeln. Doch hatten die Kollegen vorsorglich die Krankenhäuser abgefragt, ob eine Frau, auf die die Beschreibung von Beate Schulz passte, eingeliefert worden sei. Dies war nicht der Fall.

***

Am nächsten Morgen fuhr Müller zur angegebenen Adresse, obwohl es Sonntag war und er sich auf ein geruhsames Wochenende gefreut hatte.

Kommissar Müller klingelte, aber niemand öffnete. Er wandte sich an die Nachbarin, die sich als Frau Regel vorstellte. Sie konnte anhand des Bildes die Tote sofort als Beate Schulz identifizieren.

„Was ist denn mit der Frau Schulz?" Die Frage war ruhig gestellt, aber ihre Augen glänzten voller Neugierde. Sie hielt die Tür offen und sah ihn mit einem fragenden Blick an. Doch von allein erzählte Müller zu ihrem Leidwesen nichts.

„Aber Sie können mir das ein oder andere über Frau Schulz oder ihren Ehemann berichten?"

Das war das Stichwort für die Nachbarin: „Wollen Sie vielleicht hereinkommen? Ich habe gerade frischen Kaffee gekocht, dann kann ich Ihnen ausführlich berichten."

Es schien sich um eine Nachbarin zu handeln, die jedes und alles wusste, allerdings auch zu der Sorte gehörte, die nervig war und einen, wenn sie den Zuhörer einmal zwischen ihren Klauen hatte, nicht mehr losließ. Andererseits, wenn man solche Mitmenschen eine Weile reden ließ, konnte man einiges erfahren. So ging Müller auf die Einladung ein.

Die Nachbarin führte den Kommissar ins Wohnzimmer, holte Kaffeetassen und -kanne, dazu einen Teller mit einem Stück Apfelkuchen. „Den hab ich gestern gebacken, lassen sie es sich schmecken."

Müller stöhnte innerlich auf, das würde ein längerer Vormittag werden. „Was können Sie mir berichten? Jede auch für Sie vielleicht unwichtige Einzelheit kann für uns wertvoll sein. Die Beate Schulz, was war das für eine Frau?"

Die Nachbarin holte tief Luft. Sie war in ihrem Element. Endlich jemand, der ihr zuhören wollte. „Das ist eigentlich eine ganz Liebe. Sie hat nur den falschen Mann geheiratet. So manches Mal ging es in der Wohnung nebenan hoch her. Geschrei und Geheule, und manchmal knallte etwas gegen die Wand. Ich habe auch schon mal die Polizei deswegen gerufen, nicht nur wegen nächtlicher Ruhestörung. Ich hatte ein bisschen Angst, dass bei häuslicher Gewalt, so nennt man das ja wohl, etwas passiert. Man hört so viel darüber, und es steht ja auch in der Zeitung."

Frau Regel ging erneut in die Küche, um weiteren Apfelkuchen zu holen. Eine gute Gelegenheit für Müller, einen seiner Mitarbeiter zu kontaktieren. Er sollte die Polizeimeldungen abfragen, welche Einsätze es hier gegeben hatte und welche Berichte es dazu gab.

Die Nachbarin kam wieder ins Wohnzimmer, stellte den Kuchen auf den Tisch und forderte ihn auf: „Bitte lassen Sie es sich schmecken."

„Haben Sie recht schönen Dank. Der Apfelkuchen schmeckt wirklich köstlich." Damit hatte Müller den Nerv der Nachbarin getroffen. Er blickte in ein strahlendes Gesicht.

„Ja also, die Frau Schulz, sie war wirklich eine ganz Liebe. Er machte, was er wollte. Man kann nicht behaupten, dass es eine harmonische Beziehung war."

„Wie lange leben Sie schon hier?"

„Ach, bestimmt 20 Jahre."

„Und so lange kennen Sie das Ehepaar Schulz?"

„So lange kenne ich die Schulzes."

„Bekommen die Schulzes viel Besuch?"

„Nein eigentlich nicht. Ab und zu hab ich mit Beate Kaffee getrunken."

Bei Müller klingelten die Glocken. „Da hat Sie Ihnen sicherlich manches erzählt?"

„Ja, ich weiß so einiges", erklärte sie stolz. Jetzt durfte sie erzählen, ohne dass man ihr anschließend den Vorwurf machen konnte, sie würde wieder tratschen. „Das Ganze war wohl eine Mussehe. Vor 21 Jahren hatten beide einen One-Night-Stand, so sagt man wohl, der nicht ohne Folgen geblieben war. Die Familie der Frau ist sehr katholisch, und so musste zwingend geheiratet werden, obwohl das ja heute Blödsinn ist. Heutzutage gibt es so viele Alleinerziehende, die ihren Mann stehen. Da braucht keine mehr zu heiraten, aber in der Familie von Beate war das eben anders. Da gab es keine alleinerziehenden Frauen, dafür die ein oder andere Mussehe. Sie hatte sich schon überlegt, ob sie sich scheiden lassen soll. Wir haben das auch häufiger diskutiert, aber dann wäre sie aus ihrer Familie rausgeflogen und ganz ohne Beziehungsgeflecht alleine zurückgeblieben. Das hätte sie kaum überlebt. Schmeckt Ihnen der Apfelkuchen? Sie können gerne noch ein Stück haben."

„Und was ist mit Kindern?"

„Die Schulzes haben keine. Der One-Night-Stand endete in einer Fehlgeburt, und Beate wurde nicht mehr schwanger."

„Wie haben die Schulzes gelebt? Wurde da auch das ein oder andere Schnäpschen gekippt?" Das Smartphone von Müller vibrierte. „Entschuldigung, ich muss da dran gehen."

Frau Regel spitzte die Ohren, konnte aber nichts verstehen, sehr zu ihrem Missfallen.

Müller antwortete nur mit: „Ja, ich verstehe. Ja gut. Damit kann ich etwas anfangen." Er hatte erfahren, dass es Polizeiberichte gab, die von Alkoholkonsum und anschließenden handgreiflichen Auseinandersetzungen des Paares berichteten.

Frau Regel beschlich die Sorge, dass Müller sich schon verabschieden könnte, wo sie doch endlich einen Gesprächspartner auf der Couch sitzen hatte. Deshalb erzählte sie weiter, auch wenn sie sich dabei wiederholte. So betonte sie mehrfach, dass Beate aus einer finanzstarken Familie stammte und Frank deshalb der Schritt, sie zu ehelichen nicht schwergefallen war, was Müller schon bei der ersten Erwähnung abgespeichert hatte.

Außerdem war er kein Kostverächter, sodass er regelmäßig für sich sorgte.

Doch jetzt hatte sich Frank ernsthaft verliebt und wollte seine Frau loswerden, jedoch ohne finanzielle Einbußen.

Woher die Nachbarin das wusste? Sie hatte das neue Paar in Düsseldorf auf der Kö gesehen. Sie hatten sich ziemlich verliebt angeschaut, und Beate Schulz hatte auch so eine Bemerkung fallen lassen, dass bei ihnen der Haussegen schief hing.

Das Telefon in der Tasche von Müller vibrierte erneut. Der Barkeeper vom Hüttenzauber war an der Strippe.

„Ich sollte Sie doch anrufen. Einer der Saufkumpane vom Freitag hat sich eingefunden."

„Ich komme sofort. Versuchen Sie, ihn in der Hütte zu halten, bis ich da bin, und wenn Sie ihm Schnäpse ausgeben."

Der Kommissar verabschiedete sich hektisch von Frau Regel, die alles andere als erfreut darüber war. Sie hatte sich schon einen netten Sonntag mit dem Kommissar ausgemalt. Aber er ließ sich durch nichts aufhalten, weder mit weiterem Kaffee, Apfelkuchen oder anderen Angeboten locken. Es blieb ihm lediglich, Frau Regel zu bitten, Herrn Schulz seine Visitenkarte zu übergeben mit der Aufforderung, sich bei ihm zu melden.

Müller eilte zum Laurentiusplatz. Parallel rief er Braun an, ihn im Hüttenzauber zu unterstützen. Er hatte Glück. Er sah, wie der Gast noch am Tresen stand, um sich ein weiteres Schnäpschen zu genehmigen. Der Kommissar zeigte ihm das Bild von Beate Schulz und fragte ihn, ob er sie kennen würde.

„Ja, klar, das ist die Beate."

Kommissar Müller atmete tief durch. Das war einer der losen Fäden, die sich langsam zusammenführen ließen. Er forderte ihn auf, sich mit ihm und Braun an einen der Tische zu setzen. Müller begann zu fragen, während Braun Notizen machte.

„Berichten Sie bitte. Wie ist der letzte Abend mit Ihren Freunden verlaufen? Da waren Sie doch auch hier, wenn ich richtig gehört habe. Sie waren zu viert?"

„Was soll das? Die Frau auf dem Bild da, Beate, sieht nicht gesund aus."

„Stimmt. Sie ist draußen gefunden worden." Müller ging auf die näheren Umstände nicht weiter ein und erzählte auch nicht, dass sie das Zeitliche gesegnet hatte.

„Was ist mit ihr? Ist sie krank, kann man sie besuchen?"

Müller ignorierte auch diese Fragen und forderte ihn auf, von dem Abend zu berichten.

„Es ging hoch her. Wir haben ein bisschen gesüffelt."

„Und weiter?"

„Ja, der Beate erging es nicht so gut, sie musste Kummer herunterschlucken."

„Kummer?"

„Ja, der Frank hat eine andere kennengelernt und wollte sich scheiden lassen. Wir sollten dabei sein, wenn er ihr das mitteilt, hier in der Hütte, in der Öffentlichkeit, damit sie nicht ausrastet. Sie sollte ruhiger sein, und deshalb hat sie das ein oder andere Schnäpschen gekriegt."

„Wie viele Schnäpse?"

„Kann ich nicht genau sagen."

„Haben Sie oder Herr Schulz auch so viele mitgetrunken?"

Der Saufkumpan begann zu stottern. „Ja, nein, also ich nicht so viele, aber ich war auch ganz schön besoffen."

„Wie sind Sie nach Hause gekommen?"

„Wir haben uns ein Taxi genommen."

„Wer, wir? Welches Taxi? Das würden wir gerne überprüfen."

„Wie, bitte? Verdächtigen Sie mich wegen irgendwas? Ich bin mit dem Eddie zusammen gefahren."

„Vollständiger Name, Adresse?"

„Äh, was soll diese Fragerei?"

„Lassen Sie uns einfach unsere Arbeit machen. Wir sind von der Kripo und müssen uns mit dem Fall beschäftigen." Müller ignorierte die Zwischenfragen und fuhr fort: „Und der Frank Schulz? Der hat auch so viel getrunken? Wie soll das denn dann zu einer vernünftigen Diskussion oder Entscheidungsfindung führen?"

„Der Frank hat seine Schnäpse heimlich hier in den Rosenstrauch gekippt. Und wir sollten die Zeugen sein, dass Beate seinen Forderungen zustimmt."

„In Beziehungsangelegenheiten mische ich mich ungern ein. Aber meinen Sie nicht, dass Verabredungen, die in einer solchen Situation getroffen werden, juristisch wenig Bestand haben?", kommentierte der Kommissar diese merkwürdige „Beendigung" einer Ehe.

„Das hab ich dem Frank auch gesagt, aber er wollte unbedingt, dass wir dabei sind."

„Wann und wie sind Sie dann nach Hause gegangen?"

„Nun, der Frank ist mit der Beate gegangen, er musste sie stützen, die war ziemlich zugedröhnt, und dann haben wir nichts mehr von ihnen gehört oder gesehen."

„Haben Sie inzwischen mit Ihrem Freund gesprochen?"

„Ja, er hat angerufen und erzählt, er habe eine Vermisstenanzeige aufgegeben. Draußen hätten sie sich noch einmal heftig gestritten und wären dann getrennte Wege nach Hause gegangen. Beate sei allerdings dort nicht angekommen."

Kommissar Müller und Braun hatten genug gehört. Sie verabschiedeten sich. Sie mussten die Informationen strukturieren, verarbeiten und im Team besprechen. Außerdem brauchten sie unbedingt die Aussage des Ehemannes.

Müller und Braun fuhren direkt ins Polizeipräsidium in die Friedrich-Engels-Allee. Müller hechtete jeweils zwei Stufen auf einmal die Treppe hoch. Das tat ihm gut, denn die Kälte war ihm bis unter die Haut gekrochen. Braun folgte ihm mit gemächlichem Schritt.

Eckerhardt war bereits vor Ort. Sie besprachen, was sie bisher gefunden hatten: Da gab es ein Ehepaar, Beate und Frank Schulz. Die waren seit mehr als 20 Jahren verheiratet. Die Ehe konnte nicht als glücklich bezeichnet werden.

Der Sachverhalt stellte sich für die Kommissare eindeutig dar. Die Frau wurde mit Schnaps abgefüllt, und zwar so sehr, dass sie eigentlich auf eine Intensivstation gehört hätte. Der Ehemann hatte sie bei Minusgraden allein draußen sitzen lassen und darauf gebaut, dass die Kälte sein Problem für ihn erledigt.

Müller dämmerte etwas: Der Ehemann hatte mit voller Absicht seine Frau auf die Bank platziert und sich dann verkrümelt. Um ein Uhr nachts würden kaum mehr Leute spazieren gehen und sie finden. Er hatte sie dort gelassen, wohl wissend, dass sie nicht mehr in der Lage war, sich allein zurechtzufinden, um nach Hause zu kommen. Er ließ sie schlicht und ergreifend erfrieren. Das ist natürlich auch eine Variante, sich von seiner Ehefrau zu trennen, ohne dabei Geld zu verlieren. Er würde erben, und die Zukunft würde sich für ihn rosig gestalten – nun, wenn die Kripo nicht dazwischenfunken würde.

***

Frank Schulze fand sich schließlich nachmittags auf dem Polizeipräsidium ein. Müller unterhielt sich mit ihm. Er wollte einiges über seine Frau und sein Verhältnis zu ihr wissen.

Frank Schulze zog über „seine Alte" her, wie er sie nannte. Es sei eine Zumutung für einen Mann, mit so einem Weib zusammenzuleben. Man sehe ja, wie das abgeht. „Sie kommt noch nicht einmal nachts nach Hause."

„Sie haben Ihre Frau schon vor über 40 Stunden als vermisst gemeldet. Da waren Sie aber noch zusammen."

„Ja, ich wusste, dass sie durchknallt. Es war mir klar, dass sie dann wieder abtauchen würde, das hat sie öfter gemacht. Da habe ich sie einfach, sozusagen, präventiv als vermisst gemeldet."

„Präventiv, klar." Müller schnaubte. „Besser wäre es gewesen, Sie hätten sich persönlich um sie gekümmert. Immerhin war Ihre Frau stark alkoholisiert."

„Die wollte es nicht anders."

Kommissar Müller hatte Schwierigkeiten, sein Pokerface, das seine Befragungen begleitete, aufrechtzuerhalten. Eine solche Form eines Geständnisses hatte er bisher noch nicht erlebt. Diese Offenherzigkeit überraschte selbst ihn als alten Hasen. Er verabschiedete sich von Frank Schulz mit dem Hinweis, er würde direkt das Protokoll formulieren, damit er, Schulz, es gleich unterschreiben könne. Bis dahin würde sein Kollege zu ihm kommen.

Müller war derartig überrumpelt, dass er seinen Kollegen Braun bat, die Aussage des Delinquenten schriftlich festzuhalten, sodass sie noch am Sonntagabend den Fall abschließen konnten.

Zu Hause angekommen, genehmigte sich Müller ein Glas guten Bordeaux, das hatte er sich wirklich verdient.

Henrike Madest
Christkinds letzter Advent

Remscheid-Lennep

„Mami, das Christkind hat Haare auf den Beinen." Aufgeregt sprang Nelly hin und her und zeigte auf das merkwürdig wirkende Wesen, das aussah, als sei es gerade vom Himmel gefallen, und vor ihnen über das Kopfsteinpflaster der Lenneper Altstadt stöckelte. Klack, klack, knick machte es ununterbrochen. 1,80 Meter groß, lange lockige engelsblonde Haare, auf denen ein goldenes Krönchen thronte, ein weißes, knielanges Spitzenkleid und darunter stachelige, muskulöse Beine.

Aus einigen Geschäften klangen leise Weihnachtslieder. Die Schaufenster in der Kölner Straße waren festlich dekoriert. Vor vielen der Läden standen Tannenbäume. Die meisten waren einfach an den Schiefer der Hauswände gelehnt. Geschmückt waren sie alle. Manche dezent und geschmackvoll passend zu den historischen Häusern mit den grünen Fensterläden. Andere zeichneten sich durch ein buntes Allerlei aus Plastik- und Blech-Schnickschnack aus. Natalie Suhrkamp liebte die Vorweihnachtszeit, genau wie ihre kleine Tochter. Nellys Begeisterung für das Christkind, das da vor ihnen herschwebte oder besser unsicher wackelte, konnte sie nicht teilen. An Karneval hätte sie die Verkleidung vielleicht noch lustig gefunden, für die Vorweihnachtszeit wirkte sie völlig unpassend. Aber jedem das Seine.

Sie brauchte noch ein paar kleine Geschenke, so etwas bekam man in Lennep. Eine besondere Teesorte mit Kandis, Duftkerzen oder Badezusatz. Die größeren Teile hatte sie längst online bestellt. Schade, dass es inzwischen so war, aber es machte einfach keinen Sinn, tagelang durch die Altstadt zu laufen oder in die Nachbarstädte zu fahren, um die passenden Teile zu suchen und zu erstehen.

„Mami, darf ich mit dem Christkind sprechen und ihm noch einen Wunsch zuflüstern?"

„Nein, Nelly, du siehst doch, es ist beschäftigt und scheint es eilig zu haben." Wie konnte man einer Sechsjährigen klarmachen, dass dieses Christkind in Wirklichkeit ein Mann war, der sich aus unerfindlichen Gründen in dieses Kostüm gezwängt hatte? In diesem Moment torkelte das Christkind, drehte sich unelegant um die eigene Achse und lag plötzlich vor ihnen auf dem nassen kalten Boden.

Schnell rannte Nelly zu ihm hin. Der Mann hatte sich auf den Rücken gedreht und stöhnte. Die Engelslocken waren verrutscht und schmutzig, unter der Perücke waren stoppelige dunkle Haare zu sehen. An den Augenlidern klebten künstliche Wimpern, die Augen waren glasig. Das Christkind murmelte irgendetwas Unverständliches.

„Hallo, ich bin Nelly, und ich wünsche mir einen kleinen Hund."

Das Christkind lächelte und schaute erst zu Natalie und dann zu der Kleinen. „Heavy, halte, huppi, süßer die Glocken. Danke, bitte. Du kriegst den Hund. Klar!"

Nelly strahlte ihre Mutter an. Die verdrehte die Augen nach oben und zog ihr Handy aus der Tasche. „Ich rufe einen Krankenwagen, bleiben Sie einfach liegen."

Es war kalt, höchstens drei Grad, und es hatte den ganzen Tag lang genieselt. Natalie fröstelte. Bestimmt war es unangenehm, auf dem eiskalten Kopfsteinpflaster zu liegen, auch wenn man vielleicht völlig zugedröhnt war. „Soll ich Ihnen hoch helfen?"

„Das geht schon alleine. Ist wie eine Schlittenfahrt." Er kicherte mit verzerrtem Gesicht. Dann, mühsam und keuchend, wuchtete sich das vermeintliche Christkind auf die Seite und kam, wenn auch fürchterlich wackelig, wieder auf die viel zu hohen Schuhe. Das Krönchen lag auf dem Boden. Nelly hob es auf und reichte es ihm höflich.

„Wo wollen Sie denn hin? Vielleicht können wir Ihnen den Weg zeigen?" Natalie wollte gern helfen, schließlich war bald Weihnachten.

Aber das Christkind winkte freundlich ab. „Ich hab doch himmlischen Beistand. Kling Glöckchen, schaffe ich schon. Halleluja. Amen."

Natalie überlegte, ob sie nicht doch einen Krankenwagen oder besser die Polizei rufen sollte. Oder sollte sie vielleicht direkt den Tannenhof, die psychiatrische Klinik im Nachbarstadtteil, informieren? Letztlich entschied sie sich dagegen, sie musste sich nicht um alles kümmern. Außerdem hatte sie noch viel vor. Nelly winkte dem Christkind zum Abschied zu und formte mit den Lippen noch mal den Wunsch nach einem kleinen Hund. Dann trottete sie hinter ihrer Mutter her.

In dem Stoff- und Spielzeugladen an der Wetterauerstraße war es angenehm warm. Im Hintergrund spielte die obligatorische Weihnachtsmusik, dann begann im Lokalsender die Werbung. Natalie stöberte ein bisschen in den rosafarbenen Kinderpullis und Jacken, die an einer Seite hingen. „Schau mal Nelly, gefallen die dir?"

„Geht so. Nö, rosa ist irgendwie doof. Sollen wir gleich noch mal nach dem Christkind gucken? Das macht bestimmt Spaß."

„Ach, das ist sicher schon weit weg."

Die Werbung im Radio war zu Ende. Eine junge, etwas zu quakige Stimme las die Lokalnachrichten vor: „Zunächst ein Warnhinweis der Polizei Wuppertal. Aus der forensischen Klinik ist am Vormittag ein Patient geflohen. Er gilt als sehr gefährlich. Wenn Sie ihn sehen, melden Sie sich bitte sofort bei der nächsten Polizeidienststelle. Die Beschreibung: 25 Jahre alt, 1,80 Meter groß, dunkle, sehr kurze Haare. Bekleidet ist er mit einem dunkelgrauen Trainingsanzug und Sportschuhen. Er hat allerdings einen Hang zu obskuren Verkleidungen, es kann also sein, dass er inzwischen ganz anders aussieht. Bitte sprechen Sie ihn auf gar keinen Fall an, er könnte bewaffnet sein."

Natalie Suhrkamp erstarrte. Gut, dass sie weg waren von dem Typen. Das war er bestimmt. Mein Gott, was alles hätte passieren können. Sie wählte die erwähnte Nummer, um der Polizei mitzuteilen, dass sie jemanden, auf den die Beschreibung passte, gesehen hatte. Dazu erwähnte sie direkt, wie er jetzt aussah und wohin er gegangen war. Die Lust am Shoppen war ihr vergangen. Im Radio dudelte „Last Christmas".

„Komm Nelly, wir gehen nach Hause. Wir haben morgen noch Zeit, etwas zu kaufen."

Inzwischen war es kälter geworden, und es hatte ganz leicht angefangen zu schneien. Am Turm der evangelischen Kirche war die Weihnachtsbeleuchtung eingeschaltet. Tausende kleine LED-Lämpchen verliehen dem Kirchturm einen märchenhaften Glanz. Natalie mochte diesen Anblick und spendete regelmäßig an den Verein, der die vielen Lichterketten instand hielt. Auf der Straße standen mehrere Leute, darunter ein älteres Pärchen und vier jüngere Männer. Sie tuschelten aufgeregt. Als sie an ihnen vorbeigehen wollte, wurde sie angehalten.

„Haben Sie eben auch den Typen gesehen, den in dem Christkindkostüm? Das ist bestimmt der aus der Forensik."

Natalie nickte. „Wir haben sogar mit ihm gesprochen. Ich habe schon die Polizei angerufen und Bescheid gegeben, dass hier in Lennep so jemand rumläuft. Vielleicht ist er das ja auch gar nicht."

„Er ist es ganz bestimmt. Der hat mich doch glatt gefragt, was ich mir zu Weihnachten wünsche, weil er doch das Christkind ist. Irre der Typ! Wir sollten unbedingt sofort etwas unternehmen. Die Polizei ist doch immer total überfordert. Wer weiß, ob sie ihn finden." Der junge Mann wirkte entschlossen und fuchtelte wütend mit den Armen. „Ich rufe noch ein paar Freunde an. Den kriegen wir schon, der wird hier in Lennep keinem was tun und schneller wieder hinter Gitter sein, als er gucken kann."

Er sah grimmig in die Runde. Seine Begleiter stimmten ihm zu. Natalie schaute das ältere Paar fragend an, aber die nickten nur. Komische Menschen. Sie zuckte mit den Schultern und beschloss, so schnell wie möglich nach Hause zu kommen. Ihr Auto stand auf dem Marktplatz, bis dahin waren es nur wenige Meter. Auch auf dem Lenneper Markt hatten sich ein paar Leute versammelt. Sie standen vor der kleinen Pizzeria, in die Natalie gern mit ihrer

Familie ging, wenn es etwas Besonderes zu feiern gab. Auch hier hörte sie aufgeregte laute Wortfetzen, wie: „... gefährlich!", „Wir müssen was tun!", „Die Polizei ist zu langsam!"

Selbstjustiz statt Plätzchenduft, Geschrei und Wut statt Frieden in der gemütlichen Altstadt. Natalie war fassungslos. Egal, was der Mann getan hatte, letztlich war er krank. Sie wollte sich auf keinen Fall an der Diskussion beteiligen oder gar bei irgendeiner Aktion mitmachen und stieg in ihr Auto. Sie fuhr Richtung Wupperstraße. Plötzlich stand der als Christkind verkleidete Mann vor ihrem Wagen. Sie konnte gerade noch bremsen, da warf er sich auf die Motorhaube und trommelte gegen die Scheibe. Seine Augen waren weit aufgerissen, er wirkte völlig irre.

Nelly kreischte vor Vergnügen. „Es ist das Christkind, es hat uns wiedergefunden. Lass es doch ins Auto! Vielleicht möchte es irgendwohin?"

Natalie bekam Angst. Der Mann schien noch verrückter als vorher, völlig wirr. Oder eben bekifft oder sturztrunken. Nein, das war er nicht, das hätte sie gerochen, aber mit Drogen kannte sie sich nicht aus. Hoffentlich hatte er keine Axt oder etwas Ähnliches dabei. Dann wären sie selbst im Wagen nicht sicher. Er schlug wieder gegen die Scheibe, die Perücke rutschte noch ein bisschen weiter vom Kopf, die kleine Krone kippte endgültig runter. Dann wurde er ruhig, rutschte zur Seite und fiel auf den Boden. Natalie atmete erleichtert auf. Das war gerade noch mal gut gegangen. Sie fuhr langsam an ihm vorbei und sah noch, wie er einen Arm nach oben streckte. Am Abend würde sie im Radio hören, wie die Sache ausgegangen war.

***

Ein Stück weiter, im Hardtpark, saß ein junges Mädchen auf einer der Holzbänke. Die Zweige der kahlen, fast schwarzen Bäume wirkten auf sie wie dünne, dunkle Knochen, die leise im Wind klapperten. Von den Rosenstöcken, die im Sommer in den schönsten Farben blühten, war nicht mehr viel zu sehen. Braune schiefe

Stängel, die in dem feuchten Boden vor sich hin gammelten. Spazieren ging hier heute keiner. Es war einsam und roch modrig nach Dezember. Nach Kälte und Tod.

Lena Meier war ihre Umgebung egal. Sie saß schon länger dort und schien ganz in sich versunken. Von der Aufregung im Ort hatte sie nichts mitbekommen. Sie beschäftigten ganz andere Sorgen. Ihre Augen waren feucht. Die Kälte kroch von unten empor, ihre Beine waren eiskalt, die Hände konnte sie kaum noch bewegen. Sie fror, fühlte sich aber unfähig, aufzustehen und von ihrer Bank wegzugehen. Hier hatte sie im Sommer oft mit Julius gesessen. Sie hatten nicht aufhören können, miteinander zu reden und Pläne zu schmieden. Zum ersten Mal war sie richtig verliebt. Lena hatte das Gefühl, ihren Seelenverwandten gefunden zu haben, obwohl er damals schon krank war. Mukoviszidose. Aber es war kein großes Problem, bis zum Herbst. Da wurde die Krankheit schlagartig schlimmer. Inzwischen brauchte er dringend eine Spenderlunge, und es gab quasi keine Chance, rechtzeitig eine zu finden. Jetzt lag er im Krankenhaus. Intensivstation! Endstation!

Ein Streifenwagen mit Blaulicht schoss die Wupperstraße entlang und fuhr Richtung Altstadt. Mehrere junge Männer rannten in dieselbe Richtung. Sie trugen Schlagstöcke, die meisten hatten die Kapuzen ihrer Jacken tief ins Gesicht gezogen. Sie schienen aufgebracht. Was war da wohl wieder los? Sie dachte wieder an Julius. Wenn er doch nur so laufen oder wenigstens wieder ganz normal gehen könnte. Was würde sie dafür geben. Sie seufzte. Dann war es vorbei mit der Ruhe.

Hinter ihr röchelte jemand. Sie drehte sich um und erstarrte kurz. Da stand schwer schwankend das Christkind beziehungsweise eine schlechte Parodie von ihm. Sie wusste nicht, ob sie lachen oder weinen sollte. Es war eindeutig ein junger Mann, und ihm ging es nicht gut. Er stützte sich mit den Händen auf die Lehne der Bank. Dann kam er herum und setzte sich neben sie.

„Hawe, sah. Do le. Weihnacht. Froh und munter!"

Er begann zu singen. Eine sehr seltsame Fassung von „O du fröhliche". Erst leise, dann immer lauter. Der Text war gar nicht schlecht, er persiflierte den Song. Damit könnte er auftreten, dachte sie, aber nicht in dem Zustand. Trotz ihrer Traurigkeit musste Lena ein bisschen schmunzeln, aber nur kurz. Gesund war der Kerl nicht. Er wirkte fiebrig und irgendwie durchgeknallt. Lena hatte kein gutes Gefühl. Sie überlegte, ob sie einfach gehen sollte. Aber schließlich hatte sie zuerst hier gesessen. Sie ließ ihn fertig singen. Nach der vorweihnachtlichen Darbietung war er still. Sie applaudierte leise. Er schaute sie an.

„Bist du traurig? Warum? Ich bin das Christkind. Ich kann Wünsche erfüllen."

„Schön wär's." Lena begann zu weinen. Das Christkind kam näher und legte einen Arm um sie. Das war ihr unangenehm, und sie rückte ab. Er rückte wieder näher. Jetzt machte er ihr Angst, sie hatte ein ganz schlechtes Gefühl und wäre am liebsten weggelaufen. Aber sie war wie gelähmt. Er nahm ihre Hand, und sie war unfähig, sie wegzuziehen.

„Hab keine Angst. Ich höre nur zu." Er fixierte sie mit starrem Blick.

Lena sah ihn an. Sie hatte eine Gänsehaut, die nicht nur von der Kälte kam. Aber letztlich war sowieso alles egal. Es würde guttun zu reden, auch wenn dieses seltsame Christkind sicher nicht helfen konnte. Stockend begann sie zu erzählen.

„Mein Freund ist schwer krank. Er hat Mukoviszidose. Unheilbar! Er braucht eine neue Lunge, er ist in der Klinik. Wahrscheinlich wird er Weihnachten nicht überleben. Und keiner kann ihm helfen. Ich wünsche mir, dass er wieder gesund wird."

Sie fing wieder an zu weinen.

„Wunscherfüllung gegen Essen, hast du was für mich?"

Lena kramte in ihrer Tasche, fand einen Müsliriegel und reichte ihn weiter. „Wie heißt du denn?"

„Na Chris natürlich, Chris Kind." Er stopfte den Riegel in Windeseile in sich hinein. Es schien ihm besser zu gehen. Wenigstens hatte sie ihm geholfen, auch wenn er wohl nichts für sie tun konnte. Inzwischen hatte sie auch keine Angst mehr vor ihm. Er stand auf, ein wenig unsicher, aber er stand.

„Ich muss dann mal, ich habe noch was vor. Ich muss auf die Bühne. Bye, bis bald, und ich werde alles tun, damit dein Freund gesund wird."

Er hob die Hand und ging zurück durch den Park. Lena sah im nach. Der Typ war echt gaga, aber irgendwie auch verrückt lustig, und seine Version von „O du fröhliche" war toll. Schade, dass es nicht das echte Christkind war. Trotz allem hatte ihr das Gespräch Mut gemacht. Vielleicht würde doch noch alles gut. Ein Weihnachtswunder wäre einfach großartig.

***

Natalie Suhrkamp war genervt. Bei dem ganzen Stress hatte sie tatsächlich ihre Tasche in dem Stoffladen stehen lassen. Jetzt musste sie dorthin zurück, wieder in die Altstadt, und das wollte sie gerade heute vermeiden. Immerhin konnte sie Nelly jetzt zu Hause lassen. Vielleicht war der Kerl ja auch längst festgenommen worden.

Auf dem Lenneper Marktplatz war die Hölle los. Mindestens 50 Menschen standen inzwischen herum. Die Stimmung war aufgebracht. Die Leute diskutierten, zeigten mit dem Finger in Richtung des Gemüsehändlers, der schon seit Jahrzehnten dort sein Geschäft hatte. Zwei Rettungswagen, ein Notarzt- und drei Polizeifahrzeuge standen davor auf den eingezeichneten Parkplätzen. Der Wind frischte auf, und die Weihnachtsbeleuchtung schaukelte aufgeregt in den Bäumen. Aus einer der umliegenden Kneipen hörte sie leise Chris Rea „Driving Home For Christmas" singen. Es war eines ihrer Lieblingslieder. Sie hoffte, dass der durchgeknallte Christmas-Typ trotz allem, was er angestellt hatte, heil nach Hause kam. Aber nach dem was sie hier sah, befürchtete sie, dass ihm etwas Schlimmes passiert war.

Sie fand einen Parkplatz und sprach eine Frau an, die am Rand stand. „Was ist denn hier los?"

„So genau weiß ich es auch nicht. Da lief so ein verkleideter Mensch durch die Altstadt und sang lauthals Weihnachtslieder. Verrückt, aber harmlos. Auf einmal kamen von überall her Leute, rissen ihn zu Boden und schlugen auf ihn ein. Ich verstehe das nicht. Er hat nichts gemacht, nur gesungen. Okay, er sah komisch aus, aber was soll's? Es kann doch jeder rumlaufen, wie er will."

Natalie schaute zu den Rettungswagen. Der eine fuhr bereits ab. Mehrere Polizisten waren damit beschäftigt, die Personalien einiger junger Männer aufzunehmen. Vier von ihnen wurden in die Polizeiautos verfrachtet. Unfassbar!

Der Notarzt stieg aus dem verbliebenen Rettungswagen. Er machte ein betroffenes Gesicht und schüttelte den Kopf. Das sah nicht gut aus. Natalie war geschockt. Dann sah sie, dass an dem Rettungswagen drei weitere Christkinder standen. Eindeutig alle männlich, mit ähnlicher Kostümierung wie „ihr" Christkind.

Sie wirkten völlig aufgelöst und hielten sich an den Händen. Als der Notarzt mit ihnen sprach, fing einer an zu weinen. Die anderen schlugen die Hände vor das Gesicht. Einer zog sich die Perücke vom Kopf. Er war immer noch blond, nur nicht mehr engelsgleich gelockt.

Natalie war verwirrt. Sie beschloss zu gehen. Die Situation war furchtbar, und es waren sowieso viel zu viele Schaulustige da. Sie ging, so schnell sie konnte, zu dem Geschäft mit den schönen rosa Klamotten, holte ihre Tasche, lief zurück zu ihrem Wagen und fuhr nach Hause.

Im Autoradio dudelte „Rudolph, the Red-Nosed Reindeer". Das war jetzt unerträglich. Sie wollte den Sender gerade wechseln, da wurde das Programm durch eine Eilmeldung unterbrochen.

Wieder die quengelige Stimme vom Nachmittag: „Wie wir soeben erfahren haben, kam es in Remscheid-Lennep zu einem furchtbaren Zwischenfall. Aus bisher ungeklärten Gründen haben mehrere Jugendliche einen Künstler der Kölner Travestie-Gruppe ‚The Grinches' angegriffen und tödlich verletzt. Nach ersten Angaben hatte der Mann starke gesundheitliche Probleme und war schon eine Stunde durch Lennep geirrt. Was die extremen Aggressionen ausgelöst hat und warum die jungen Leute den Mann erschlagen haben, wird jetzt untersucht. Vier Personen wurden festgenommen. Der für heute geplante Auftritt der Gruppe im Rotationstheater fällt aus. Und jetzt noch eine gute Nachricht. Der Mann, der heute morgen aus der Wuppertaler Forensik geflohen ist, wurde gefasst. Er hatte sich auf einer Parkbank in der Nähe schlafen gelegt und befindet sich nun mit einer schweren Unterkühlung in der Krankenstation der Einrichtung."

Natalie schaltete das Radio aus und schluckte. Was für eine grauenhafte Tat. Was für ein fürchterlicher Tag. Und das kurz vor Weihnachten.

***

Lena hatte sich zu Hause in eine Decke eingewickelt. Sie fror und wurde gar nicht mehr warm. Es war eine dumme Idee gewesen, sich am Tag zuvor so lange in der Kälte aufzuhalten. Zur Schule war sie nicht gegangen, so kurz vor den Ferien passierte dort sowieso nichts mehr. Sie wollte auch niemanden von ihren Freunden treffen. Kein Fernsehen, kein Radio, sie wollte von gar nichts mehr was wissen. Immerhin: Das Gespräch mit dem irren Christkind gestern hatte ihr gutgetan, sie war zumindest wieder ein bisschen optimistisch. Vielleicht würde ein Wunder geschehen. Das Christkind hatte es schließlich versprochen.

***

Einen Tag später. Das Handy klingelte. Es war Julius. Er war aufgeregt, atmete schwer und konnte kaum sprechen. „Du wirst es nicht glauben. Es hat sich tatsächlich ein Spender gefunden. Ich bekomme eine neue Lunge. Ich bin so glücklich!"

Lena begann zu weinen. Sie konnte es nicht fassen. „Das ist ja unglaublich, das ist die Rettung. Ich freue mich so!" Sie schluchzte vor Erleichterung. Sie merkte, dass Julius nach Luft schnappte. Die OP wurde höchste Zeit. „Weißt du, von wem die Lunge ist?"

„Ja! Ich habe es erfahren. Das ist allerdings nicht so schön. Ein junger Mann ist vor zwei Tagen in Lennep erschlagen worden. Er war als Christkind verkleidet und ist durch den Ort geirrt. Vielleicht hast du das ja irgendwie mitbekommen. Man weiß noch nicht warum, und es tut mir auch unendlich leid. Jedenfalls war er als Organspender gelistet. Man hatte ihn noch an Maschinen angeschlossen, um zu prüfen, ob jemand als Empfänger in Frage kommt." Er hustete wieder. „Ich muss aufhören. Ich liebe dich. Wir haben eine Zukunft!"

Lena starrte noch lange, nachdem er aufgelegt hatte, auf ihr Handy. Sie war glücklich, dass es einen Spender gab, aber musste es ausgerechnet dieser freundliche junge Mann sein und dann noch auf diese Weise? Jedenfalls hatte er richtig gelegen, er hatte ihr ein Wunder versprochen und nun gab es eins. Aber so hatte es keiner gewollt!

***

Natalies Familie hatte schon länger beschlossen, sich einen Hund anzuschaffen. Jetzt war es so weit. Es war schwierig gewesen, den kleinen Welpen bis Heiligabend zu verstecken. Schließlich hatte eine Freundin sich bereit erklärt, den kleinen Australian Shepherd für ein paar Tage bei sich aufzunehmen. Das würde das schönste Weihnachtsgeschenk für Nelly werden. Sie hatte immer wieder davon gesprochen, wie toll es sei, einen Hund zu haben. Als sie den Wunsch dem verkleideten Christkind zugeflüstert hatte, war der kleine Paule längst bei ihrer Freundin. Das würde ein schönes Weihnachten werden.

***

Zwei Tage später. Natalie hatte das Wohnzimmer festlich geschmückt, die ganze Familie saß zusammen. Sie schaute zu Nelly, die vor dem hell erleuchteten Baum saß und den kleinen Kerl vorsichtig streichelte. Eine gute Entscheidung. Ihre Eltern hatten ihr auch einen Hund geschenkt, als sie klein war, das hatte ihr gutgetan. Paul würde ab jetzt zur Familie gehören.

Nelly blickte zu ihr hoch und strahlte über das ganze Gesicht: „Siehst du, es war doch das Christkind, der Mann mit den haarigen Beinen. Er hat meinen Wunsch erfüllt. Ich habe jetzt einen eigenen Hund."

***

Drei Wochen später. Inzwischen war es Mitte Januar. Natalie hatte in der Zeitung gelesen, wann die Beerdigung war. Christian Kind war gerade mal 24 Jahre alt geworden. Um ihn trauerten sein Lebenspartner, seine Eltern, die Großeltern und eine Schwester. Eine eigene Anzeige hatte die Gruppe „The Grinches" aufgegeben. Dort stand etwas über Schwulenhass und Unverständnis für anders Lebende sowie die Hoffnung auf Toleranz und Gerechtigkeit. Im Radio hatten sie gebracht, dass den vier jungen Männern, die den Mann erschlagen hatten, der Prozess gemacht würde. Ihr Anwalt plädierte auf Totschlag. Für Natalie war es ein Mord. Ein absichtlicher Angriff auf einen offensichtlich wehrlosen Mann. Vielleicht war der Richter ja ihrer Meinung.

Es war Natalie ein Anliegen, dabei zu sein, wenn der junge Mann beerdigt wurde, auch wenn sie ihn im Grunde nicht kannte. Der Waldfriedhof in Wermelskirchen wirkte ruhig und friedlich. Es hatte kräftig geschneit. Große imposante Bäume säumten den Weg zum Grab. Ihre Äste bogen sich unter dem Schnee, manchmal rieselten ein paar Flocken herunter. Jeder Schritt auf dem weißen Untergrund knirschte und knarzte, als wolle er etwas über die Gemeinheiten im Leben verkünden.

Vor und hinter ihr gingen viele junge Menschen. Die meisten sahen alternativ oder künstlerisch angehaucht aus. Sie erkannte die drei anderen Mitglieder der Comedy-Gruppe. Sie weinten. Nette, weiche Jungs, die einen guten Freund verloren hatten. Der Pfarrer hatte über die grausame Tat gesprochen und über die gesundheitlichen Probleme des Opfers: Über seine Diabetes, die eigentlich gut eingestellt war, und dass ihm jemand aus Spaß eine falsche Pille untergeschoben hat. Eine Droge, die er noch nie genommen hatte. Und über den Hass in der Welt, über die unverständliche Reaktion einiger Menschen, die aus dem Nichts heraus einen Menschen töteten. *Hass war eben eines der grundlegenden Probleme der Zeit*, dachte Natalie. Jeder, der vermeintlich anders war, wurde angefeindet.

Neben ihr am Grab stand ein junges Pärchen, das sich an den Händen hielt. Er war sehr dünn und blass und trug eine OP-Maske. Beide hatten Tränen in den Augen. Sie begannen zu schluchzen, als die Urne von Christian Kind langsam in der Erde versank. Dann schauten sie sich an, und Natalie sah das verliebte Strahlen in ihren Augen. Es gab doch noch Hoffnung auf Frieden und Liebe in der Welt. Zumindest für einige. Sie warf eine Blume in das Grab. Es begann wieder zu schneien.

Raimund Schendler
Der Geist der Weihnacht

Solingen-Burg

Es ist mal wieder einer dieser Abende. Ich sitze im Rittersaal von
Schloss Burg und frage mich, warum ich mich zu diesem Blödsinn
habe überreden lassen. Eigentlich wollte ich es heute ruhig angehen lassen. Gestern hat der FC (also Köln, nicht dass hier Missverständnisse aufkommen) zum zigten Mal in dieser Saison
verloren und steht am Ende der Halbserie auf einem Abstiegsplatz.
Da ist meine Laune sowieso schon im Keller. Morgen ist Heiligabend und dann Weihnachten, und irgendwie artet das immer in
Stress aus. Heiligabend zur einen Omma ins Altenheim nach Ohligs, 1. Weihnachten zur anderen Omma in die Burgresidenz. Und
nun auch noch das.

Gestatten, Knäusel mein Name, Heribert Knäusel. Von Beruf
Pensionär. Und genau das ist das Problem. Nicht die Situation als
solche, sondern die Tatsache, dass ich nun viel Zeit habe. Meint
Mechthild, meine bessere Hälfte. Mechthild Knäusel, seit nun-
mehr vierzig Jahren mein angetrautes Eheweib. Und genau so
lange ist sie ein glühender Krimifan. Kein Abend ohne Krimi. Erst
im Fernsehen und anschließend … Ohne Krimi geht die Mimi halt
nie ins Bett, sagt Mechthild. Ich weigere mich aber hartnäckig,
sie deswegen so zu nennen. Mechthild ist eine Naturgewalt, da
ist nix mit Mimi.

Ich für meinen Teil verabscheue alles, was mit Krimi zu tun hat.
Liegt an meinem Beruf, also meinem ehemaligen. Als Polizist habe
ich genügend Leichen und Verbrechen gesehen. In meinem sauer
verdienten Ruhestand will ich eigentlich genau das haben: meine
Ruhe. Die Rechnung habe ich allerdings ohne meine Mechthild gemacht. Ihre Leidenschaft für alles, was mit Krimi zu tun hat, ist so

groß, dass sie ihre sämtliche Freizeit rund um dieses Thema plant. Und meine gleich mit. Ich hab ja jetzt Zeit. Sagt sie.

Der heutige Abend ist nur eins von vielen Beispielen für Mechthilds Auffassung von gelungener Freizeitgestaltung. Ein Krimidinner auf Schloss Burg. Ein Träumchen. Also Dinner lass ich mir ja noch gefallen, Essen ist *meine* große Leidenschaft. Das Brimborium drumherum brauch ich nicht. Aber Mechthild war so stolz, als sie mir heute Morgen die Karten überreicht hat. Quasi als vorgezogenes Weihnachtsgeschenk. Fragt sich nur, für wen. Es sei großes Glück gewesen, dass sie so kurzfristig noch welche bekommen hätte, verkündete sie. Ein historisches Krimidinner im Rittersaal von Schloss Burg, das wollte sie schon immer mal erleben. Damit steht endgültig fest, wen sie beschenkt hat. „Der Geist der Weihnacht" heißt das Stück, das heute zum Besten gegeben wird. Charles Dickens dreht sich wahrscheinlich im Grab um.

Apropos: Seine letzte Ruhestätte in der Westminster Abbey haben wir erst im Sommer besucht, auf unserer großen Krimitour durch England. Weitere Stationen waren Devon und Cornwall, wo wir auf den Spuren von Agatha Christie und Daphne du Maurier gewandelt sind. An einem der schönen Strände dort hätte ich mich gern in die Fluten gestürzt. Nicht, was Sie denken. Ich wollte einfach nur ein bisschen schwimmen. Aber nein, Krimi geht vor, meinte Mechthild. Krimi geht immer vor.

Unsere Tochter hat schon lange das Weite gesucht und lebt in Hamburg. Nach Solingen kommt sie höchstens zu Weihnachten. Dieses Jahr nicht mal das. Sie hat was anderes vor, meint sie. Wir reden nicht viel. Wenn ich ehrlich bin, haben wir das nie getan. Meine Arbeit als Polizist hat viele Opfer verlangt. Die Beziehung zu meiner Tochter ist eins davon.

So bleibt mir nur Mechthild. Freunde habe ich keine, und auch meine früheren Kollegen reißen sich nicht um meine Gesellschaft. Einen ollen Knörwel haben sie mich hinter meinem Rücken genannt. Die kommen nicht auf die Idee, mit mir auf ein Bier in eine Sportkneipe zu gehen oder zu einem Spiel vom FC nach Müngersdorf. So ein Fußballspiel ist auch wie ein Krimi, hab ich mal versucht, Mechthild einzureden, damit sie mitkommt. Hat nicht geklappt. Zu ihrem Krimikram muss ich immer mitkommen. Ich hab ja jetzt Zeit.

Nun sitze ich also im weihnachtlich dekorierten Rittersaal und warte auf das Krimidinner. Damit ich auch bestens im Bilde bin, hat Mechthild mich vorher mit den wichtigsten Fakten zu Schloss Burg vertraut gemacht. Die heutige Burg ist eine Rekonstruktion des Originals, das von den Grafen von Berg im 12. Jahrhundert errichtet wurde. Die Reiterstatue im Burghof stellt Engelbert dar, den Erzbischof von Köln und wohl einflussreichsten Bewohner von Schloss Burg. Seine Ermordung in einem Hohlweg bei Gevelsberg ist auf einem großen Bild hier im Rittersaal zu sehen. Ist im Moment schlecht zu erkennen, das Licht ist romantisch gedimmt.

Eine weitere erwähnenswerte Person, die hier aufgewachsen ist, ist Anna von Kleve, die später den englischen König Heinrich VIII heiratete. Die Ehe war nur von kurzer Dauer und wurde annulliert. Wenigstens durfte sie ihren Kopf behalten, was sie wohl ihrem Bruder zu verdanken hatte. Mit dem wollte es sich der olle Heini wohl nicht verscherzen.

Als Solinger Jung hab ich die ganzen Geschichten natürlich schon zigmal gehört, schließlich sind wir als Schüler klassenweise nach Schloss Burg gekarrt worden. Aber wenn Mechthild einmal ins Reden kommt, ist sie schwer zu bremsen. Die Geschichte vom Geist von Anna von Kleve, der hier spuken soll, nehme ich ihr aber nicht ab. Die Dame ist in England verstorben, da wird ihr Geist wohl kaum über den Teich hierhin geschwebt sein, um sein Unwesen zu treiben. Da ist mal wieder die Fantasie mit meiner Frau durchgegangen.

Wir haben einen guten Tisch erwischt, mit Blick auf die Fensteralkoven. Dass wir uns vorher verkleiden mussten, behagt mir allerdings gar nicht. Hätte ich das gewusst, wäre ich nicht mitgekommen. Da es sich aber um ein historisches Krimidinner aus der Zeit des Grafen Engelbert handelt, hat man alle Männer in ein

Wams gezwängt, während die Damen einen albernen Kopfschmuck verpasst bekommen haben, bestehend aus einem geflochtenen Kranz mit einem langen Tülltuch hintendran, das man sich keck um den Hals wickeln kann. Mechthild mit ihrem Doppelkinn sieht ziemlich albern damit aus, platzt aber beinahe vor Stolz. Ich platze auch beinahe, aber aus allen Nähten. Dieses blöde Wams ist viel zu knapp bemessen für meine Leibesfülle. Ich esse eben gern. Von daher freue ich mich schon auf das reichhaltige mittelalterliche Mahl, das uns auf den Speisekarten versprochen wird. Vier Gänge soll es geben, und mir würde der Magen auf den Füßen hängen, wenn er nicht in dieses Wams gequetscht wäre.

Irgendjemand bläst in ein Horn, und das Krimidinner beginnt mit seinem ersten Akt. Der erste Gang wäre mir lieber gewesen, aber so läuft das nicht bei einem Krimidinner. Mechthild und ich sind schon bei gefühlten tausend gewesen, von daher weiß ich ungefähr, was auf mich zukommt.

Das Ensemble betritt den Saal durch die Seitentür, alle sind in mittelalterliche Kostüme gewandet. Die Frauen tragen Kleider in grün, weiß und blau, die Männer braune oder weiße Hemden zu dunklen Hosen. Flötenmusik vom Band erklingt, und ein Bänkelsänger in auffallend grüner Jacke und die Schenkel betonenden roten Hose tritt auf, singt schief und klimpert auf einer Leier. Er huldigt dem Fürsten und lobpreist die Schönheit der Fürstin in hohen Tönen. Die beiden Darsteller tun geschmeichelt und entsenden einen Gruß in die Menge. Sie haben zu einem großen Weihnachtsbankett geladen. Hat man damals überhaupt schon Weihnachten gefeiert, frag ich mich. Na ja, die werden es wohl besser wissen. Ist auch egal. Irgendwie muss man den Weihnachtsschmuck hier ja einbauen. Außerdem heißt das Stück „Der Geist der Weihnacht".

Ich lehne mich, so gut es geht, in meinem Stuhl zurück und warte auf das Unausweichliche: Am Ende des ersten Aktes passiert ein Mord. Ist immer so. Danach kommt der erste Gang, dann wird wieder gespielt und so weiter, bis der Mörder überführt ist und alle satt und zufrieden nach Hause gehen. Auf diesen letzten Teil freue ich mich besonders.

Während die anderen Darsteller in ihrer Rolle vorgestellt und mit großem Bohei vom „Fürstenpaar" empfangen werden, schaue ich mich ein bisschen im Saal um. In einem der Fensteralkoven sitzt eine sehr schöne blonde Frau in einem auffälligen roten, bodenlangen Kleid. Sie schaut in meine Richtung, lächelt und winkt huldvoll. Meint die mich? Unsicher blicke ich hinter mich, ob da noch jemand sitzt, den sie begrüßt haben könnte, aber da ist niemand. Als ich wieder nach vorn sehe, ist die Frau fort. Wahrscheinlich gehört sie zum Schauspielensemble. Die anderen Akteure wandeln in diesem Moment durch die Tischreihen und begrüßen einzelne Zuschauer, als seien sie Gäste des Banketts.

Der erste Akt endet mit dem erwarteten Toten. Der Bänkelsänger, wohl auch der Vorkoster des Fürsten, nimmt einen Schluck aus einem goldenen Kelch, greift sich an den Hals, taumelt theatralisch einige Schritte nach links und dann nach rechts, ehe er in der Nähe der Seitentür zum Liegen kommt. Licht aus! Endlich, mir läuft schon das Wasser im Mund zusammen. Sobald die Schauspieler sich verkrümelt haben, wird der erste Gang serviert. Eine Kraftbrühe im Brotmantel, laut Speisekarte. Ein ähnliches Rezept hat Mechthild auch mal ausprobiert: Zwei Mangbrote aufgeschnitten und 'n Liter Instantbrühe reingekippt.

Das Licht bleibt aber lange aus, wie viel Zeit brauchen die denn, um die „Leiche" wegzutragen, denke ich bei mir, als mich der gellende Schrei einer Frau zusammenfahren lässt. Puh, damit habe ich nicht gerechnet. Das ist mal ein Schockeffekt wie aus einem Horrorfilm. Irgendjemand muss den Lichtschalter betätigt haben, denn es wird endlich wieder heller im Saal. Die „Leiche" liegt immer noch da. Das ist neu. Sonst ist die immer „entsorgt", damit man zum gemütlichen Teil des Abends übergehen kann. Wer mag schon essen, wenn da ein Toter rumliegt? Aber der Typ zieht seine Rolle knallhart durch. Nur wieso hat der jetzt ein Messer im Rücken stecken? Er hat doch aus einem vergifteten Becher getrunken.

Unruhe breitet sich im Publikum aus, und nun kommen auch die Schauspieler wieder durch die Tür, die ihnen als Bühneneingang dient. Eine junge Frau beugt sich zum Bänkelsänger hinunter und rüttelt ihn an der Schulter.

„Ist ein Arzt im Publikum?", ruft sie mit bebender Stimme.

Prost Mahlzeit, das fehlt jetzt noch. So, wie es aussieht, kann da auch kein Arzt mehr helfen, schätze ich. Das war's dann wohl mit der Brotsuppe. Mein Blick schweift durch den Saal, ob sich jemand erhebt, der erste Hilfe leisten möchte. Beim Fenster steht wieder die Frau im roten Kleid. Sie guckt mich an und schüttelt betrübt den Kopf. Der vor ihr sitzende Mann und einige weitere springen nun auf und bewegen sich auf den am Boden liegenden Bänkelsänger zu. Als mein Sichtfeld wieder frei ist, ist die Frau fort. Wie macht die das?

Die Männer haben den Leichnam fast erreicht, als plötzlich meine Mechthild aufspringt. „Stopp", brüllt sie, und ihre Stimme hallt von den Wänden wider, „niemand rührt irgendetwas an! Mein Mann ist Polizist, er übernimmt das weitere Geschehen."

Tut er das? Ich verharre reglos in meiner Position, ebenso wie die Männer und die Schauspieler, die sich gerade über die Leiche beugen wollten. Für den Rest im Saal scheint es der Ruf zum Aufbruch zu sein. Alle reden wild durcheinander, Stühle werden gerückt, Servietten fallen zu Boden. Ehe ich mich versehe, ist die mir Angetraute von meiner Seite gewichen und stürmt mit einer Behändigkeit, die ich noch nie bei ihr bemerkt habe, in Richtung der großen Flügeltüren, wo sie den Anwesenden mit ausgebreiteten Armen und ihrer walkürenhaften Gestalt den Weg versperrt.

„Niemand verlässt den Saal", donnert sie, „bevor mein Mann den Fall gelöst hat."

Ich versinke derweil in meinem Wams, das mir mit einem Mal ein paar Nummern zu groß geworden ist. Eigentlich wollte ich nur in Ruhe sitzen, um es mal mit Loriot zu sagen. Das hier entwickelt sich gerade zu einem Riesendesaster. Ich bin nur ein stinknormaler Streifenpolizist gewesen. Ich habe Tatorte höchstens mal abgesperrt und dafür gesorgt, dass niemand diese Absperrung missachtet. Von wegen: „Ich bin hier immer hergegangen und lasse mir das nicht verbieten." Das gab es bei mir nicht, da war ich hart. Die Aufklärung hab ich aber lieber den Kollegen von der Kripo überlassen – und das aus gutem Grund. Im Kombinieren bin ich eine glatte Null. Als ich Mechthild anschaue, merke ich, dass sie es todernst meint. Sie erwartet wirklich von mir, dass ich diesen Mord aufkläre.

Aus einer Ecke ruft jemand, man solle doch bitte die „richtige" Polizei verständigen. Gute Idee, nur leider mussten wir alle beim Eingang unsere Handys abgeben, um den „Rahmen authentisch zu halten", wie es der wie ein mittelalterlicher Page gekleidete Herr ausdrückte, der uns empfangen hat. Und Mechthild sieht mir nicht aus, als sei sie gewillt, jemanden zum Telefonieren hinauszulassen. Nicht mal mich, ich soll ja den Fall aufklären.

Beim Fenster steht wieder die Frau im roten Kleid, die mir aufmunternd zunickt und mit einer Geste zu verstehen gibt, dass ich die Geschicke nun in meine Hand nehmen soll. Die traut mir ja so einiges zu, wo sie mich doch gar nicht kennt. Ich bedeute ihr mit einem Kopfschütteln, dass ich dazu nicht imstande bin, aber der Platz beim Fenster ist leer. Wie macht die das immer?

Hilft ja alles nicht, denke ich. Ich hab Hunger, und wenn ich heute Abend irgendwann noch was zu essen kriegen will, sollte ich langsam loslegen. Also begebe ich mich zum Leichnam, wo die Schauspieler immer noch beisammen stehen und ähnlich ratlos aus der Wäsche gucken, wie ich mich fühle.

„Weiß jemand, wie das Opfer heißt?", höre ich mich selbst sagen. Natürlich wird es einer wissen, schelte ich mich sofort. Die haben ja bestimmt mit ihm geprobt.

„Thomas Schneider", antwortet eine der Schauspielerinnen, eine junge Frau in blauem Kleid. Sie gibt die Fürstin in dieser schrecklichen Vorstellung, erinnere ich mich. „Er studiert Germanistik an der Uni Wuppertal. Studierte, meine ich. Er gehört erst seit einigen Wochen zu unserem Team."

Das ist doch schon mal eine zufriedenstellende Information. Mit der ich leider gar nichts anzufangen weiß. „Ist einer von Ihnen näher mit ihm bekannt?", frage ich.

„Das bin dann wohl ich", erwidert die „Fürstin". „Ich kenne ihn aus dem Studium. Durch mich ist er an den Job hier gekommen. Heute war übrigens sein erster Einsatz."

„Was können Sie mir sonst über ihn erzählen?"

„Nicht viel, fürchte ich. Er hat in Wuppertal gewohnt und war ein großer Krimifan."

Och nö, nicht noch so einer. Ich kann mich gerade noch unter Kontrolle halten. „Wie heißen Sie?", frage ich die „Fürstin".

„Carola. Carola Singer. Und Sie sind?"

„Entschuldigung. Knäusel. Heribert Knäusel." Meinen nicht mehr aktuellen Dienstgrad lasse ich lieber unter den Tisch fallen.

Das Publikum findet unsere Vorstellung offenbar langweilig, im Saal wird es langsam wieder unruhig. Vielleicht haben die Leute aber auch einfach Hunger, so wie ich. Da wird man schon mal zum Elch. Nur haben es diese Elche gerade auf meine Mechthild abgesehen und nähern sich ihr bedrohlich. Noch gelingt es ihr, die Meute mit ihrem strengen Blick unter Kontrolle zu halten. Wenn Mechthild streng guckt, gehen selbst die härtesten Kerle in Deckung. So betrachtet wäre sie von uns beiden der bessere Polizist gewesen.

Bleibt zu hoffen, dass die „richtige" Polizei – eine Frechheit eigentlich – bald eintrifft. Doch beim Blick aus dem Fenster fällt mir auf, dass es mittlerweile begonnen hat zu schneien. Typisch, immer wenn man weiße Weihnacht so gar nicht gebrauchen kann. Jedenfalls würde sich die Anfahrt zum Schlossberg nun schwieriger gestalten. Auf Unterstützung von außen kann ich also vorerst nicht zählen. Falls überhaupt schon jemand die Kollegen benachrichtigt hat. Das Küchenpersonal vielleicht. Inzwischen ist die Kraftbrühe wahrscheinlich schon durch den Brotlaib gesuppt. Ich sollte mich besser beeilen mit meinen Ermittlungen, sonst sitzen wir 2. Weihnachten noch hier rum. Ohne Brot.

Ich betrachte das Messer näher, das im Rücken des Opfers steckt. Ein ganz normales Solinger Messer, das gleiche liegt an meinem Platz, wo es auf seinen Einsatz beim Hauptgericht wartet. Weihnachtstruthahnkeule mit Rotkohl. Am Schaft der Tatwaffe klemmt ein Stückchen weißer Stoff. Blitzgescheit kombiniere ich, dass der Mörder vermutlich eine Serviette oder ein Stofftaschentuch benutzt hat, um zu verhindern, dass Fingerabdrücke auf den Griff des Messers gelangen. Ich schlendere unauffällig durch die Reihen und suche nach dem Platz, bei dem Messer und Serviette fehlen.

Am anderen Ende des Saals steht die Frau im roten Kleid und winkt mir zu. Ich kämpfe mich durch die Menschenmenge, bis ich bei ihr ankomme. Natürlich hat sie in der Zwischenzeit, wie die Male zuvor, das Weite gesucht. Ich weiß wahrhaftig nicht, was sie sich von diesem Verhalten verspricht. Kopfschüttelnd besehe ich mir den Tisch und stelle fest, dass zwar keine Serviette aber sehr wohl ein Messer fehlt.

Ich nehme all meinen Mut zusammen. „Wer hat an diesem Platz gesessen?", frage ich mit bemüht herrischer Stimme. Mechthild auf ihrem Posten an der Tür nickt mir aufmunternd zu und kneift die Augen zusammen. *Du machst das schon*, soll das wohl heißen. Da bin ich mir nicht so sicher.

Eine Frau mittleren Alters faucht mich wütend an: „Da sitze ich. Aber ich wüsste nicht, was Sie das angeht."

„Das geht mich eine Menge an", blaffe ich zurück. „Bei Ihrem Platz fehlt das Messer, und ich wüsste gern, wo es steckt." Eigentlich weiß ich es. Im Rücken des Bänkelsängers. Aber man muss ja nicht gleich mit der Tür ins Haus fallen.

Der Frau scheint allerdings klar zu sein, worauf ich mit meiner Frage hinauswill. „Verdächtigen Sie mich etwa, Sie Möchtegern-Columbo?", keift sie mit hoher Stimme. „Ich habe keine Ahnung, wo das verdammte Messer abgeblieben ist. Ich habe es jedenfalls nicht angerührt."

Ich merke, dass weitere Fragen zu nichts führen werden, also belasse ich es dabei. Sie hat ja auch kein ersichtliches Motiv, und der Weg von hier bis zu der Stelle, wo der junge Student sein Leben verloren hat, ist ziemlich weit. Wer hätte überhaupt ein Interesse daran, ihn aus dem Weg zu räumen? Sein gesanglicher Vortrag ist nicht der beste gewesen, deswegen muss man ihn aber nicht gleich ermorden. Nicht mal der Sänger in den Asterix-Heften, Troubadix, wird von den Dorfbewohnern gelyncht, wenn er seine Leier zupft.

Aus dem Augenwinkel nehme ich wahr, wie sich ein paar junge Männer zusammenrotten und in Richtung Ausgang auf meine Mechthild zuwalzen. Das geht nun aber zu weit. Ich ziehe mein nach oben verrutschtes Wams zurecht und mache mich auf den Weg, meine Angetraute mit meinem Leben zu verteidigen. Mechthild denkt jedoch nicht daran, sich von einer Horde Halbstarker einschüchtern zu lassen, und lässt grimmig ihre rechte Faust in die linke Handfläche klatschen. Das beeindruckt die fünf Machos nur wenig, sie halten weiter auf meine Mechthild zu. Die macht sich wie ein Wrestler bereit für den unvermeidlichen Aufprall, als ihr einige Frauen aus dem Publikum zur Seite springen. Eine Gruppe Kampfamazonen mit Flechtkranz und Schleier, zum Äußersten bereit. Man darf weibliche Solidarität nie unterschätzen.

„Hedwig, geh zur Seite", ruft ein hutzeliges Männchen einer der Damen zu, doch die Angesprochene gibt nur ein verächtliches Schnauben von sich.

Drei weitere Frauen lösen sich aus der Menge und gesellen sich zu den kampfbereiten Walküren an der Flügeltür. Das wiederum wollen die verbliebenen Männer nicht auf sich sitzen lassen und rotten sich nun ebenfalls zusammen. Herrje, das kann nicht gut ausgehen. Was soll ich jetzt machen? Die Männer drängen die Frauen gegen die hölzernen Flügeltüren und versuchen, sie beiseite zu schieben, um nach draußen zu gelangen. Mechthild und die anderen Damen halten weiter stand. Fragt sich nur, wie lange. Auch die Frau im roten Kleid und die anderen Schauspielerinnen haben sich dazugesellt. Zwei Männer ziehen an den Armen meiner Mechthild und versuchen, sie von der Tür wegzuzerren.

„Nehmen Sie sofort die Hände von meiner Frau", rufe ich, werde jedoch ignoriert.

Jetzt reicht es aber. Ich kremple entschlossen die Ärmel meines Hemds auf und stürze mich mutig ins Getümmel. Die armen Frauen werden inzwischen nicht nur von den Männern von vorn traktiert, sondern auch noch von der Flügeltür, die ihnen in rhythmischen Schwüngen in den Rücken donnert.

„Aufmachen, Polizei!", höre ich es von draußen rufen.

Ich rangele derweil verschwitzt mit der „Fürstin", Carola Singer, die mein Eingreifen wohl falsch verstanden haben muss. Beim Versuch, ihren Arm festzuhalten, reißt der Ärmel ihres blauen Kleides, und ein weißes Stofftaschentuch segelt zu Boden. Zeitgleich stürzen wir zu Boden. Ich greife schnell nach dem Tuch.

In diesem Moment brechen sich die Polizisten Bahn und poltern in den Rittersaal. Sie werden als weitere Raufpartner von der Menge willkommen geheißen. Ich wälze mich auf die Seite und bringe mich in Sicherheit. Die Szene hat etwas von einer der üblichen Keilereien, wie sie in jedem Asterix-Heft vorkommen. Meine Mechthild sprengt gerade wie Obelix eine Horde Männer beiseite, um sich aus deren Klammergriffen zu befreien.

„Mechthild, Mechthild!", schreie ich und halte aufgeregt das weiße Tuch in die Höhe. „Ich hab den Mord aufgeklärt."

Diesmal werde ich nicht ignoriert. Die Meute verharrt in ihrer Bewegung und sämtliche Köpfe wenden sich in meine Richtung. So viel Aufmerksamkeit hat man mir in fünfundvierzig Dienstjahren nicht geschenkt.

„Heribert, was tust du denn hier?", fragte einer meiner früheren Kollegen verblüfft und lässt den Mann los, den er gerade noch im Schwitzkasten hatte.

„Einen Mordfall lösen", erwidere ich lässig. Ein bisschen stolz bin ich schon auf mich.

„Ich weiß gar nicht, was hier überhaupt los ist", sagt mein ehemaliger Kollege hilflos.

Ich berichte vom Krimidinner, dessen fiktiver Mord sich als

echter entpuppt hat, davon, wie die Situation eskaliert ist und wie es mir gelungen ist, den Mörder zu überführen.

„Es war die Fürstin mit dem Messer im Rittersaal", verkünde ich und deute auf Carola Singer. „Wenn ihr den Leichnam untersucht, werdet ihr feststellen, dass am Schaft des Messers ein Stück Stoff klemmt. Ich verwette meine Pension darauf, dass dieses Stückchen Stoff zu dem des Taschentuchs passt, das ich soeben bei der Verdächtigen ... sichergestellt habe." Triumphierend strecke ich meinen Zuhörern das weiße Tuch entgegen, bei dem gut sichtbar ein Stück abgerissen ist. Erst jetzt fallen mir die roten Spritzer darauf auf. „Und ich verwette Mechthilds Rente darauf, dass es sich bei diesen roten Spritzern um Blut handelt, das vom Opfer stammt."

„Mein Heribert", ruft Mechthild voller Stolz und hält die falsche Fürstin fest, die sich soeben aus dem Raum schleichen will.

„Lass mich los, du dicke Walküre", keift Carola und windet sich.

Mechthild verstärkt ihren Griff. „Ich geb dir gleich dicke Walküre."

Einer meiner Ex-Kollegen, dem die Verwirrung deutlich im Gesicht abzulesen ist, übernimmt die junge Frau. „Ich weiß zwar nicht warum, aber ich verhafte Sie mal wegen Mordes an ... wem auch immer."

„Thomas Schneider", helfe ich ihm mit dem Namen des Opfers aus. „Warum musste der arme Mann sterben?"

Carola Singer sackt in sich zusammen und bricht in Tränen aus. „Er wollte mich abservieren", schluchzt sie. „Er hat sich nur deshalb an mich rangewanzt, weil er eine Rolle in unserem Stück wollte. Während wir durch die Reihen gegangen sind, um die Zuschauer zu begrüßen, habe ich unbemerkt eins der Messer an mich genommen. Als dann das Licht ausging, habe ich Thomas, ehe er aufstehen konnte, das Messer in den Rücken gerammt."

Du liebe Güte, so viel Theater wegen verschmähter Liebe. Die Jugend von heute. Meine ehemaligen Kollegen führen die falsche Fürstin aus dem Saal. Mechthild fällt mir um den Hals, so dass wir beide beinahe umkippen. „Mein Heribert, ich bin so stolz auf dich."

Der Rest der Leute applaudiert. Vergessen ist die Rauferei noch vor wenigen Minuten. Einige klopfen mir anerkennend auf die Schulter.

„Ach, das war doch nichts", wehre ich verlegen ab und fühle, wie ich rot werde. „Ich hatte ja Hilfe." Mechthild und die anderen Frauen werfen sich in Pose. „Ja, euch natürlich auch."

„Ich danke euch für eure tatkräftige Unterstützung", wirft meine Angetraute ein.

„Ach, das war doch nichts", wiederholt die älteste der Damen meine Worte und macht eine wegwerfende Handbewegung. „Wir wollten immer schon mal Teil einer handfesten Krimigeschichte sein. Wir haben nämlich so einen kleinen Krimiclub gegründet."

„Krimiclub?" Da wird meine Mechthild natürlich hellhörig. „Was macht ihr denn da so?"

„Och, nix Besonderes", meint die Dame, Hedwig, wenn ich mich richtig an ihren Namen erinnere. „Wir nehmen uns gern ungelöste Verbrechen der älteren und jüngeren Geschichte vor und versuchen, die Tat aufzuklären. Wir treffen uns immer mittwochs bei mir zu Hause. Wenn du Lust hast, kannst du gern dazustoßen."

„Oh ja, das wäre toll", freut sich Mechthild, und ihre Wangen färben sich glühend rot. „Woll, Heribert, das ist was für uns. Äh, ich meine, Männer sind doch willkommen, oder?"

„Klar", gibt sich Hedwig großzügig. „Wo dein Mann so ein knallharter Ermittler ist."

Darauf sage ich lieber nichts. „Wo ist eigentlich die Frau im roten Kleid abgeblieben?", fällt mir mit einem Mal ein. „Ich wollte mich noch bei ihr bedanken. Sie hat mich auf die richtige Fährte geführt."

„Was für eine Frau im roten Kleid?", will Mechthild wissen. Würde ich sie nicht so gut kennen, könnte ich glatt glauben, sie klingt ein bisschen eifersüchtig.

„Na ja, so eine schöne blonde Frau. Sie trug ein langes, rotes Kleid. Ihr müsst sie doch auch gesehen haben."

„Lieber, hast du Fieber?", fragt Mechthild und fühlt besorgt meine Stirn. „Hier gibt es viele Frauen, aber keine in einem langen, roten Kleid."

Ich schaue durch den Saal, kann sie aber nirgends entdecken. „Doch, natürlich. Wahrscheinlich gehört sie zum Ensemble."

Die Schauspieler sehen mich an, als hätte ich sie nicht mehr alle, und schütteln den Kopf. Keine der Akteurinnen hat ein rotes Kleid getragen.

„Das kann doch gar nicht sein", sage ich verwirrt.

„Vielleicht war es der Geist von Anna von Kleve", feixt Mechthild und knufft mich in die Seite.

„Ja", brumme ich, „oder der Geist der Weihnacht."

Andreas Struve
Ein Weihnachtspaket

Wuppertal-Vohwinkel

Vohwinkel, die freundliche Ecke Wuppertals
Es war noch verdammt früh. Und natürlich regnete es, als Paul
Gress aus seinem Küchenfenster auf die Straße blickte. Aber der
Kaffee war gut, und die kleine Kerze verströmte ein wenig weih-
nachtliche Gemütlichkeit. Kriminalhauptkommissar Gress mochte
diese morgendliche Stille. Er hatte endlich mal ein paar Tage frei.
Im Präsidium war zum Glück nichts los. Keine Leiche, nichts Aku-
tes. Es war Weihnachten.

Heute, am zweiten Feiertag, war er wie jedes Jahr zum Mittagessen bei seiner Tochter in Wichlinghausen eingeplant. Die war
alleinerziehend und musste am Heiligabend sowie am ersten Feiertag arbeiten. Nachher würde sie mit seinen zwei Enkelkindern
darauf warten, dass er wie gewohnt den Weihnachtsmann gab. Eigentlich war das nicht sein Ding, aber was tat man nicht alles dafür,
die Augen der Kleinen strahlen zu sehen.

Es war noch zu früh für den Bäcker, aber er war nun mal ein
seniler Bettflüchter und konnte selbst an freien Tagen nicht länger
als bis halb sieben schlafen. Er sah auf die Uhr. Gegen neun würde
er im Backhaus den bei seiner Tochter so heiß begehrten „Tante
Grete Geburtstagskranz" kaufen. Zeit für einen Zweitkaffee.

Kurz vor neun zog er die Regenjacke an und wollte gerade das
Haus verlassen, als sein Telefon klingelte. Michalzik, sein Partner.
Gress verdrehte die Augen. Das verhieß nichts Gutes. Er überlegte
kurz, ob er den Anruf ignorieren sollte, schließlich hatte er Urlaub.
Aber pflichtbewusst, wie er war, ging er ran.

„Was gibt's? Schöne Weihnachten noch."

„Dir auch. Wir haben eine Leiche."

„Och nee, nicht jetzt! Die ist doch schon tot. Kann bestimmt warten", meinte Gress, wohl wissend, dass man eine Leiche nicht warten ließ. Er stöhnte. „Und wo?"

„Du wirst es nicht glauben. Bei dir um die Ecke. Sie hängt unter dem Tannenbaum vom Schwebebahngerüst, mitten auf dem Kaiserplatz."

„Was? Du machst Witze!"

„Nein, ich schick dir ein Foto. Könntest du dich bitte darum kümmern? Es ist doch gleich bei dir nebenan."

Pling! Das Foto war da. Da hing tatsächlich ein Mann an einem Strick unterhalb des beleuchteten Tannenbaums am Schwebebahngerüst. Etwas unpassend erschien der Spruch, der auf das grüne Gerüst gepinselt war: „Vohwinkel, die freundliche Ecke Wuppertals".

„Unsere Leute sind schon vor Ort."

„Mord oder Suizid?"

„Keine Ahnung. Sieh es dir wenigstens an Paul, bitte."

Gress knurrte etwas Unverständliches und legte auf. Was war mit den Menschen los? Konnten die nicht bis nach Weihnachten warten, um sich umzubringen? Auf ein, zwei Tage mehr oder weniger kam es doch nun wirklich nicht an. Er griff zum Telefonhörer, rief seine Tochter an, erzählte, was passiert war, und vertröstete sie auf den Abend. Dann verließ er das Haus.

***

Gress sah die von den Scheinwerfern der KTU angestrahlte Leiche schon von Weitem. Sie pendelte ein wenig hin und her. *Irgendwie wie ein Hampelmann*, dachte Gress und erwischte sich beim Grinsen.

Der horizontale Regen sprühte ihm ins Gesicht. Als er am Kaiserplatz ankam, waren seine Kollegen gerade dabei, das „Weihnachtspaket", wie sie es nannten, herunterzuholen. Dabei wurden sie von einer für diese Tageszeit ungewöhnlich großen Menge an Gaffern beobachtet. Wo kamen die Leute bloß alle her? Es war doch Weihnachten. Gress schüttelte den Kopf. Ein junger Mann, der

Brötchen holen wollte, hatte das „Weihnachtspaket" als Erster entdeckt. Zunächst hatte er es für einen dieser kletternden Weihnachtsmänner gehalten, die seit ein paar Jahren in Mode waren. Aber dann hatte er noch einmal genauer hingeschaut und die Polizeiwache aufgesucht. Die Kollegen hatten den Kaiserplatz sofort abgesperrt.

Gress überlegte, was mit der Schwebebahn war. Er hatte noch keine gehört oder gesehen.

Wie war der Mann überhaupt da hochgekommen? Gress ließ seinen Blick über das Gerüst schweifen. Dann wies er einen Beamten an, die Überwachungskameras an der nahen Endstation der Schwebebahn zu checken.

Als der Leichnam heruntergeholt und in die Zinkwanne gelegt worden war, betrachtete Gress den Mann. Er kannte ihn. Es war sein Zahnarzt, Dr. Koslowski. Und das Verrückte war, dass er nach Weihnachten, also übermorgen einen Termin für eine Wurzelbehandlung bei Dr. Koslowski gehabt hätte.

Gress betrachtete die Leiche. Bis auf die Strangulationsmale, die der Strick hinterlassen hatte, war nichts zu erkennen. Sprung, Genickbruch, fertig! Warum nimmt sich jemand auf diese Art das Leben? Gress war ratlos.

Dr. Koslowski hatte bei Gress' letztem Termin keinen suizidgefährdeten Eindruck gemacht. Im Gegenteil. Gress erinnerte sich noch, dass sie sich über schnelle Autos unterhalten hatten, weil Koslowski mit dem Gedanken spielte, sich einen dieser neuen E-Porsche zuzulegen. Auch sonst schien der Mann mitten im Leben zu stehen. Die Praxis war erst vor Kurzem aufgepeppt worden und machte einen äußerst modernen Eindruck. Bei seinem ersten Besuch hatte Gress noch überlegt, ob er hier überhaupt richtig war, denn mit seinen uralten Amalgamfüllungen und der etwas wackeligen Unterkieferprothese schien er nicht so ganz in das Schönheitskonzept des Zahnarztes zu passen. Der Mann warb mit ästhetischen Korrekturen im Bereich der Frontzähne sowie Laserbehandlungen. Und jetzt hing er tot am Gerüst der Schwebebahn. Das passte nicht zusammen.

Dr. Koslowski, so viel wusste Gress, war unverheiratet, hatte keine Kinder und wohnte in einer alten Villa an der Herderstraße. Er beschloss, gleich morgen früh die Praxis aufzusuchen. Heute war Feiertag, da würde dort sowieso niemand sein.

Die Frage, die Gress nicht mehr aus dem Kopf ging, war, warum der Doktor ausgerechnet am zentralsten Platz in Vohwinkel gehangen hatte. Wenn es Suizid war, was wollte er damit mitteilen? Und wenn es Mord war? Aber wer hängte jemanden an das Schwebebahngerüst am Kaiserplatz und warum?

Gress fuhr in die Herderstraße und klingelte an dem schönen alten Jugendstilhaus.

Niemand öffnete. Die Fenster waren dunkel. Kein Weihnachtsschmuck, kein beleuchteter Weihnachtsbaum, nichts deutete darauf hin, dass auch hier Weihnachten gefeiert wurde. Der Porsche Carrera mit dem „H" im Kennzeichen stand vor dem Haus, als wollte der Besitzer gleich losfahren.

Gress fuhr zu seiner Tochter. Morgen war auch noch ein Tag.

Zwischen den Tagen

Er hasste diesen Zahnarztgeruch, der mit jeder Treppenstufe intensiver wurde. Dadurch wurden bei ihm Urängste geweckt. Gress klingelte. Frau Merseburger, die Frau, die in der Praxis an der Rezeption saß und den Laden zu steuern schien, öffnete. Sie hatte durch eine zusätzliche Schicht Make-up offenbar versucht zu verbergen, dass sie sich die Augen ausgeheult hatte. Gelungen war es ihr nicht. Sie knurrte Gress an, dass die Praxis heute geschlossen habe. Der Chef sei nicht da.

„Tut mir leid, ich möchte Ihnen nur ein paar Fragen stellen", sagte Gress.

„Von mir werden Sie nichts erfahren! Ich rede nicht mit der Presse!" Sie sah ihn feindselig an.

Gress zückte seinen Dienstausweis und stellte sich vor. Frau Merseburger nahm den Ausweis genau in Augenschein und brach in Tränen aus.

„Es ist so furchtbar!"

„Ich weiß, aber ich brauche trotzdem ein paar Informationen."

Sie nickte und schnäuzte in ein schon völlig durchnässtes Papiertaschentuch.

„Hatte Ihr Chef Feinde oder besonders aggressive Patienten in der letzten Zeit?"

Merseburger schüttelte den Kopf und fing wieder an zu schluchzen. Es war nicht zum Aushalten. Gress verdrehte die Augen.

„Könnte ich mal einen Blick in seinen Terminkalender werfen? Vielleicht hilft uns das weiter."

Sie machte eine Bewegung, die wohl heißen sollte, er möge zu ihr hinter die Anmeldung kommen.

Gress nahm Platz und erblickte auf dem Bildschirm ein Terminprogramm, das nicht viele Lücken aufwies. Der Doktor hatte scheinbar gut zu tun gehabt. Gress klickte sich durch die Tage und stellte Merseburger einige Verständnisfragen. Dann fiel ihm auf, dass auch nach der offiziellen Praxiszeit einige Termine notiert waren. Zweimal tauchte in den letzten Wochen das Kürzel „Boxpart" auf. Gress fragte, was das sei, woraufhin die Frau sich wand wie ein Aal. Die Frage war ihr sichtlich unangenehm.

„Das kann ich Ihnen nun wirklich nicht sagen", wich sie aus.

„Warum nicht? Ihr Chef ist tot, da nutzt die Geheimniskrämerei nichts mehr. Sie wollen doch auch, dass wir herausfinden, was passiert ist. Also?" Gress wartete und konnte sehen, wie es in Merseburgers Kopf arbeitete.

„Also, ich weiß nicht. Es geht dabei um mehrere Patientinnen von uns. Nein, ich darf es Ihnen nicht sagen", befand die störrische Rezeptionsdame.

„Ich kriege es sowieso raus. Also machen Sie es mir doch nicht so schwer."

Merseburger knetete ihr Taschentuch und begriff, dass es sinnlos war, wenn sie mit diesen Dingen hinter dem Berg hielt. „Also gut. Es ist eine Party."

„Party? So mit Sex and Drugs and Rock 'n' Roll?"

Auf Merseburgers Gesicht schlich sich ein leichtes Lächeln. „Nur eins davon."

„Jetzt rücken Sie schon raus mit der Sprache."

„Drugs."

„Drugs?"

„Gewissermaßen. Es war eine Botoxparty."

Gress hatte schon viel gehört, aber eine Botoxparty war ihm noch nicht untergekommen. Ihm fehlte die Vorstellung, was genau das sein sollte. „Was ist eine Botoxparty?"

„Sie leben aber wirklich hinterm Mond. Dabei handelt es sich um, sagen wir, eine kleine Feier zur Faltenbehandlung. Meistens treffen sich Frauen mit einem Arzt oder Heilpraktiker, um sich Botox gegen Falten spritzen zu lassen. Sollten Sie auch mal dran teilnehmen."

Gress kam sich vor wie der letzte Schrumpfkopf. „Danke, habe verstanden. Wie lange macht der Doktor das schon? Haben Sie da auch mal dran teilgenommen?"

„Man tut, was man kann. Der Doktor hat es mir einmal als Anerkennung für meine Tätigkeit hier geschenkt. Sonst wäre es mir zu teuer gewesen, verstehen Sie?"

Gress nickte. „Kann man denn damit so viel Geld verdienen?"

„Je nachdem, wer eingeladen ist und wie viel gemacht wird, kommt da einiges zusammen. Meistens handelt es sich um Leute, die großen Wert auf ihr Aussehen legen. Die investieren oft auch viel Geld in ihre Zähne. Und wenn sie noch keine Patienten bei uns sind, kommen sie spätestens nach einer erfolgreichen Botoxparty zu uns. Vieles läuft über Mund-zu-Mund-Propaganda. Meiner Meinung nach wird das mit dem Schönheitswahn aber häufig übertrieben."

„Ach, ist das so?" So langsam wurde Gress hellhörig. War der Doktor etwa ein bisschen zu sehr hinter dem Geld her gewesen? Jedenfalls hatte er Merseburger jetzt so weit. Es sprudelte aus ihr heraus wie aus einem Wasserfall. Gress verabschiedete sich und versprach, wiederzukommen.

Auf der Fahrt ins Präsidium telefonierte er mit Michalzik.

„Könntest du bitte mal die Kontobewegungen von dem Doktor checken? Außerdem würde mich interessieren, was so einem Zahnarzt eigentlich alles erlaubt ist. Darf der auch Schönheitsmanipulationen außer an den Zähnen vornehmen?"

„Du kannst Fragen stellen. Aber an seinen Konten bin ich eh schon dran. Dabei ist mir aufgefallen, dass es alle zwei Monate größere Einzahlungen von achttausend Euro gab, die von einem Schweizer Bankkonto überwiesen wurden. Als Referenz stand dort immer nur ‚Beauty'. Das ging über zwei Jahre so. Die letzte Überweisung kam im Oktober, dann war Schluss. Finde ich merkwürdig. Und bevor du fragst, es dürfte schwierig werden, den wahren Absender zu finden. Da steht immer nur eine Allianz für Schönheit und Wellness."

Infos

Gress versuchte vergeblich, jemanden bei der Zahnärztekammer zu erreichen. Bis nach Neujahr war dort niemand. Dann erinnerte er sich an Frank, einen ehemaligen Schulkameraden. Der hatte eine Zahntechnikerlehre gemacht und führte ein kleines Labor in Elberfeld. Gress beschloss, bei ihm vorbeizufahren.

Als er den Wagen neben der Gedenkstätte der jüdischen Synagoge auf dem Parkplatz abstellte, ärgerte er sich mal wieder über die hohen Parkgebühren. Aber seit der Kaufhof geschlossen hatte, war auch dessen Parkhaus nicht mehr verfügbar. Früher hatte er dort immer geparkt und ein paar Socken oder Ähnliches gekauft. Dann war auch das Parken günstig gewesen.

Auf dem Weg zum Zahnlabor kam er an den goldenen Bänken vorbei, mit denen sich Wuppertal zum Gespött der ganzen Republik gemacht hatte. Jetzt stand daneben ein kümmerlicher Weihnachtsbaum. Gress schüttelte den Kopf.

Er klingelte bei „Franks Zahntraum" und musste über den Namen lächeln. Bei ihm hätte es eher „Albtraum" geheißen. Der Türsummer brummte, und Gress drückte die Tür auf.

„Meine Güte, Paul, das ist ja eine Überraschung! Wir haben uns schon ewig nicht mehr gesehen. Aber ich hab dich sofort erkannt. Gutes Zeichen, oder?"

Frank Mertens war ein kleiner drahtiger Kerl, dem der Schalk im Gesicht stand. Er hatte immer einen lustigen Spruch auf den Lippen. Seiner Schlagfertigkeit konnte man sich kaum erwehren.

„Komm mit nach nebenan. Bin gerade dabei, eine Krone zu gießen."

Gress folgte ihm und konnte niemand anderes entdecken. „Bist du allein hier?"

„Zwischen den Feiertagen ist immer wenig zu tun. Das schaffe ich auch alleine. Meine drei Mitarbeiter haben Urlaub. Du weißt ja, selbst und ständig."

„Okay, ich will auch nicht lange stören. Ich bin wegen eines Tötungsdelikts hier. Es geht um einen Zahnarzt."

„Meinst du den Koslowski aus Vohwinkel?"

„Genau, aber woher …?"

„Das spricht sich in Fachkreisen schnell herum. Wusstest du, dass man ihn auch Dr. Botox genannt hat?"

Gress schüttelte den Kopf. „Wusste ich nicht, aber deswegen bin ich hier. Ich wüsste gerne, ob ein Zahnarzt so was überhaupt darf?"

„Was meinst du?"

„Botoxspritzen setzen zum Beispiel?"

„Also, soweit ich weiß", die Gussschleuder setzte sich mit einem lauten Knall in Bewegung, der Gress den Schreck in die Knochen fahren ließ, „dürfen die das Zeug nur im Mundbereich, also zum Beispiel bei Patienten, die mit den Zähnen knirschen, einsetzen. Aber ich kann einen Freund fragen, der Zahnarzt ist."

„Das wäre super! Dann muss ich nicht bis nächste Woche auf die Zahnärztekammer warten. Könntest du meinen Partner oder mich anrufen?" Er gab ihm die Nummern.

„Mach ich. Hör mal Paul, ich würde dir ja gerne einen Kaffee anbieten, aber ich muss das hier gleich ausliefern. Die warten schon drauf. Lass uns mal wieder ein Bier zusammen trinken. Wäre doch nett, oder?"

Gress nickte und verabschiedete sich. Er nahm sich vor, noch einmal mit Frau Merseburger zu sprechen und fuhr zurück nach Vohwinkel.

Praxis

„Sie schon wieder", begrüßte sie ihn. In der Praxis war außer Brigitte Merseburger niemand zu sehen.

„Sind Sie immer noch allein?"

„Zwei von den Mädchen haben Urlaub, und Janina habe ich nach Hause geschickt. Wir können doch eh nichts tun. Morgen kommt wohl der Bruder von Dr. Koslowski, um sich um die Praxis zu kümmern." Merseburger sah sich um und fing wieder an zu weinen. „Ich kann es immer noch nicht glauben."

Gress versuchte, sie mit seinen Fragen etwas abzulenken.

„Wie muss ich mir so eine Botoxparty vorstellen?"

Merseburger, die genau einmal bei einer solchen Party gewesen war, schüttelte den Kopf und schien ihrem toten Chef einen Heiligenschein verpassen zu wollen. Die Frau legte sich für Gress' Geschmack ein wenig zu sehr ins Zeug. Ihr Redefluss grenzte an Logorrhö. Nein, er sei nicht geldgierig wie viele seiner Kollegen, sondern mit seinem genialen Konzept einfach nur äußerst erfolgreich gewesen. Und wegen seiner Expertise in der ästhetischen Zahnheilkunde hätten sich im Laufe der Zeit immer mehr Patientinnen in der Praxis eingefunden, die bereit waren, viel Geld in ihre Zähne zu investieren. Einige von ihnen hatten auch schon mal an anderer Stelle etwas machen lassen. Und dann waren da noch die Damen, insbesondere die ab Mitte vierzig, die zunehmend unter ihren Falten litten. Vor zwei Jahren, erinnerte sich Merseburger, hatte eine Frau den Doktor nach erfolgreicher Zahnsanierung gefragt, ob es ihm nicht möglich sei, etwas gegen ihre Falten zu tun. Es würde sie so sehr belasten, dass sie schon Depressionen habe. Und der gute Doktor hat gesagt, er habe eine Lösung für sie.

„Und was sage ich Ihnen? Bereits ein Wochenende später besuchte er eine Fortbildung für Botoxbehandlungen. Er brachte einen ganzen Schwung von dem Zeug mit und hat ein wenig an uns geübt. Ist das nicht süß?" Sie wischte eine Träne weg.

In dem Moment klingelte Gress' Handy. „Sorry, da muss ich ran." Er ging in den Warteraum und schloss die Glastür hinter sich. Es war Michalzik.

„Hör mal, dein werter Herr Doktor hat sich scheinbar illegalerweise ein bisschen was dazuverdient. Gerade hat ein Frank Mertens, Zahntechniker, angerufen. Der hat wohl einen seiner Kunden gefragt, ob Zahnärzte Botoxspritzen setzen dürfen. Die Auskunft war ein klares Nein bis auf Injektionen im Mund, bei Leuten, die knirschen und nur bis zum sogenannten Lippenrot."

Gress brummte. „Ist ja interessant."

„Ich habe mal gegoogelt. Das scheint seine Richtigkeit zu haben. Botoxen dürfen Ärzte nur aus medizinischen Gründen in ihrer Praxis – und das sogar ohne Zusatzausbildung. Ist doch unglaublich, findest du nicht? Berufsrechtlich ist Ärzten das Verabreichen von Botox im Rahmen einer solche Party jedenfalls nicht erlaubt."

„Danke, ich melde mich." Gress legte auf und ging wieder zu Frau Merseburger. „Und wie ging es dann weiter? Sie wollten mir noch erzählen, wie so eine Party abläuft."

„Soll ich uns einen Kaffee machen?"

„Gerne."

Während sie hinter der Rezeption verschwand, um die Kaffeemaschine zu starten, sprach sie weiter. „Na ja, das ist nicht so spannend, wie Sie glauben. Waren Sie schon mal bei einer Tupperparty?" Ohne Gress' Reaktion abzuwarten, fuhr sie fort. „So ähnlich müssen Sie sich das vorstellen. Jemand, meistens eine Frau, lädt ein. Sie und der Doktor organisieren genügend Teilnehmerinnen. Das heißt, einmal, erinnere ich mich, muss wohl auch ein Mann dabei gewesen sein. Also, man trifft sich, trinkt ein Gläschen Sekt und bedient sich am Fingerfood. Dann berichtet jede von ihren Problemstellen, also Falten, die sie stören, und dann geht's los. Eine nach der anderen legt sich auf die Couch und wird gebotoxt. Am Ende wird gezahlt. Diejenige, die eingeladen hat, bekommt ihre Spritze umsonst."

„Und das hat der Doktor regelmäßig gemacht?"

„Oh ja, einmal im Monat, soweit ich weiß. Informiert hat er mich nicht darüber. Aber Sie sehen es ja an seinem Kalender. Und das Botox wurde immer direkt in die Praxis geliefert. Neuerdings hat er begonnen, die Botoxpartys mit Hyaluron zur Faltenunterspritzung zu kombinieren."

„Darf ich das Zeug mal sehen?"

Frau Merseburger ging vor und öffnete einen Schrank. Sie zeigte auf einige Fläschchen mit einem weißen Pulver. „Das wird erst angerührt, wenn der Patient da ist."

„Okay, ich brauche eine Liste der Patienten, die der Doktor, wie sagten Sie noch … ach ja, gebotoxt hat."

„Oh, mit so einer Liste kann ich Ihnen leider nicht dienen. Das hat der Doktor ja immer allein gemacht. Aber ich kann Ihnen die Namen von einigen Patientinnen aufschreiben, von denen ich weiß, dass sie dabei waren."

„Wissen Sie, ob es mal Probleme bei einer der Partys gegeben hat?"

Merseburger verzog das Gesicht. „Soweit ich weiß, nicht. Allerdings ist hier mehrfach so ein arroganter Typ aufgetaucht, der wohl das Botox geliefert hat. Dabei ist es einmal auch recht laut zugegangen. Ich glaube, deswegen hat der Doktor das Hyaluron dann lieber woanders bestellt."

„Kennen Sie den Namen von dem Mann?"

„Nein, aber ich glaube, dass dessen Freundin auch bei den Partys dabei gewesen ist. Die war dermaßen aufgebrezelt. Brüste und so, Sie verstehen schon. Ihr Name ist Sarah, Sarah Bertges. Sie ist Patientin bei uns."

Nachdem Merseburger die Adresse rausgerückt hatte, verabschiedete sich Gress in der Gewissheit, eine Spur zu haben. Unten angekommen, fiel ihm noch etwas ein. Er ging wieder zurück.

„Haben Sie ein Foto der Patientin?"

Frau Merseburger schaute im PC nach und druckte etwas aus. „Sie hat auf Wunsch ihres Freundes eine Zahnkorrektur vornehmen lassen. Ist toll geworden, nicht wahr?", sagte sie, nicht ohne Stolz.

Das Bild zeigte eine hübsche junge Frau mit brünetten Haaren. Sie lächelte in die Kamera und zeigte einen strahlend weißen Zahnkranz. Etwas zu weiß, wie Gress fand.

Sarah Bertges

Sarah Bertges war Studentin der Wirtschaftswissenschaften im sechsundzwanzigsten Semester. Das lag daran, dass sie im Alter von einundzwanzig Jahren an einen rumänischen Clanboss geraten war, der sich stets mit hübschen jungen Frauen umgab. Alkohol und schnelle Autos waren immer mit dabei. Zu fragen, woher das Geld dafür kam, war ihr nie in den Sinn gekommen. Stattdessen lebte sie mit Ion Popescu auf der Überholspur. Nach einem Jahr hatte Ion ständig etwas an ihrem Körper auszusetzen. Erst war die Nase zu krumm, dann die Brüste zu klein. Schließlich hatte sie ihm zuliebe einige Veränderungen an sich vornehmen lassen. Und er hatte immer alles bezahlt.

Als Gress mit Michalzik vor der Wohnung im dritten Stock in der Goethestraße stand und mehrfach geklingelt hatte, öffnete eine junge Frau.

„Frau Bertges? Sarah Bertges?"

Sie nickte, und die Kommissare zückten ihre Dienstausweise und fragten, ob sie kurz mit ihr sprechen dürften. Die junge Frau ließ die beiden Beamten in die kleine Wohnung. Gress fand, dass sie nicht der hübschen jungen Frau auf dem Foto glich, das er seinem Kollegen gezeigt hatte. Eins der Augenlider schien etwas herabzuhängen. Außerdem gab es einige Narben in ihrem Gesicht, die sie notdürftig überschminkt hatte.

Das Ganze sah irgendwie maskenhaft aus. Gress versuchte, sich nichts anmerken zu lassen, und begann, einige Fragen zu stellen.

Kaum hatte er die Botoxpartys erwähnt, brach die junge Frau in Tränen aus. Als sie sich wieder beruhigt hatte, erzählte sie, wie ihr Freund sie dorthin gebracht hatte, um sie, wie er sagte, zu seiner Nofretete zu machen. Sie sei insgesamt bei drei Terminen dort gewesen. Aber beim dritten Mal, als der Arzt ihr auch noch Hyaluron gespritzt habe, sei etwas schiefgegangen. Ihr Gesicht hatte sich angefühlt wie ein Ballon. Dann habe sich alles entzündet, und jetzt sei sie so hässlich wie die Nacht.

„Und was ist mit Ihrem Freund?"

Sarah Bertges zuckte nur mit den Achseln. Der habe sich trotz ihrer Anrufe und WhatsApp-Nachrichten schon seit Wochen nicht mehr bei ihr gemeldet. Sie brach erneut in Tränen aus und zeigte den Beamten seine letzte WhatsApp.

Es tut mir leid, aber du bist zu hässlich für mich.

Gress, der einiges gewohnt war, konnte es nicht fassen. Was war das denn für ein Arschloch? Er ließ sich von ihr die Adresse geben und fuhr direkt dorthin, während sich Michalzik ins Präsidium begab, um den Mann zu überprüfen.

Ion Popescu

Ion Popescu wohnte genau wie Dr. Koslowski in einer der alten Villen in der Herderstraße. Der schwarze Maserati, der auf seinen Namen zugelassen war, stand im absoluten Halteverbot.

Als Gress dem Abschleppwagen grünes Licht gab, kam ein wutschnaubender, bunt tätowierter Muskelprotz auf ihn zu und brüllte schon von weitem etwas auf Rumänisch, das niemand verstand. Gress, der mit so einem Ausbruch gerechnet hatte, hielt dem Mann seinen Ausweis vor die Nase, woraufhin der nur noch ein leichtes Geblubber von sich gab.

„Herr Popescu?"

„Was?"

„Ich habe ein paar Fragen an Sie. Hätten Sie einen Moment? Dann bekommen Sie vielleicht Ihren Maserati wieder und müssen nur ein Bußgeld zahlen." Das wirkte offensichtlich.

Gress' Telefon klingelte. Michalzik war dran. „Also, dieser Popescu ist mehrfach vorbestraft. Körperverletzung, Hehlerei, Drogenbesitz und so weiter. Aber was noch viel interessanter ist, ist die Tatsache, dass Frau Merseburger ihn als den Mann identifiziert hat, der das Botox geliefert hat. Und das Hyaluron, ich möchte nicht wissen, aus welchen Quellen das Zeug stammt. Da wird schon mal mit Silikonöl gepanscht, um es billiger zu machen. Und meistens stecken mafiöse Strukturen dahinter. Ich lasse gerade eine Probe von dem Zeug analysieren."

„Klingt interessant. Bis später." Gress legte auf.

„Also Herr Popescu, mein Kollege hat mir gerade erzählt, dass Sie bei uns kein ganz unbeschriebenes Blatt sind. Ich wüsste gerne, was das für ein Deal war, den Sie mit Dr. Koslowski hatten. Sie müssen jetzt nichts sagen, aber dann nehme ich Sie direkt mit aufs Präsidium."

Gress konnte sehen, wie bei Ion Popescu die Adern am Hals anschwollen.

„Ich habe ihn halt mit dem Zeug beliefert. Und er hat mich dafür bezahlt. Aber das wissen Sie wahrscheinlich schon."

Gress nickte. „Und dann? Was ist dann passiert? Wir haben Ihre Freundin, Frau Bertges, gesehen. Was genau ist da geschehen?"

„Damit habe ich nichts zu tun. Er hat ihr wohl noch das andere Dreckszeug gespritzt. Aber das müssen Sie schon den Doktor selber fragen."

„Geht leider nicht. Der ist nämlich tot. Kann es sein, dass Sie sich wegen ihr an ihm rächen wollten? Sie haben schließlich eine Menge Geld in sie investiert."

„Ich sagte doch, ich habe damit nichts zu tun."

„Dann frage ich mich, warum Sie den Doktor bei Ihrem letzten Besuch in der Praxis angebrüllt haben? Dafür gibt es Zeugen. Außerdem haben wir auf Koslowskis Handy eine Nachricht an seinen Bruder gefunden, in der ihm der gute Doktor mitteilt, dass ihm jemand verunreinigtes Hyaluron verkauft hat. Er hatte offensichtlich Angst. Also, was ist passiert? Warum musste der Doktor sterben?"

Es platzte aus Popescu heraus.

„Das ist nur, weil der Doktor den Hals nicht voll genug kriegen konnte. Deswegen hat der dieses Hyalodingsbums bei der Konkurrenz gekauft!"

„Sie meinen das Hyaluron."

Popescus Kopf lief an wie eine rote Tomate.

„Ich sage jetzt kein Wort mehr. Ich will einen Anwalt."

„Gut, dann kommen Sie eben mit aufs Präsidium."

Kaum war Gress mit Popescu im Präsidium angekommen, rief Klosterbach aus der KTU an und teilte mit, dass das gelieferte Hyaluron tatsächlich erheblich verunreinigt und von sehr schlechter Qualität war.

Der Anwalt, der inzwischen mit Popescu gesprochen hatte, hatte diesem zu einer Aussage geraten, da die Sache mit dem verunreinigten Hyaluron nicht zu verheimlichen war.

„Gut, dann lassen Sie mal hören."

„Ja, Mann, als das mit meiner Freundin schiefgegangen war, habe ich ihm gedroht, ihn anzuzeigen und bei der Zahnärztekammer zu melden. Mehr nicht."

„Aber Ihnen ist schon klar, dass Sie damit seine Existenz und Reputation zerstört hätten, oder?"

Popescu lehnte sich breitbeinig zurück und versuchte jetzt, den Obermacker zu geben.

„Ich lasse mich nicht verarschen. Immerhin habe ich dem Doktor jede Menge hübscher Mädchen geschickt und mehrere tausend Euro für die Behandlungen gezahlt. Und der ist so dreist und bestellt das Scheißzeug bei der Konkurrenz. Nee, so läuft das nicht!"

„Das haben wir verstanden, aber warum musste er sterben?"

„Damit habe ich nichts zu tun."

Gress griff zum Telefon und bat Michalzik dazu. „Dann erklären Sie uns bitte mal, wie es sein kann, dass wir Sie und den Doktor hier auf einem Video der Überwachungskamera der Schwebebahn haben? Am zweiten Feiertag ganz früh morgens." Gress drehte den

Rechner in Popescus Richtung und ließ ein Video ablaufen. Darauf war zu sehen, wie Popescu untergehakt mit Koslowski und drei weiteren Männern die Stufen zur Schwebebahn hochstieg. Die Uhrzeit zeigte den 26.12. um 5:32. „Was machen Sie da?"

„Ein wenig Überzeugungsarbeit leisten, mehr nicht." Popescu lehnte sich breit grinsend zurück. „Mehr haben Sie nicht?"

„Überzeugungsarbeit?"

„Genau. Mehr brauchte es nicht. Der Mann war verzweifelt und brauchte etwas Unterstützung bei seinem letzten Gang. Da ist man doch gern behilflich. Den Rest hat er ganz allein erledigt. Und was den Ort angeht? Es hat doch recht dekorativ ausgesehen, oder?"

Gress platzte der Kragen.

„Dafür wandern Sie etliche Jahre in den Knast!" Er konnte diesen widerlichen Typen einfach nicht mehr ertragen. „Abführen!"

Ist doch Weihnachten …

Nachdem Gress den Bericht geschrieben hatte, fragte er Michalzik, ob er noch Lust auf einen Glühwein habe.

„In Elberfeld, da ist doch auch zwischen den Tagen noch Weihnachtsmarkt. Ich muss diesen Irrsinn aus dem Kopf kriegen. Dafür brauche ich jetzt einen Glühwein mit Schuss."

Michalzik nickte und zog sich die Regenjacke über. Glühwein konnte nicht schaden. Plötzlich blieb er stehen und ging noch einmal zurück. Als er zurückkkam, setzte er Gress und sich eine dieser Weihnachtsmannmützen auf.

„Ist doch schließlich immer noch ein bisschen Weihnachten, oder?"

Stefan Melneczuk
Aus dem Polizeibericht
(Ein Fall für Dynamit-Erna)

Burscheid

+++ RESOLUTE SENIORIN VEREITELT ZU WEIHNACH-
TEN SPRENGUNG VON GELDAUTOMATEN IN BUR-
SCHEID +++ FÜNF TATVERDÄCHTIGE GEFASST +++
ZUSAMMENGESTELLT AUS BERICHTERSTATTUNGEN
LOKALER MEDIEN, MATERIAL VON NACHRICHTEN-
AGENTUREN, TV- UND RADIO-INTERVIEWS SOWIE MEL-
DUNGEN DER POLIZEIBEHÖRDEN IN WUPPERTAL UND
IM RHEINISCH-BERGISCHEN KREIS +++

BURSCHEID. – Einer resoluten Seniorin (93) aus Burscheid ist
es durch ihr beherztes Eingreifen am Tatort gelungen, in der Nacht
von Samstag auf Sonntag gegen 2:45 Uhr in buchstäblich letzter
Minute die Sprengung gleich mehrerer Geldautomaten im Foyer
einer Bankfiliale an der Hauptstraße zu verhindern. Die Ermittlungen dauern an. Und sie beschäftigen mit Blick auf den Täter-
kreis auch die Polizeibehörden in den Niederlanden, Belgien und
Frankreich.

Nachtgeschäft mit Folgen. Nach bisherigem Stand war die 93-
Jährige zur Tatzeit in den frühen Morgenstunden des 1. Weih-
nachtstags mit ihrem Dackel Waldemar zufällig in der
Nachbarschaft der besagten Bankfiliale unterwegs, um ihren Vier-
beiner Geschäftliches erledigen zu lassen. Gegen 2:15 Uhr be-
merkte sie drei verdächtige Personen im Eingangsbereich des
Geldinstituts und beobachtete sie wenig später beim Betreten des
Automatenfoyers. *Das kam mir gleich spanisch vor*, so die alte

Dame später in einem Interview: *Zu dieser frühen Stunde und noch dazu verkleidet. Das war im wahrsten Sinne des Wortes bemerkenswert.* Die Männer aus den Niederlanden trugen allesamt Weihnachtsmann-Monturen und waren passend dazu maskiert. *Mir war sofort klar, dass da etwas faul ist,* gab die Seniorin den Ermittlern der Kriminalpolizei später zu Protokoll. *Und das hier bei uns in Burscheid.* Nachdem ihr Dackel sein Nachtgeschäft auf einem Grünstreifen unweit der Hauptstraße verrichtet hatte, begab sich die Zeugin kurzerhand nach Hause, während sich die Tatverdächtigen (29, 30 und 31 Jahre alt) im Foyer der Bank aufhielten, um die Sprengung der dort befindlichen Geldautomaten vorzubereiten.

Ich hatte es ja nicht weit, so die aufmerksame Augenzeugin, die den Tatort aus dem Gebüsch heraus beobachtet hatte. Bevor sie über den Notruf die Polizei verständigt hat, holte die 93-Jährige – sie betreibt einen Online-Versand für Dekorations-Artikel, um ihre Rente ein wenig aufzubessern – kurzerhand ein Abrollgerät für Paketklebeband aus ihrer Wohnung: *Keines von diesen billigen Dingern, die man überall kaufen kann auf diesen Schrottplattformen im Netz*, so die Seniorin: *Ich meine richtiges Werkzeug. Werkzeug, mit dem man als Profi in die Strecke geht. Dazu habe ich noch ein paar andere Sachen mitgenommen, die ich für das weitere Vorgehen als sinnvoll erachtet habe.* An der Seite ihres Dackels kehrte die Seniorin also an die Hauptstraße zurück. Dort hielten sich die mutmaßlichen Automaten-Sprenger immer noch im Foyer des Bankhauses auf.

Das hat die Zeugin nach eigenen Worten dann selbst überrascht: *Ich hätte nicht gedacht, dass die Herrschaften mit Rauschebärten so lange brauchen, um die Kisten in die Luft zu jagen. Nach dem, was man sonst so in der Zeitung liest und im Fernsehen sieht, geht so was ja in Windeseile. Bevor es dann ruckzuck auf die Autobahn geht. Und von da aus mit Vollgas und auch noch ohne Licht direkt nach Holland. Zu allem Übel liegt die A1 auch noch direkt um die Ecke. Stattdessen aber Schneckentempo. Wie in Zeitlupe haben die* gearbeitet. *Ich glaube, die Halunken hatten Ärger mit dem Zünd-kabel und in diesem Moment nur dafür Augen. Mir kam dieser Umstand natürlich sehr gelegen.*

Erfahrung aus dem Onlinehandel konsequent genutzt. Die Seniorin, auf den Verkauf nostalgischer Porzellanfiguren der Marken Hummel und Fürstenberg spezialisiert, zögerte nicht lange. Und brachte am Tatort nun ihr Abrollgerät für Klebeband zum Einsatz. Gegenüber den Medien äußerte sie sich später mit diesen Worten: *Vor Weihnachten ist im Onlinehandel immer die Hölle los. Bei mir auch: Bestellungen, Auslieferungen, Check! Bestellungen, Auslie-ferungen, Check! Das volle Programm. Sie glauben ja nicht, wie sehr der Laden brummt. So war ich bestens im Training und hatte nach dem Versand der letzten Geschenksendungen gerade erst eine frische Rolle Klebeband aufgezogen. Das war in diesem Moment weit mehr als zielführend. Bedenken Sie bitte: Ich hatte ja wenig Zeit und musste möglichst flink und unauffällig zu Werke gehen, um der rot-weißen Bande das perfide Handwerk zu legen.*

Erst später, bei der Vernehmung durch Kripo-Ermittler, sei ihr als Seniorin klar geworden, wie viel Glück sie bis zum Eintreffen der Polizei eigentlich hatte. *Allein gegen die Automaten-Mafia. Allein gegen drei Weihnachtsmänner mit augenscheinlich kriminel-len Absichten.* So fasst es die Burscheiderin für sich und ihre Fangemeinde zusammen: *Also bitte nicht nachmachen – egal, wie sehr man mich auf Facebook, Instagram & Co. auch gerade feiert. Für mich selbst kann ich nur sagen: Ich war in dieser Nacht völlig außer mir und wie ferngesteuert. Zum Glück hat Waldemar nicht gebellt, als ich mich auf der anderen Seite der Glastür an die Ar-beit gemacht habe.*

Vier Festnahmen nach Kurzschluss. So begab sich die Seniorin daran, die beiden aus Panzerglas gefertigten Türflügel zum Foyer der Bank von außen mit Klebebandstreifen zu versiegeln. Während-dessen waren die Tatverdächtigen im Gebäude nach technischen

Problemen immer noch damit beschäftigt, drei Sprengladungen an den Geldautomaten anzubringen und diese mit einer Zündleitung zu verbinden. Als die Weihnachtsmänner die Seniorin mit Dackel auf der anderen Seite der Schiebetür schließlich bemerkten, war es schon zu spät: Die Türelemente waren mit gut 15 Klebebandstreifen bereits so fest miteinander verbunden, dass es auf dem Fluchtweg nach draußen nach der automatischen Aktivierung des Bewegungsmelders im Foyer der Bank sofort zu einem Kurzschluss im Türsystem kam. Somit ließen sich die beiden Panzerglas-Elemente selbst durch grobe Gewalteinwirkung unter Anwendung zweier Brechstangen nicht mehr zur Seite schieben.

Die Weihnachtsmänner haben geflucht wie die Kesselflicker und waren kaum zu verstehen. Die Burscheiderin berichtet rückblickend weiter: *Natürlich habe ich von der anderen Seite der Tür aus gesehen, dass sie Schusswaffen bei sich trugen, nun wie wild damit herumfuchtelten und mich dazu aufforderten, die Klebebandstreifen bitte sofort wieder zu entfernen. Aber ich hatte anderes zu tun, mein Paketmesser absichtlich zu Hause gelassen und hörte in der Ferne ja auch schon die Sirenen. Außerdem habe ich sehr schnell erkannt, dass es sich bei den Schießeisen um billige Imitate aus Kunststoff handelte. So was sieht man doch. Und ich lasse mich auch mit 93 nicht für dumm verkaufen. Schließlich schaue ich jeden Sonntag den Tatort und habe noch keine Polizeiruf-Folge verpasst.*

Fluchtfahrzeug trickreich lahmgelegt. So kam es dazu, dass nicht nur die drei Tatverdächtigen im Automaten-Foyer auf unkonventionelle Weise an der Flucht vor der Polizei gehindert wurden: Auch ihre 32 Jahre alte mutmaßliche Komplizin, die in einer Nebenstraße außer Sichtweite in einem Fluchtfahrzeug der Marke Jaguar vermeintlich unauffällig die Stellung hielt, hatte die Rechnung ohne die resolute Seniorin aus Burscheid gemacht. Der ebenfalls maskierten Frau mit Wohnsitz in Amsterdam gelang es nach Aktivierung des Gebäude-Alarms im Bankfoyer nicht, den SUV mit 550 PS-Antrieb zu starten. Das lag daran, dass die 93-Jährige kurz zuvor die Auspuffanlage des Fahrzeugs verstopft hatte.

Und das kam so, wie die Seniorin berichtet: *Auf dem Rückweg zur Bank, ich habe von meiner Wohnung aus bewusst eine Abkürzung gewählt, damit es schnell geht, ist mir unterwegs zur Hauptstraße dieses Monsterauto aufgefallen. Mit niederländischen Kennzeichen, die auch noch schlecht angebracht waren. Und ich weiß, wovon ich rede, nachdem ich als junges Mädchen einst ein paar Jahre bei der Kfz-Zulassungsstelle in Wuppertal-Barmen gearbeitet habe. Da musste ich ja ständig Kennzeichen entsiegeln und auch mal welche abmontieren, wenn ältere Herrschaften das nicht alleine geschafft und höflich bei mir nachgefragt haben. Ich bin ja eine hilfsbereite Person.* Aber zurück nach Burscheid: *Ich wusste sofort, dass das der Fluchtwagen sein musste. Am Steuer saß doch tatsächlich eine Nikoläusin! Und sie war so sehr in das Handy auf ihrem Schoß vertieft, dass sie mich überhaupt nicht bemerkt hat. So ist das eben mit den jungen Leuten von heute und wenn man selbst beim Begehen einer Straftat nicht aufpasst. Ich bin mir sicher, die Frau hinter dem Lenkrad hat eines von diesen Smartphone-Games gespielt und dabei immer wieder gefeixt. Auf keinen Fall aber, ha ha, Räuber und Gendarm. Möglicherweise hat sie aber auch gerade bei TEMU oder SHEIN geshoppt. Sie wissen schon, das sind die Plattformen für all das billige Zeugs aus Fernost. War mir aber schnuppe: So hatte ich jedenfalls freie Hand und konnte zunächst einmal gegen die Komplizin vorgehen und mich zuerst um den Auspuff kümmern.*

Zum Einsatz kamen dabei gleich mehrere Propfen, welche die Seniorin kurzerhand aus ebenfalls mitgeführtem Geschenkpapier und Lametta geformt hatte, wie sie selbst erklärt: *Richtig dicke Dinger waren das. Ich weiß ja auch, dass man Lametta heute kaum noch benutzt. Aber das war mir in diesem Moment ziemlich egal. Ich kam ja nicht an die Zündkabel unter der Motorhaube ran, hatte kein Messer zur Hand und weiß natürlich auch, dass früher mehr Lametta war. Aus gutem Grund, wie man jetzt sieht. Als ich mit der Kiste schließlich fertig war, kauerte die junge Frau aus Holland immer noch beseelt über ihrem Handy. Mit Tunnelblick, wie man das mittlerweile überall sieht, gerade auch an den Bushaltestellen in Burscheid. Und dann musste ich auch schon weiter zum Tatort, Sie wissen ja. Ich selbst war da schon auf 180 und richtig gut dabei.*

Ritsch ratsch! Ritsch ratsch! So blieb den ebenfalls überraschten Männern im frisch versiegelten Foyer der Bank wenig später nur, die Zeitzünder der Sprengladungen an den Geldautomaten zu ihrer eigenen Sicherheit wieder zu deaktivieren und auf das Eintreffen der Einsatzkräfte zu warten. Letzteres galt dann auch für die völlig perplexe Mittäterin mit Smartphone-Flatrate im nicht mehr fahrbereiten Jaguar. Dessen Türen wie auch die Heckklappe waren natürlich ebenfalls mit Klebeband verschlossen. Rückblickend sieht sich die 93 Jahre alte Burscheiderin auch hier im Glück: *Wie gut, dass ich gleich zwei Ersatzrollen bei mir hatte. Das hat dann auch für den Hollandpanzer gereicht. Ich musste ja auf Knien um den Wagen herum robben, damit mich Frau Nikolaus am Steuer nicht sieht, sollte sie doch mal von ihrem Handy ablassen.*

Die bei der Festnahme demaskierten Weihnachtsmänner wie auch ihre Komplizin befinden sich weiterhin in Untersuchungshaft, denn es besteht auch ohne Rentierschlitten Fluchtgefahr. In einschlägigen Kreisen wird die 32-Jährige übrigens auch *Frau Antje* genannt, obwohl ihr bürgerlicher Name ein ganz anderer ist und hier nichts zur Sache tut. Die Schusswaffen der Niederländer erwiesen sich tatsächlich als Attrappen. Sie wurden eine Woche vor der Tat in einem Spielwarengeschäft im deutsch-niederländischen Grenzgebiet von einem der *Zwei Brüder von Venlo* als gestohlen gemeldet.

Weitere Tatverdächtige in Solingen. Im Zusammenhang mit den laufenden Ermittlungen wurde am 2. Weihnachtsfeiertag auch eine 85 Jahre alte Solingerin vorübergehend festgenommen. Und nach Auswertung der Mobiltelefone der vier mutmaßlichen Täter aus den Niederlanden eingehend zur Sache befragt: Der Rentnerin aus dem Stadtteil Burg wird zur Last gelegt, verschiedene Bankfilialen im Bergischen Land im Auftrag der Automatensprenger-Bande mit Drahtziehern in Frankreich ausgekundschaftet zu haben. Zu diesem Zweck hat die 85-Jährige während der Schalterzeiten in Geldhäusern im Großraum Wuppertal, Solingen und Remscheid wie zuletzt auch in Burscheid unter Vorgabe falscher Tatsachen um Überweisungsträger in Papierform gebeten – und diese dann auch umgehend und in großer Zahl erhalten.

Bei der Gelegenheit hat die Solingerin mit ihrem seniorengerechten Smartphone unauffällig Fotos von den jeweiligen Standorten der Geldautomaten erstellt und diese dann über einen Messenger-Dienst an die Sprengbande in den Niederlanden weitergeleitet. Dabei wurde sie wiederholt von Überwachungskameras gefilmt. Um auch beim Einwerfen der Überweisungsträger am Altpapier-Container nicht erkannt zu werden, trug die Frau eine Perücke aus dem Kostümverleih und eine aus Fensterglas gefertigte Hornbrille mit robustem Rahmen. Damit hat sie – als Teil ihrer Tarnung – bei ihren Bankbesuchen eine erhebliche Sehschwäche vorgetäuscht.

Ermittlungserfolg auch in Norddeutschland. Zudem steht die Solingerin in Verdacht, einer Täterinnengruppe anzugehören, die seit einigen Jahren in Ferienorten an der Nord- und Ostseeküste gezielt Straftaten begeht und sich dazu in Sammeltaxis an den jeweiligen Tatorten absetzen lässt: Die Frauen im gesetzten Alter sind darauf spezialisiert, sich während der Hauptsaison an Strandkorb-Standorten das Vertrauen junger Familien mit Kindern zu erschleichen. Als vermeintlich *nette Oma vom Strandkorb nebenan, die mal eben auf die lieben Kleinen aufpasst, solange Mama und Papa schwimmen sind*, gelangen die freundlich und hilfsbereit auftretenden Täterinnen an die Wohnungsschlüssel der Ferienunterkünfte ihrer Opfer. Diese reichen sie dann an ihre schon bereitstehenden Komplizinnen weiter. Die Mittäterinnen geben sich, wenn sie unterwegs angesprochen werden, wiederum als Mitarbeiterinnen der örtlichen Kurverwaltung aus. Sie benutzen dazu gefälschte Ausweise, kassieren bei der Gelegenheit auch noch unautorisiert Kurtaxe und können sich mit dieser Masche selbst bei Hochbetrieb am Strand unauffällig von Strandkorb zu Strandkorb bewegen.

Durchsuchungsaktion an Schloß Burg an der Wupper. Die Komplizinnen, allesamt im Seniorenalter und in den Boulevardmedien als *Klau-Ommas* tituliert, verschaffen sich nach der Schlüsselübergabe Zutritt zu den Ferienwohnungen, um dort Bargeld, Schmuck, Manga-Sammelkarten, Kosmetika wie auch hochwertige Kommunikations- und Unterhaltungselektronik zu entwenden. Im Zuge der polizeilichen Ermittlungen kam es in dieser Sache bislang zu Festnahmen im Raum Hamburg, Kiel und Bremen sowie in Haffkrug, auf Norderney und in einer Seniorenresidenz in St. Peter-Ording. Federführend bei den Ermittlungen in Norddeutschland ist die SOKO *Charlotte*.

Im Besitz der 85-jährigen Solingerin befand sich zum Zeitpunkt ihrer Festnahme außerdem der Schlüssel zu einem geheimen Depot für Hehlerware: Dieses hat die geständige Seniorin bereits vor Jahren in einem schwer zugänglichen und ebenfalls sanierungsbedürftigen Bereich der Außenmauern von Schloß Burg an der Wupper illegal angelegt. Bei der Inaugenscheinnahme und Durchsuchung des als Versteck genutzten Hohlraums im maroden und äußerst lockeren Mauerwerk der Festungsanlage im Bergischen Land haben Einsatzkräfte der Polizei Wuppertal nach den Weihnachtsfeiertagen insgesamt 123 Beutestücke in versiegelten Frischhaltetüten gefunden und sichergestellt. Einige wertvolle Armbanduhren Schweizer Hersteller konnten bereits ihren Besitzerinnen und Besitzern im gesamten Bundesgebiet zugeordnet werden. Die Ermittlungen dauern an. Dabei sind unter anderem auch Spezialistinnen und Spezialisten der CSI Burscheid und des Landekriminalamts in Düsseldorf im Einsatz.

Burscheiderin als Heldin gefeiert. Nach dem Jahreswechsel musste ein Fachunternehmen mit der Entfernung der äußerst fest haftenden und von Feuerwehrkräften durchtrennten Paketklebestreifen von den Schiebetüren des Bankgebäudes an der Hauptstraße beauftragt werden: Wie sich herausgestellt hat, benutzt die 93-jährige Burscheiderin beim Verschließen ihrer Paketsendungen ein besonders robustes Material. Dieses bezieht sie aus den Vereinigten Staaten, stammt dem Vernehmen nach aus Armeebeständen und kommt beim US-Militär zum Einsatz, um provisorische Reparaturen an Helikoptern und Geländewagen in Kriegs- und Krisengebieten vorzunehmen, wie die patente alte Dame aus dem Rheinisch-Bergischen Kreis erklärt: *Mit dem zertifizierten Panzerband stelle ich sicher, dass meine Paketsendungen ungeöffnet und unversehrt bei meinen Kundinnen und Kunden ankommen. Gewissenhafter Service endet nicht am Postschalter. Klappt hervorragend und bislang ohne Reklamation. Man muss nur wissen, wie man das Paketband richtig kappt. Die Anleitung dazu erhalten Sie mit Ihrer Bestellbestätigung. Und es würde mich sehr freuen, auch Sie beizeiten in meinem Online-Shop begrüßen zu dürfen. Was mir ebenso am Herzen liegt und ich bei dieser Gelegenheit gerne loswerden möchte: Kaufen Sie überall da, wo es noch möglich ist, weiterhin lokal. Und bleiben Sie auch in Zukunft Ihrer Buchhandlung treu. Gerade auch bei Lesungen aus Krimi-Anthologien wie dieser hier.*

Die tatverdächtige Solingerin wie auch die resolute Seniorin aus Burscheid stehen seit Bekanntwerden des spektakulären Kriminalfalls im Mittelpunkt verschiedenster Medienberichterstattungen und Posts auf Social-Media-Plattformen. So sorgt die Hundebesitzerin, die dazu beigetragen hat, den Automatensprengern das Handwerk zu legen, mit ihren 93 Jahren bundesweit wie auch im benachbarten Ausland in der Boulevardpresse für Schlagzeilen.

Die Rentnerin selbst nimmt das betont gelassen und ließ sich im *Heute Journal mit Marietta Slomka und Heinz Wolf* vor kurzem mit diesen Worten zitieren: *Sollen sie mich auf Seite 1 und in den*

Hauptnachrichten gerne auch weiterhin als TNT-Oma, Bomber-Schreck und Dynamit-Erna bezeichnen, wenn es ihnen Freude macht: Was zählt, sind Zivilcourage und Bürgersinn. Das habe ich auch schon unserem adretten Ministerpräsidenten gesagt, der altersmäßig ja mein Enkel sein könnte. Wichtig ist nur, dass Waldemar bei der ganzen Aktion keinen Schaden genommen hat. So schnell gehen wir beide nachts jedenfalls nicht mehr vor die Tür.

Weitergehende Fragen beantworten die zuständigen Pressestellen der Polizei und des Innenministeriums des Landes Nordrhein-Westfalen. Ach ja – und noch etwas: Bei der Personenüberprüfung nach der Festnahme in Burscheid hat sich herausgestellt, dass gegen Frau Antje aus Holland bereits ein internationaler Haftbefehl vorliegt. Die Ermittlungen dauern an.

Die Autorinnen und Autoren

Dr. Stefan Barz, geboren 1975, aufgewachsen in der Eifel, studierte Germanistik und Philosophie in Bonn, arbeitete zunächst als Journalist und wurde dann Lehrer. 2014 erhielt er für seinen Debütroman „Schandpfahl" den Jacques-Berndorf-Preis. Danach schrieb er weitere Eifelkrimis und 2021 den Bergischen Kriminalroman „Die Schreie am Rande der Stadt". Stefan Barz lebt in Wuppertal.

Andreas Bialas, geboren 1968 in Schlema, lebt seit 1974 in Wuppertal. Er studierte Pädagogik. Seit 2010 ist er Abgeordneter im Landtag NRW, wo er u. a. Mitglied des Innenausschusses und Sprecher seiner Fraktion im Ausschuss für Kultur und Medien ist. Seit 2020 ist er außerdem Bezirksbürgermeister in Langerfeld-Beyenburg und ist Mitinitiator des Lesefestivals „LangLese" in Langerfeld. Über sein kulturelles Engagement hinaus setzt er sich sehr für die Rechte von Kindern ein.

Oliver Buslau lebt seit über drei Jahrzehnten in Bergisch Gladbach und schreibt seit 1999 Krimis – Bergische um den Privatdetektiv Remigius Rott, dann auch etliche, in denen es um Musik geht. Seit 2017 ist er Autor der berühmten Heftroman-Reihe „Jerry Cotton". Buslau spielte zehn Jahre lang Bratsche im Sinfonieorchester Bergisch Gladbach und ist oft im „Bergischen Löwen" aufgetreten. Zum Beethoven-Jahr 2020 schrieb er den historischen Krimi „Feuer im Elysium" über die Uraufführung der berühmten „Neunten".

Michael Itschert, Jg. 1965, ist Buchwissenschaftler und Historiker. Er lebt als Autor, Coach und Seminarleiter („Wie veröffentliche ich mein Buch?") in Remscheid-Lüttringhausen. Darüber hinaus ist er Verleger des 1990 gegründeten Gardez! Verlages. – Itschert ist Mitautor und Mitherausgeber zahlreicher Krimianthologien, außerdem hat er Ratgeber für Autorinnen und Kleinverleger veröffentlicht. Im Bergischen KrimiKartell fungiert er als Koordinator.

Jürgen Kasten wurde in Berlin geboren, verbrachte Kindheit und Jugend im Ruhrgebiet und ist in Wuppertal sesshaft geworden. Jahrzehntelang jagte er beruflich Kriminelle, jetzt nur noch in seiner Fantasie. Er schreibt Kriminalromane, Kurzgeschichten und war zuvor Mitautor der musenblaetter.de, einem Kulturmagazin, in dem er Rezensionen veröffentlichte, über das Tanztheater Pina Bausch, Kunstausstellungen und anderes schrieb. Im Netz findet man Jürgen Kasten bei LITon.NRW oder VS.NRW.

Martin Kuchejda ist Autor und Regisseur, Leiter der Halle 32 in Gummersbach, gebürtiger Gelsenkirchener, engagierter Oberberger, verheiratet, Vater von 2 Söhnen und Halter von Hund und Katze. – Kuchejda verfasst Romane, Musicals, Theaterstücke und viele Songs. – Der Serienmörder Kleinewetter und Hauptkommissar Schneider stehen im Mittelpunkt von vier Romanen und mehreren Kurzgeschichten.

Bruno Laberthier schreibt Krimis und Kurzgeschichten über das Bergische Land, die Eifel und Köln. Landschreiber-Preisträger 2016, Writer-in-Residence im Heinrich Böll Cottage (Irland) 2017 und 2022, Stipendiat der Soltauer Künstlerwohnung 2020.

Henrike Madest studierte Sozial- und Literaturwissenschaften. Nach dem Studium arbeitete sie als Journalistin. Zunächst für Zeitungen und Zeitschriften, später für Hörfunk und Fernsehen, vor allem für den Westdeutschen Rundfunk vor und hinter der Kamera. Außerdem moderiert sie Veranstaltungen und Diskussionsrunden. Henrike Madest ist verheiratet und hat einen erwachsenen Sohn. Ihr erster Roman „Sonne, Sand und Tod" erschien 2010. Zahlreiche Kurzgeschichtenveröffentlichungen in Anthologien.

Stefan Melneczuk, Jahrgang 1970, lebt im Ruhrgebiet und arbeitet als Redakteur, Schriftsteller und Lektor. Nach seinem Geschichtsstudium an der Ruhr-Universität Bochum und dem Volontariat bei der Westdeutschen Zeitung in Wuppertal war er lange im Bergischen Land als Journalist im Einsatz. Seit 1985 ist Stefan Melneczuk literarisch unterwegs. Mehrfach ausgezeichnet, schreibt er Storys und Reportagen mit einem Faible für das Unheimliche, Schräge und Rabenschwarze.

Dirk Osygus entwickelt Werkzeugmaschinen und wollte nie Autor werden. Dabei hat er schon immer geschrieben, aber nur Bedienungsanleitungen für seine Maschinen. – Dafür denkt er seit über zwanzig Jahren darüber nach, wie er Menschen töten und die Leichen dann so entsorgen kann, dass er den Fängen der Polizei entgeht und nicht für fünfzehn Jahre ins Gefängnis muss. Diese langjährigen Erfahrungen im Verschwindenlassen von Menschen in Kombination mit jagdlichem Wissen verarbeitet er in seinen Wuppertal-Krimis.

Sibyl Quinke ist promovierte Apothekerin einer eigenen Art: Sie vergiftet bevorzugt ihre Opfer und beschreibt die Umstände dann in ihren Krimis. Ihre Leichen findet man überwiegend in Wuppertal. – Als freie Mitarbeiterin schreibt sie Artikel für die Bergischen Blätter. Sie ist Mitglied im Schriftstellerverband, im SYNDIKAT, bei den Mörderischen Schwestern sowie Redaktionsmitglied bei Radio Kilowatt.

Mick Saunter, 1957 in Wuppertal geboren, begann während eines Klinik-Aufenthaltes mit fast Sechzig zu schreiben – nach einem wechselvollen Leben als Kaufmann, LKW-Fahrer, Schreiner, Ladenplaner und vielen Jahren in der Arbeit mit Menschen mit geistigen, seelischen und Suchtbehinderungen. Er lebt und arbeitet als Schriftsteller im Bergischen Land.

Raimund Schendler ist das Pseudonym eines Ehepaars mit einer Vorliebe für Krimis, das Bergische Land und Großbritannien. Beide sind Wuppertaler Urgewächse mit Fernweh nach der Nordsee.

Daniela Schwaner, Jahrgang 1971, ist in Wuppertal aufgewachsen. Als Kind mit morbider Fantasie entdeckte sie schon früh ihre Vorliebe für alles Kriminelle – natürlich rein literarisch. Während ihres Studiums der Anglistik/Amerikanistik/Germanistik war sie Mitgründerin des „After Twelve Crime Fiction Clubs", wo sie zahlreiche Kurzkrimis in englischer Sprache verfasste. Ihr Debütroman „Ein gutes Alibi" erschien 2016. Ihm folgten drei weitere Krimis um das Ermittlerteam Carsten Kantner und Sophie Liebermann, der fünfte ist in Arbeit.

Maria Soulas schreibt Romane, Kurzgeschichten und Lyrik. Veröffentlichungen u. a.: „Lenya Lebt Los", 2024, Günther Emigs Literatur-Betrieb. Im Fischer Taschenbuch Verlag die Romane „On The Rocks", „Kisses On Ice", „Von Herzen kostet extra". Sie war Co-Autorin der TV-Serie „Der Bulle von Tölz" und hat für das Musical „Liz oder Mary" Buch und Songtexte verfasst. Die Rundfunk-Redakteurin hat Angewandte Sprachwissenschaft studiert und lebt in Wuppertal.

Dr. Andreas Struve, geboren 1961 in Erfurt, ist Vater, Großvater, Gärtnermeister und Zahnarzt. Er verließ die DDR 1987 mit einem Ausreiseantrag und studierte Zahnheilkunde. Schon immer beschäftigte er sich mit medizinischen, gesellschaftlichen und umweltpolitischen Themen, die er auch in seinen Büchern verarbeitet. 2023 veröffentlichte er den Thriller „Methusalem – Sterben war gestern".

- - - - -